种子与

THE SEED AND THE SOWER

播种人

［南非］劳伦斯·凡·德·普司特 著

一言 译

新 星 出 版 社　NEW STAR PRESS

新经典文化股份有限公司
www.readinglife.com
出　品

"我漫步于记忆那无边的田野，徜徉于回想那壮阔的宫殿。"

——圣·奥古斯丁

Et venio in campos et lata Praetoria memoriae.
St Augustine

目　录
Contents

第一部

A Bar of Shadow

铁窗阴影

—— 圣诞前夜 ——

穿过那片田野时，我们鲜少交谈。我丧失开启对话的欲望已经有一会儿了。对于约翰·劳伦斯的这次圣诞来访，我曾极度热切地期盼着，然而现在他就在我眼前，一肚子的话又不知该从何说起。我已有五年没见到过他。自打战争结束，我们获释后在战俘营门口分别，我重新开始过我的市井生活，而他一转身又直奔军队继续服役，大家从此天各一方。在那之前的多年里，我们手挽手、肩并肩，一同走过枪林弹雨，又一同身陷囹圄，在战俘营遭受过日本人的种种暴行。获释时我们发现，那段同甘共苦的岁月和我们对彼此发自本能、强烈而又心照不宣的感情如此契合，那些亲密无间的时刻恍如昨日。于我而言，在那个时空里，我从不曾孤身一人，我和他也从未生疏。我太清楚了，时间和距离的联手既残酷又毫无必要（之所以说毫无必要，是因为它们中的任何一个都已足够强大），人类那易逝且脆弱的亲密在它们面前不堪一击。可是，如果我曾努力靠近，为什么又在心底把他推得那么远呢？这就是我当下的感受。虽然此刻他离我这么近，一抬手就能挽起他的臂弯，但在过去分别的五年中，他仿佛从未像现在这般遥远。

我偷瞄了他一眼。他身材高大，战前的粗花呢大衣在他身上仍然十分妥帖，更像一套漂亮的军队制服，而不是过时的便装。他在我近旁一步一晃，像在梦游，表情略显微妙，带着一种无意识的从容与坚定，又有些陌生和恍惚。他额头挺括，英俊的剑眉下一双灰色的大眼睛分得很开，从我俩之间的距离向上看，还泛着些蓝色。十二月的午后，白昼萎靡，日光正在消散，就像一片静海中的灰潮，正从一片被遗忘的、孤零零的海滩上退去，时光的迷雾于缄默中自海面袅袅升腾。他的眼中闪着微光，与其说来自外部的映射，不如说是出自他的内心，那是他心底深处的日历上某个寒冷冬日的黯淡色调。他双眼的焦点显然不在此时，也不在脚下这个地方。这颇有些讽刺意味，因此我不可能视而不见，也做不到无动于衷。

我就这么机械地走在他的身边，不知所措，苦苦纠结于这次重逢能否修补我们的关系，直到内心深处某个未知的我忽然跳出来执掌了大权，这家伙远比外在的我更聪明、更有见地，它命令我问道："你再也没有碰见过'藤杖'原吧？"

其实我根本没想好要不要问，可话已经出口，我立刻觉得自己很傻。这问题似乎太突兀，跟眼前的情境毫不相干。可让我意想不到的是，他立即停下脚步转向我，像从一种太过紧张的情绪中突然解脱似的，明显松了口气，说道："你这么问还真是巧了！刚才我脑子里正想着他。"像是担心会被误解，他有些抱歉地笑了笑，稍作停顿后赶紧补充道："这一整天我都在想他，没办法把他赶出我的脑海。"

我也如释重负，因为我随即意识到刚才提出的那个问题是座桥，能连接我们两人的孤独。那是一个我能够感同身受并久久萦绕在心头的话题，即便我不能完全与他分享。只要一想到原，一提到他的名字，那个日军上士的形象就会栩栩如生、清清楚楚地浮现在我眼前，仿佛我刚刚才离开他，仿佛他的吼声随时都会从我身后再次爆发。那是一种奇怪的、仿佛被人掐住了脖子、神经快要崩断、从胸膛正中爆发出的吼声，他一被触怒就会那样声嘶力竭地咆哮："库拉！"这是日本粗话中最粗鲁的一种，意思是"你这个混蛋，给我滚过来"。

脑子里一闪出这一幕，我就汗毛直竖，后脖颈突然对冷空气极度敏感。我下意识地扭头，仿佛真能再看到他站在身后那座长谷仓的大门口喊我过去，一只胳膊笔直地伸出，一副不可一世的模样。那只手不耐烦地在空中上下扑扇，就像一只巨大的黄色蝴蝶在不停地扑棱翅膀，它不甘心变成爬虫，正在做最后的挣扎。不过当然，现在我们的身后只有田野，一片空旷。大地累了，这片长久以来被人类追求和热爱的土地一直渴望着休养生息，现在她终于可以安详地沉睡，身上覆盖着漫无边际的冬日苍茫，那是宁静得令人出神的安息礼赞。的确，在那渐次衰微的日光中，这场景仿佛是沉睡着的大地内心最深处的一个美梦，恰好契合了我们被关在原掌控的监狱里时所憧憬的幻象。那幻象让我们相信英格兰就是人间福地，就是地上的天堂。一想到原，一阵苦涩即刻涌上心头，把那里刚刚升腾起的一丝宽慰感给冲得七零八落。原那扭曲的身影仍然挥之不去，怕是要在这宁静怡人、抚慰创伤的场景中和我们纠缠一路了。

　　原不是军阶最高的长官，却拥有统治那座囚牢的至上权力，因此我仍称之为"原掌控的监狱"。他本人不过是大日本帝国皇军的一个三等军士，名义上我们也的确由一位年轻的陆军中尉负责，但那位纤细的年轻军官，更像是从伟大的紫式部小说或她所厌恶的某本枕边书中走出来的雅士，而不是生活在二十世纪的一个武士。我们很少见到他，他对我们的兴趣似乎仅在于我们能为他的腕表收藏增加多少品种和数量。曾作为助理武官被派驻东京的约翰·劳伦斯确信，我们的这位最高司令官很可能来自神户或横滨的一个二流海关官员家庭，而非日本伟大的世袭军事阶层，否则，他不会屈尊来到战俘营，受命管理一群遭人鄙视的战争弃子。一名真正的军人，绝对忍受不了此等羞辱。然而原，劳伦斯又说，应该是个货真价实的军人，不属于军官阶层，却是一个地地道道的封建追随者，会毫不犹豫地跟从他的主人或领主，投身于厮杀和战斗。他在朝鲜、伪满洲国以及中国内地都打过仗，长期效劳于他的主人，可谓劳苦功高。现在的这份差事不怎么需要拼命，也不太费力气，大概就算一种对他的回报和奖赏了。

我不清楚劳伦斯的话有几分属实，但有一个现象的确令人印象深刻：原在他的上司面前没有表现出日本人身上特有的那种谦卑。把他和他的上司放到一起，人们就会意识到，哪个人是一块货真价实、命中注定的军事材料，而哪个人只是打着战争的旗号浑水摸鱼、捞些功名利禄罢了。原在上司面前的态度十分端正，外在举止也无可挑剔，但我们仍然毫不怀疑，他骨子里还是有种高傲。当认为有必要出手控制局面时，他从不犹豫。我见过他巡查时的样子，他会在那个司令官和我们这些列队站立的战俘之间肆无忌惮地晃来晃去，看见有谁违反了他随心所欲的"天条"就操起手边的家伙一顿毒打，一打就会打个半死，带着一种半梦半醒的暴戾。而这时，他那已经明显有些不知所措的上司会独自转身，一副事不关己的海关官员模样，溜达到操场某个僻静的地方。是的！没错！不是那司令官，而是他，是原，在统治着我们。他意志如钢，正如他屁股上吊着的那把日本军刀，冰冷、坚韧、精心淬炼，从其先辈那里传承而来。需要双手握柄的军刀相较于日本人的身形显得格外硕大，耷拉在他们原始的臀部上，无论如何都不算协调。

　　是他，原上士，决定了我们能吃上多少，喝上多少。是他，规定了我们什么时候才能睡觉，什么时候又必须起床，要在什么地方集合，该怎样列队，还包括我们能看什么书。是他下达了一道命令：在我们所能拥有的为数不多的几本书中，凡是书页上出现"亲吻"一词或描写了这一行为，就必须撕掉并当众焚烧，因为那些东西令人作呕，是对"日本精神道德"的亵渎。正是他，试图"净化"我们的思想，让我们在极度营养不良的情况下断食，一次两天，统统囚禁在拥挤不堪的牢房里，甚至禁止交头接耳，因为那样我们才能沉静下来，眼问鼻鼻问口口问心，对着我们的欧洲肚脐好好审视自身的不洁与败坏。他让我的人种下了一垄豆子，将其没有出芽归咎于我的"思想错误"，暴打了我一顿。喝醉时他会没完没了地对我唠叨葛丽泰·嘉宝和玛琳·黛德丽，说她们的脸庞总是萦绕在他脑海里。关于圆桌骑士、"606"、撒尔佛散这些治疗梅毒的最新药物，他跟我一扯就是几个小时。他负责组织和掌管那些残暴的、直接看守我们的朝鲜警卫，发号施令，让那些人由外及里皈依于他，狂热程度甚至超过信奉他们唯一的先知。他给我们定下了各种铁律，并由他来裁决我们是否触犯了"天条"，为此惩罚甚至虐杀了一些战俘。

他确实是个糟透了的小个子男人，不仅仅因为那种伊凡大帝似的暴君行径，更因为那种魔鬼般的民族性。那种能让人毛骨悚然的气质与生俱来，如同数千年来因渺小而受到太多轻蔑、已卑微太久太久，而今要向生活寻求报复与补偿。他羡慕别人身材高大、俊伟挺拔，继而心生嫉妒，继而演化成难以消解的愤懑和仇恨。一旦恶魔在他体内翻腾，他就会揪住我们当中个头最高的一个战俘并将其打翻在地，仅仅因为他的个头，没有别的缘由。那恶魔是他的另一面，亘古以来的、贪得无厌的、身不由己的一面，寄居在他内心深处的某个地方，拥有极强的黄色人种自治与自主意志。甚至连他本人的相貌和体态都体现出对生命的嘲弄和对常态的报复，活像一个巨型的杂耍小丑，或讽刺漫画中才会出现的日本男性。

他太矮了，再短一寸就成了侏儒；但就其身高而言，他又太宽了，几乎快长成了个正方形。他几乎没脖子，缺了后脑勺的脑袋笔直地杵在宽肩上，茂密乌黑的头发显出午夜般阴郁的蓝，短且粗糙，发质极糟，一根一根齐刷刷地竖在脑袋上，僵硬得像是野猪颈上的鬃毛。他的胳膊特别长，似乎能垂到膝盖，但相比之下，他的腿又非常短，还特别粗壮，打了个弯儿，和我们一个营房的那些水手背地里都管他叫"老弯刀腿"。一嘴的大黄板牙，黄里透着些乌，其中有几颗还镶了精巧的金边。他的脸近似方形，前额却相当低，低得像猿猴的脑门。然而，这样的一张脸上却长有一双异常美丽的眼睛，仿佛游离于其他五官，和他的相貌毫无关系一般。对一个日本人来说，这双眼睛显得特别宽、特别大，还闪闪发亮，自里向外透出中国最好的美玉才具有的那种温润、鲜活、明亮晶灿的品质。有了这样一双眼睛，鬼能成人，魔能化仙，它们彻底拯救了这个让人一想起来就汗毛直竖的小个子，当真令人唏嘘。看向他的眼睛，一切嘲弄的欲望便会烟消云散，因为此时人们会意识到，这身形扭曲的个体其实也是人，他死心塌地，甘愿为了他的天皇肝脑涂地，尽管这在某种程度上超出了欧洲人的理解范围。

是约翰·劳伦斯最先把我们的注意力引向他的眼睛。劳伦斯在原手里遭的罪比我们任何人都多，当然，不包括那些已经被折磨死了的人。有一天，劳伦斯在监狱里遭受了一顿毒打，那之后他所说的话，至今我记忆犹新。

"说到原，你万万不可忘记的一点是，他并不是一个独立的个体，而且就这个意义而言，他甚至都算不上一个真正的人。"

然后他又接着说，原就是一个活着的神话，是人类存在形式的另一种表达，是一种异常强烈的内在情感、内心幻象的拟人态。这种内在情感和内心幻象埋藏在日本人潜意识的深处，正是这种东西把他们粘连在了一起，正是这种东西塑造了他们的思想，引发了他们的一切所作所为。

我们不应忘记，他的太阳女神已照耀了他们两千七百个完整的年轮，也在他的胸中同样燃起烈焰。他相信，在那古老、隐晦的大和之魂发出的难以察觉的低语面前，没人能比他更忠心耿耿，没人能比他回应得更响亮。原社会地位低下，只能在潜移默化中悄然领受民族精神的激励。他是个本性纯朴、没上过几天学的乡下孩子，那种原始的单纯和正直未受高等教育影响，使他对本民族过去的神话和传说深信不疑，为此举起屠刀也在所不惜。就在此前一天他还告诉劳伦斯，有一次在满洲里，太阳女神曾经把一列满载士兵的火车拎了起来，越过铁轨又轻轻放下，让那些士兵得以安然脱险。因为中国人在那段铁路上埋有地雷，试图炸掉火车，而那些日本人在事前一无所知。

劳伦斯接着又说:"看看他的眼睛吧,那里面没有什么不光彩或不诚实,只有一盏古老的油灯,沉甸甸的,燃得很快,烧得很亮。唉!这家伙身上的某种东西,我宁愿去欣赏,去尊重。"

最后那句话在我们这些人听来如此刺耳,立刻就招致了我的反对。接下来,劳伦斯无论怎么解释都没用了。反正说什么都无法洗去我们内心的厌弃,我便一句也不愿多听。

我板着脸提醒他:"大家总不会无缘无故管他叫'藤杖'吧?"藤杖是马来当地出产的一种藤条,有甘蔗那么粗,那东西原几乎从不离手。大家之所以这么称呼他,就是因为他动不动就会操起手里的那根藤杖劈头盖脸一顿抽,根本不需要告诉你什么理由。

约翰·劳伦斯回答:"他控制不了自己。不是他要这么干,而是他心中的那个大神在作祟、在发威,这你还看不出来吗?你应该还记得月亮盈亏会怎样影响他的行为吧!"

我当然忘不了。月亮对日本人有一种独特的吸引力,无论是在敏锐的表层意识还是深藏于心的潜意识里,那种力似乎在原的身上达到了某个临界值。如果说这世上能有一个人,其情绪完全随月亮的阴晴圆缺而摇摆,其魂魄由月亮牵引,其行为由月亮驱动,那一定非他莫属。哦!在印苏林达岛,月盈时的景致简直令人心醉。那时的夜空细密、绵软,有如天鹅绒一般。月亮越胀越满,透过愈加松软柔滑且弹性十足的空气,周身现出一轮神秘火焰般的金色,充盈得似乎比往常大上一倍。它就像一盏神灯，不声不响地飘过巨大的火山峡谷，而此时地面上的雾气，糅合着丁香、肉桂和印苏林达岛上所有香料的芬芳，在高耸的树干之间摇曳升腾，就像香雾在金碧辉煌的庙宇里绕着漆柱飘浮、缭绕。没错！当岛上那一轮令人难以置信的月亮日渐盈满，往丛林漆黑的夜景洒下片片金色时，我们能看到，在原的血液中，一股神话般狂热的浪潮也随之汹涌而至。满月前三天、后三天以及当天，和原在一起总是极其凶险。他最狠毒的殴打和杀戮大多发生在那些日子里。一旦噩梦过去，月亮渐亏，他又会对我们格外慷慨，当然这种慷慨只是相较他本人而言。毒打和杀戮仿佛以某种吊诡的方式净化了他精神上的杂质、洗去他内里的疯狂和邪恶，为此，他要对他的那些暴虐行径感恩戴德。事实上我清楚记得，就在他砍下一个战俘脑袋的第二天早上，我看到他和劳伦斯谈话，当时他的表情让我禁不住目瞪口呆：那张脸上洋溢着的是纯洁，是青春，几乎像春天一样烂漫，就好像头天晚上无辜牺牲的那个英国飞行员的性命把他从所有的原罪、本罪和隐而未现之罪中救赎了出来，暂时安抚住了他种族中那位饥渴难耐、有几分像蝙蝠的大神。

这一切仿佛梦境，以不可思议的速度、异常鲜亮的色彩从我脑海中闪过，我在半睡半醒之间听到劳伦斯接着说："是啊，真奇怪，你竟然也刚好想到了他。我今天想他是有原因的，因为在我心里，今天是原的纪念日，我忘不掉，我试了，怎么努力也忘不掉。我以前跟你说过这些吗？"

他没有。现在我急于巩固我们之间的联系，即使为此要跨过一座阴森恐怖、危机四伏的桥。我赶紧说："没有，快跟我说说！"

他缓缓说道，那刚好是七年前，整整七年，即使考虑到印苏林达岛上的时间和格林尼治标准时间的差异，误差也不超过一个小时。当时他正沉睡在梦中，周身那生吞活剥般的深深疼痛暂时游离于伤痕累累、义愤填膺的躯体之外。就在这时，他听到了"吱——嘎"的叫声，那叫声很远很远，就仿佛他自己被扔进了一口深不可测的井里，有一只小鸟落到了像个光圈一样的井沿上所发出的鸣叫。是的，就是这样的：吱——嘎。那实际上是一种极其机敏、身体呈半透明状的小蜥蜴所发出的声响，它们栖息在印苏林达岛上的每一处棚屋、房舍，甚至幽深的地牢里。他的牢房里就有两只，从他被单独监禁的那一天开始就与他为伴。他太喜欢它们了，在他的幻想中，仅凭叫声就能辨出哪只是雌、哪只是雄。几个星期以来，这是他唯一见过的活物，如果不包括日本人、朝鲜人，那些进进出出、恶语相向的敌人。它们对他来说如此真实，以至于他给它们分别起了名字，一个叫帕特里克，雄性；另一个叫帕特丽夏，雌性。他一听就知道，刚才的叫声来自帕特丽夏。他于是立刻从梦中醒来。梦境给他安慰，让他的痛苦暂时得以麻醉，一旦清醒过来，他那遍身青紫、僵硬、疼痛且疲惫的躯体重回现实，就躺在潮

13

湿阴冷的石头地板上。他觉得自己快散架了，以至于连帕特丽夏的叫声都没能注意到。往常那随之而来的失落总让他心头一紧，因她只在天完全黑下来的时候才这样叫，只有当外面的丛林收起它的高低错落、在紫气袅袅的火山之间重新把自己平摊成一大片黑影时，她才可能这样叫；因为每到此时，外面山谷中那不见月光的热带之夜便势不可挡地袭来，丛林唯有如此，否则它自己的廓影与身形将被彻底抹去。帕特丽夏像是很害怕似的，她要帕特里克赶快回来，向她起誓这裹挟天地的黝黑虚无只会抹杀她对亲密的憧憬，而抹杀不了亲密本身。我在这里！帕特里克回应着帕特丽夏。劳伦斯确信自己的恐慌不无道理，因为这就是日本人通常来提审他的时候，也是他们施虐的时候。是的，就是这样，他说，细节如何并不重要，但已经几个星期了，他们一直在拷问他、折磨他，而且有意思的是，他们总在黑夜降临之后才开始。

　　我可以对此付之一笑，全当他又在异想天开，正如他相信原只是一个神话的化身，而非一个有意识的生命个体那样。我自己也亲眼看见了月之阴晴圆缺如何支配着原以及他的那些同胞们的情绪和行为，但无论如何，这都不是事情的全部，而只是最基本的开始。更完整的真相是：他们都仍像禽兽、昆虫和草木一样，随着时光流逝和昼夜交替，深深浸没在日积成月、月累为季的更迭之中。大自然的律动节奏和不歇转动的日月星辰支配着他们，他们无法自主，只能完全受宇宙力量支配，其程度之深远超欧洲思想和哲学所能想象。关于这一点，他原本还有许多话要说，但此刻他唯一需要强调的是：只有到了夜晚，那些完全浸润在大自然原始元素中的人们，才能充分照见内里的那种夜之暗、夜之黑——他们要一路往下，往下得足够深，随着太阳彻底西沉，连最后一抹日光都完全堕入那个深不见底的暗黑深渊时，他们自己也终于深入到了各自暗黑本性的渊底，在那里，酷刑不仅自然而然，甚至不可避免，就像大海必定拥有潮汐一般。劳伦斯接着说，我当然认不出这些，但帕特丽夏和帕特里克认得，他们从神经即可感知，从鳍尾特有的沙沙声即可获悉，那个巨大的、古老的、令人恐惧的时刻将随着天体的运行再度降临。劳伦斯刚刚听完他们一呼一应，果然，紧接着，他就又听到了长筒马靴踏出的那种凌乱、含混的脚步声，就好像靴子穿在了猩猩而非人的脚上，沿着走廊踏向他的牢房。

"我们在天上的父，"劳伦斯的嘴唇本能地动了动，"求你再做我的牧人。"

就在他第三遍默念这句祷词为自己祷告时，牢门开了，一个朝鲜卫兵用那种最粗鲁的、混杂着马来语的日语，极其嚣张狂野地喊道："库拉！你，滚过来！孬种！快点！"

他慢慢挣扎着想站起来，以他当时的惨状也只能如此，但在那个警卫看来太磨蹭了。警卫冲进牢房，生气地把劳伦斯拽了起来，把他推搡到外面的走廊，不断用枪托捅着他，一遍又一遍厉声呵斥道："你这孬种！孬种！快点！快！"同时对他嘟嚷，发出一些莫名其妙但明显带着怒气的腹语。几分钟后，他被押进了司令官的办公室，但坐在司令官办公桌后的不是那个有几分女人气的年轻少尉，而是原。他的身后毕恭毕敬地站着几个守卫，帽子拿在手上，步枪立在身边。办公室里电灯雪亮，劳伦斯的眼睛刺痛，像被蜂蜇了一般，他努力环视房间，寻找他称之为"审讯队"的人。那些人来自日本宪兵队，一个日本军队里的秘密警察组织，论心狠手辣个个都是行家里手。他们才是真正的施虐者，但现在，那些人的身影却一个也见不到。

头一回，一种极其强烈而又令人不安的求生欲猛地袭来，但劳伦斯在意识尚且清醒时不允许自己这样抱有希望。的确，原也是那帮恶棍中的一员，但不算最狠毒的一个。他也会加入那些恶行，但只在他认定必要的时候，那种认定来由不明，会迫使他立即投身其中并对眼前他的同党、同伙所做的一切表示明确赞同。他们那些人仿佛无法以个体形式单独面对和经历任何事情，一个人的思想或行为会立即传染给其他人；而个体的抵抗力，就如同在面对黑死病或黄热病那样注定要夺人性命的瘟疫时一样，会瞬间土崩瓦解。毕竟，原本来就是那些日本人当中更日本化的一个，他本来也要参加那一场场严刑拷打。但他从来不是最先下手的，劳伦斯知道，从某种程度上说，他宁愿痛快点手起刀落，也不愿以缓刑施虐。想到这一点，他有意多打量了原几眼，留心到原的眼睛发亮，异乎寻常地亮，两颊泛红。

"他喝酒了，"他想，因为原脸上的那种洋红已经明确无误地透露出了这一点，日本人一饮酒，你很容易就能从他们的脸上看到这样的粉红色。"这就是他的眼睛闪闪发亮的原因，我得小心着点。"

关于原发红的面颊，劳伦斯猜得没错。但关于他眼里的亮光却没猜对，因为突然，原嘴角一撇说道："劳伦斯先生，你知道'法泽鲁－库里斯马斯'吗？"

一个出乎意料的礼貌的后缀让劳伦斯瞬间一头雾水，他几乎无法思考原提出的问题，也搞不懂那个"法泽鲁－库里斯马斯"是什么东西。这时，他看到原对他的迟疑甚是不解，脸上的阴云越积越厚，甚至开始显露出不耐烦，他突然茅塞顿开。

"我知道的，原先生，"他缓缓答道，"我知道'圣诞老人'。"

"我就说么！"原开始嚷嚷，嘴里一阵吸溜，咕咕哝哝的，满是宾主尽欢的喜悦，大金牙在狭长的唇间一闪一闪。然后他一屁股坐回司令官的椅子上，大声宣布："今晚，我就是'法泽鲁－库里斯马斯'！"这句话出乎所有人意料，他一连喊了三四遍，边喊边笑得前仰后合。

劳伦斯不明就里，但又不得不客客气气地随声附和。他被判了死刑，被独自关押在牢房已经有段时间了。现在他只知道这是他要遭罪的时刻，除此之外，什么月份、什么日子、晚上几点一概不知，他当然也不可能知道今天就是圣诞节。

原为自己的豪迈宣言和劳伦斯的大惑不解而欣喜，要不是此时一个警卫出现在门口，领进来一个留着胡子、穿着一身褪了色的皇家空军制服的高个子英国上校，他一定会再尽情享受一会儿这高高在上的独乐时光。

一看到门口出现了希思礼－艾利斯那又瘦又高的身影，原立即止住了笑，换上了一副很不待见、几乎是敌视的表情。

劳伦斯说到这里的时候，原仿佛立刻出现在我眼前。我能看到那个皇家空军军官一进门，原就立即浑身僵硬，因为我想，在我们这些战俘当中，他素来最憎恨的就是那个高个子、大舌头的希思礼－艾利斯。

他轻蔑地朝希思礼－艾利斯摆了摆手，用日语对劳伦斯说："这人原来是个空军的头头，是我俘虏营里的领队。你现在可以跟他走了。"

劳伦斯愣了，不敢相信自己的耳朵，也不知道该怎么办才好。看到劳伦斯那先是错愕不已、继而又难以置信的表情，原惬意地认定这就是他一番宽宏大量的举动所带来的结果，于是便往椅背上一靠，笑得更厉害了。看到原又开始那样笑，劳伦斯终于相信了他的话，慢慢走到空军上校的旁边。他俩对视了一下，二话没说就一起往外走，刚到门口，原就用他在整队时所喊出来的那种最凶狠的嗓音吼道："劳伦斯！"

劳伦斯一顿，顺从地，继而也是绝望地转过身来。他埋怨自己早就应该明白，这么突然的转变，这么好的结果，怎么可能是真的呢？这只不过是折磨的一部分，是酷刑的另一个花样罢了。一定是宪兵队里某个懂心理学的家伙把单纯的原给教唆成这个样子的。不过,等看真切了原的脸,他悬起的心又放下了。原还在乐呵呵地,甚至可以说有几分和蔼地笑着,那笑容奇怪而扭曲,挂在他昏沉的脸上,挤在他那轻快、翻卷着的嘴唇和镶着金边的几颗大黄板牙之间。当与劳伦斯目光相遇时,他高声说:"劳伦斯,圣——诞——快——乐!"为了这陌生的发音,他嘴里冒出一阵巨大的"嘶嘶"声。

从原嘴里吐出来的英语单词,劳伦斯只听到过"快乐"和"圣诞老人",除此之外相信他也不会了。但为了把这两个单词说得像样,原还是把自己憋得满脸通红,本来脸颊也已经染足了酒气。这两个单词一出口,他松快了,舒服地靠在司令官的椅子上,像只大猫似的起了鼾声。

"不过,他对圣诞节原本多少就有些了解,"我打断劳伦斯,"真是少见,你明白吗?当我们营房里的随军牧师希思礼-艾利斯和我琢磨着要不要组织一些活动,庆祝我们在监狱里度过的第一个圣诞节时,我们根本就没指望像原这样的恶棍会允许。但奇怪的是,当我们问他可不可以时,他立刻大呼小叫起来,于是翻译赶紧帮他说:'就是法泽鲁-库里斯马斯的盛宴吧!'当我们通过翻译回答'是的'之后,原马上就同意了。事情就是这样,没有多余的解释,没有特别的请求,他就那么毫不迟疑地答应了,命令也随之发出。事实上,他自己都被我们这个想法吸引了,还跑到其他同属他上司管辖的战俘营去,那里关押着不信基督教的中国人、信奉泛灵论的万鸦老人以及穆斯林爪哇人，强迫他们所有人过一次圣诞节，不管喜不喜欢。他的翻译还告诉我们，原甚至为此把一名中国战俘的领队暴揍了一顿。当原问他知不知道法泽鲁－库里斯马斯是谁时，那个人毫无防备，老老实实地回答说自己不知道。于是原大为光火，怒斥他撒谎，骂他就是个骗子，在原的法典中，这是一种等同于'思想错误'和'任性骄横'的罪过。原说，全世界都知道谁是法泽鲁－库里斯马斯，怎么就你不知道？原这么重视圣诞节，奇怪，太奇怪了，我们一直没明白原从哪里知道的这些。你呢？"

"我也不懂，"劳伦斯回答，"但更奇怪的是，正是圣诞节救了我的命。"

"你从来没有告诉过我们这一点！"我惊呼道。

"没有，因为当时我自己也不知道，当然，当时我巴不得自己能被改判。战后我才看到当时的判决文件，他们原本要在十二月二十七日杀掉我，但你们提出的要过圣诞节的想法让原有所触动，因而救了我一命。他用一个中国人的性命代替了我，把我给放了，好取悦他想象中的那个圣诞老人。不过接下来……"

接下来，他跟着希思礼－艾利斯走出原的办公室，又和我一起被关进了普通战俘的监狱。回想起那个解脱的瞬间，劳伦斯突然对我笑了笑，那笑容温柔又满是不堪、脆弱而感激涕零。我又是否记得那时的场景呢？劳伦斯不禁被回忆逗笑了，因为我们受禁于荷兰殖民时期关押杀人犯和重刑犯的监狱，对自由的概念已经做了一种相对偷换，以至于光顾着喜滋滋地冲到他面前，祝贺他获得"解脱"，却丝毫没察觉出这其中隐含着的讽刺意味。对于他重获"自由"的原因，我们也没生出任何怀疑。

之后不久，原突然离开了我们。他被指派去管理一些从战俘中抽调出的原皇家空军军官以及希思礼－艾利斯的手下，到外岛去建造供日军战时使用的小型机场。直到战事临近尾声时他才回来，跟着他去外岛的那些战俘，还活着的只剩下五分之一。他们都已经脱了形，看上去跟鬼魂差不多，个个瘦骨嶙峋，透过破旧的外衣能清楚看到肩胛骨和肋骨。他们太虚弱了，大多数都是用牛车给拉回来的，到了营地，我们又不得不用担架把他们从那些散发着病患粪尿恶臭的牛车上一个个抬下来。因为他们不仅饿到皮包骨头，还大都染上了痢疾、恶性疟疾，或两者兼而有之，生命体征极其微弱，精神也迅速衰退，可以说已经命悬一线。队伍走时浩浩荡荡，回来的只剩五分之一，五分之四都没了。希思礼－艾利斯后来讲述了他们的可怕经历，以及那些日本军官、军士和他们的朝鲜走狗所犯下的种种罪行，当然，这其中最重要的人物还是原。再一次，原身处事件正中，又成了某种极端环境下怪异灵感的发端，象征着原始的日本性。他再次成为那个世界事实上的主宰，即使并非名义上的统治者。就是他，对那些奄奄一息的战俘照样棍棒相加，声称这些人除了"精神坏了""思想邪恶""过于随性"之外，身体其实没什么毛病，故意装病是为了阻碍大日本帝国的军事行动。正是他，原，砍下了三个飞行员的头颅，因为这些人竟敢在晚上翻过栅栏，去附近的村子里买吃的。每个脑袋掉到地上、打几个滚儿之后，原都会举起军刀、贴向嘴唇，感谢它砍得如此漂亮，让他如此干净利落地完成了任务。还是他，日复一日在热带的毒太阳底下驱赶着一大群饥病交加、已经半死不活的战俘，在器械、工具严重不足的情况下，从珊瑚石上刮挖出一个飞机场来，直到榨干他们身上最后一滴血汗再扔进海里喂鲨鱼，每天扔上二三十人。在这一过程中，原似乎并未受到任何影响，仿佛早在母亲的子宫里他就已经预见并预先经历过这一切，而现世的生活既不能增加也不会减少他自身那盏魔杯中所盛着的酒的烈度。他又回到我们之中，只不过被毒太阳晒黑了些，仅此而已。接下来，他很自然地故伎重施，依旧凶神恶煞，好像从未离开过一样，又开始用同样的铁腕操纵我们。

即使到了最后阶段，监狱里流言四起，那些阴险狡诈、惯于见风使舵的朝鲜警卫也从风中嗅出了某种时代变迁的气息，并假惺惺地为他们过去的种种恶行向我们讨好卖乖，甚至还在他们自己人当中私下抱怨日本人的欺凌行径。当广岛和长崎爆炸的冲击波使得原及其战争同伙们脚下的土地震颤、爆裂、生出回响，当大和民族之魂彻底陷落，在返巢栖息的龙族翅膀的重压下，传说中的回光返照也注定堕入一片漆黑——自始至终，原都不为所动，也从未显露出一丝摇摆。局势究竟如何，他一定和其他人一样清楚，但在变幻莫测的风真正降临之前，无论谣传的浪潮如何汹涌，无论狂乱的情绪如何澎湃，他仍像岩石般岿然不动。

在终局的三天前，劳伦斯又有过一场可怕的经历。那天，劳伦斯撞见一个平素作恶多端的朝鲜卫兵用刺刀戳击战俘，想让这个已经奄奄一息的前飞行员站起身向他敬礼。劳伦斯冲过去用双手抓住那个卫兵的步枪，推开刺刀，又用身体强行挡在朝鲜卫兵和那个病恹恹的战俘中间。他立刻被抓了起来并押解到警卫室，就在此时，原也刚好巡查完回来。哨兵把刚才发生的一切都报告给了原。原很喜欢劳伦斯，但绝不会容忍任何对大日本皇军的侮辱，便用那几乎从不离手的藤杖劈头盖脸地抽打劳伦斯。等劳伦斯再回到营房，我几乎已经认不出他来了。

三天后，一切都结束了，战俘营里的所有人都各自走向命运的下一站。此后近两年，劳伦斯都再没见到过原，直到原受审。没错！我当然也听说了，在国际军事法庭开审前，原已被捕和接受判决。这主要归功于希思礼－艾利斯。我想象不出这个昔日口齿不清、不温不火但异常敏感的家伙已经变成了什么样。当然，无论他怎样愤恨都可以理解。他遭受了那么多痛苦，应该怀恨在心，应该有仇必报，应该不加宽恕地斩草除根。在法庭上作证时他慷慨陈词，话语间掺杂着下意识的恶意与愤怒。原不可能从这种庭审中得到减刑，更不用说无罪开释了。但不那么容易理解的是，专门负责调查、起诉战争罪犯的那些审判官也咬牙切齿，那恨意甚至与希思礼－艾利斯不相上下。

"这一点，我觉得很奇怪。"劳伦斯叹道，粗眉皱起，显露出某种不解，"毕竟那些审判官并没有亲身领受过日本人带来的苦难。据我所知，追踪和调查原的那帮家伙里没有一个是现役军人，但他们对鲜血的渴望丝毫未减。为了我们所遭遇过的那些苦难，他们比我们自己更加复仇心切。"

他说这话时的口吻让我不禁猜想他已经在庭上替原做过辩护，但显然于事无补，没有任何成效。审判结束后，劳伦斯向希思礼－艾利斯伸出手想握手道别，可对方不理不睬，直接甩给他一个笔挺的后背。这一场景对我来说无疑意义重大，于是我忍不住发问："你有没有告诉法庭，原救过你的命？"

"当然说了，"他回答道，惊讶于我竟然会觉得有必要问这个问题，"我说完，军事审判官透过他那副最不适合军人佩戴的眼镜上上下下打量着我，用一种慢条斯理的板正腔调对我说：'当然，劳伦斯上校，你所做的陈述值得斟酌，对于本法庭而言，其价值并不亚于对你个人而言所具有的价值。然而同样不容忽视的是，还有许多人、许多生命原本同样珍贵，被告的行为却直接导致他们今日缺席。'说这些话时，他吐出的每一个音节都像用笔尖在白纸上戳出的一个个字母，清晰明锐，力透纸背，带着掷地有声的讽刺，但这不能怪他。"

很明显，无须多言。原必将被判处绞刑。

"他有什么反应？"我问道，眼前同时浮现出一个场景：战俘们排着队，一个接一个，让原举起那把需要双手握持的锋利军刀，砍向他们的后脖颈。那场景就像当天早上刚刚完成的一幅画，鲜活地呈现在我的脑海中。

劳伦斯说："正如你所预料的那样，他纹丝不动，表情也没有任何变化。毕竟他一开始就已经认罪，就像那个完全不称职的翻译在法庭上转述的那样：'我对不起大和族民，我已经准备好去死！'他没有为自己辩解，除了表明他只是力求尽责，既不多做也不少做。他没有叫其他人作证，甚至连对我，他也没任何问题要问，只是静静地站在围栏里，专注到身体僵直，直到庭审结束。不过话又说回来，所有这一切都在他预料之中。"

"预料之中？"我惊讶地问。

是的，预料之中！劳伦斯解释说，除了在战争中捐躯之外，原从没有过其他任何渴望，在潜意识层面甚至祈盼死亡。这里我必须恳请大家放下猜忌，仅凭自己的直觉而非成见，去试图理解劳伦斯的话。这也是他一开始就打算要说的另一侧面，至为关键且不可或缺，他的认知要么在这个根基上筑起，要么就在其上坍塌……劳伦斯在日本生活时一直认为，这个民族持有一种深刻的，但却是逆反的、颠倒的，甚或有悖常理的生死观——他们爱死甚于爱生。一国之国民将死亡和自戕如此浪漫化，可以说世上无人能出其右。在民族精神的典范及传说中那些英雄般的暴徒身上，浪漫主义自我满足往往被视作一种无私的、崇高的、范式的自我牺牲。个体拒绝标榜个性，自始至终，甚至生来如此。驱动力很少来自某个真人的言传身教，而更多来源于对血脉浑然天成的感知。每时每刻分分秒秒，血液中成千上万的红白细胞都为着共同体的完整而死去。就结果来看，日本人在生活中所表现出的社会性与大型昆虫社会无异，只是更复杂，延伸得更广泛而已。在日本生活的那些日子里，尽管他很喜欢这个国家和这里的人民，思想却总会不由自主地折回到这个基本的对比上——能与之类比的不是某种动物，形容为最紧密狂热的部落群体也欠妥，而只能说是昆虫。从整体上看，他们的确就是一个由蜜蜂构成的超级社会，中心是他们的天皇，也即雄性的蜂王。他不想夸夸其谈，但也实在不知道还有别的什么办法能使我意识到，以原为代表的族群究竟是怎样一群人——被不可思议的宇宙力量推动着，像一颗离心的、濒临消亡的彗星，却还沿着古旧的、逆时针的、注定走向毁灭的轨道前进。他们如此坚定、执着、盲目，不带任何个人意识地投身于现实，同时沉湎于想象中的过去，以至于他们的人生观、价值观与我们这个快速变化着的时代无法协调同步。最重要的是，二十世纪的人们越来越个性化、越来越细分，而对于由此生发的日益强烈的渴求，他们无法响应。他们的人生观拒绝个性化，拒绝个体意识在那块遍布火山、地震频发的大地上崛起，就好像在个性的心灵之光和他们的头顶之间，总有一块无边无际的黑玻璃。他们的集体沉沦已化作巨龙伸展开的双翼，那无边的阴影总要在这之间遮挡着。在他们和太阳中间，自旋体拖曳出一大长条漆黑的时空，遮蔽了渴望已久的月亮，让最亮的星星也黯淡无光。如果这些话听上去太过异想天开，那么他也只能表示抱歉，不过他坚持认为自己只能这样表达，除非……

他停下脚步。顺着他的目光，眼前的田野一路延伸，然后开始下坡，极目之处现出村里的教堂。他凝望着那造型简朴的尖顶，它仿佛因其外形严谨端庄、寓意鲜明，便有自信能担负起统领这片土地的道义与责任。匍匐在其脚下的那片质朴单纯、正在酣睡的土地则不然，它纵横绵延、高低不平，面目粗鄙而灰暗。他的想象此刻恰似一个梦游者，于午夜时分孤零零地游荡其上。于是他立刻打断了原有的思绪，转而问我是否知道日本人如何计算一个人的年龄，我回答"不知道"，他解释说要加九个月，把一个人从怀胎到出生的日子都计算在内，因此人一出生就已经九个月大了。我自然意识到了这其中隐含的重大意义。这种计算生命的方式，相较于我们的算法而言，并不仅仅只是更原始、更朴实、更天真无邪。如果我能静下心来，从生物学的角度认真审视，自然会领悟到人在子宫里已完整体验了从单细胞生物到直立猿人的进化过程。这种计算方式清晰、直观地阐明了那些模糊、昏暗、似是而非的过去对日本人的性格形成有多重要。他理所当然地，甚至不得不将其视为一个在精神上、心智上与过去的脐带没有割断的民族，子孙万代仍然和天照大神以及神话中的母亲、伟大的太阳女神血脉相通。即使在这一点上他们都内外翻转、上下颠倒，表现出了典型的有悖常理的特征，因为在多数民族的历史上太阳都被视为光芒万丈的男神，在他们眼里却成了幽光闪烁的伟大母亲。对其他民族而言，月亮惹人怜爱且永远阴柔，对他们来说却十足阳刚、雄浑。也许正是这种内外翻转、上下颠倒的对于过去的屈从，给予他们对死亡的热爱。

如果我也出席过他在日本时经常参加的那种为亡者举办的宴会，就不会因"热爱"一词而奇怪或惊讶。那种宴会是日本所有庆祝活动中最欢乐、最华美的一类，庆祝亡者化作幸福快乐、善良且充实的魂灵。为什么？因为那些还活着的人宁愿去死也不愿被迫营生。他们不仅宁愿去死，还坚信为国家而死比为国家而活更高尚。在他们的概念里，死亡浪漫而苟活可耻。原当然也不例外，他所秉持的就是这样一种理念，甚至可以说有过之而无不及，不仅根深蒂固还化于无形，深入到潜意识的层面。之所以会这样，最重要的一点在于他出身乡野、地位卑微，心思单纯而对祖先所信奉的一切深信不疑。

"我永远也不会忘记那个监狱里的晚上。"劳伦斯接着说道。他继续让战俘营里的往事缓缓流淌，时不时挑出一两个线头，就好像新近才在脑海里重新编织一番，又成了一幅新的、关于原的图案。我的心不禁沉重起来。时光的流逝显然无法抹去他那些刻骨铭心的记忆。"原派人叫我过去。他一直在喝酒，见我到了，便大着嗓门打起了招呼，但我知道他在强颜欢笑。他离开日本多年，一直漂泊在外，当他内心对这种飘忽不定、流亡一般的生活起了反感时总会那样。我看得出来，乡愁像一把锋利的尖刀刺进他的心窝，喝再多酒恐怕都麻醉不了自己。他想找个人聊聊，谈谈他的国家，接着一连几个小时，我顺着他的话头，从南说到北，从东聊到西，一起用言语走过了日本那别具一格又引人入胜的四季。天色渐晚，残阳如血，那副快活的面具越来越破旧，最后，原干脆把它从自己脸上撕了下来。"

"他忍不住大喊大叫，语气异常激动：'劳伦斯，我搞不懂，你为什么还活着？你要是死了，我会更喜欢你。你这种级别的军官怎么能让自己活在我们手里呢？你怎么能忍受这样的耻辱，你为什么不自杀？'"

"没错，他也这么问过我一次，"我插上这么一句，倒不是为了告诉劳伦斯这件事，而是想让他知道我听得多么专心，"他曾用这类话嘲弄过我们所有人，一而再再而三，到后来连那些朝鲜卫兵都学会了。不说这些了，当时你怎么回答的？"

"如果他非这么说不可，我承认，这是一种耻辱，"劳伦斯回答，"但接着我告诉他，在我们看来，这种耻辱就和各种危险一样，必须勇敢地去面对和承受，要挺住，不能逃避，包括用结束自己生命的方式来逃避，那其实是懦弱，是胆怯。对他来说，这样的观点太新奇、太出乎意料了，他先是不予理睬，认为是一种托词，继而又嗤之以鼻，说：'不对！不对不对！你们所有人都怕死，所以你们才不敢去死。'他轻蔑地朝地上啐了一口唾沫，然后重重地拍着自己的胸口，说：'我已经死了。我，原，多年前就已经死过一回了。'"

"接下来的故事顺理成章。十七岁那年，也就是在娘胎里的九个月再加上人世间活的十六年零三个月，他参了军。离家前那个晚上，他去了附近山上的一个小神社告别人生，并告知先祖的灵魂，从穿上军装的那一天起，他就已经在精神上为国赴死。真到了在战场上战死的那一天，不过是从肉体上将其实现。也正因如此，真到了那一天，他非但丝毫不会感到惊讶，反而会张开双臂去拥抱它，就像在迎接一位期待已久却姗姗来迟的挚爱亲朋，又或者，仅仅把它看作对已经长期存在的某种状态的正式确认，从此实至名归。听到他的这些话，人们或许会想到，这个长着两条弓形腿、头皮刮得铁青、走路磨磨唧唧的黄种男孩，向他先祖的亡灵所禀报的事情不是去加入一个普普通通的步兵团，而是决定要去查尔特勒大修道院皈依。但我想你已经明白，我刚才说的'一切都在他预料之中'究竟意味着什么了。"

我默默点头，细细品味着，顾不上搭话，劳伦斯继续娓娓道来。在监狱里的那个晚上劳伦斯已经意识到了一些东西，一种超越疆域定义的意义，它并不确切地属于那个时刻。那时原正举着酒杯和自己的亡灵对饮，仿佛在他们心底难以言表之处终局已定。现在回想起来，还有一件事意义重大。临近傍晚，原诗兴大发，开始用那种紧凑、简洁、极其正式的文体写诗。日本历史上那些妇孺皆知的英雄在结束自己的生命之前，总借助这样的诗句跟世间道别。他仍然清楚地记得原最后吭吭哧哧憨出来的东西，大致翻译出来就是：

"十七岁那年，我曾越过松林眺望，远方的栗山；一轮黄灿灿的满月高挂，上面有野鹅飞过的影子，一路向南。今夜，月亮又升上栗山的山巅，那上面却没有野鹅的影子，在往回还。"

"可怜的家伙！当我看着他，听他一字一顿、绞尽脑汁拼凑那几句诗时，我们的角色突然互换。在内心那一片黑暗之中，我借助一道闪电忽然看见，我，是一个完完全全的自由人，而看管我的狱卒，原，则成了一个地地道道的囚犯。战前的我还年轻，过得逍遥自在又无拘无束，要是凑出什么警句，那感觉绝对与发现了某种大智慧并无二致。那时我曾给个人自由下过定义，就是在生活中选择属于你自己的牢笼的自由。但原甚至连这种有限自由的滋味也没尝到过。他就生在牢笼里，那种由他们的神话所构筑的地下密牢，他生而为囚，又被铁链拴在了铁柱上，那些桎梏皆由古代诸神化身的铁匠所打造。我为他深感惋惜，对他深表同情。如今，过了四年，原也像我们当年一样沦为了囚徒。最后一次出庭时他听到了自己的判决：死刑，立即执行。"

劳伦斯说，当卫兵"啪"的一声给原戴上手铐要把他押回楼下的牢房时，他镇定自若，不慌不忙。拐到被遮挡着的楼梯边上，他停了下来，十分从容地转过身，回望着并排坐在军事审判官左右的劳伦斯和希思礼－艾利斯。对视时，他把戴着手铐的双手举过头顶，紧紧抱拳，就像一个刚刚赢得世界冠军的拳击手那样，对着他们俩兴高采烈地挥舞，一边咧着嘴笑，嘴里金光灿灿的。

我仿佛看得一清二楚：原的姿态完全符合他的角色，我再了解不过了。我还知道，不管是什么样的东西在支撑着原，他永远都不会辜负它。我突然为此感到愉悦，几乎要感谢他能那样应对，感谢他用那种欢快、胜利的姿态跟我们挥手告别，因为如此一来，我们就更容易同关于他的全部回忆做一了断。

"所以他就那样离开了，"我插话道，不由自主地松了一口气，"然后，原就该被那个了。"

"不，完全不是，"劳伦斯紧跟着我的话说道，忽然变了腔调，对于他这样一个冷静克己的人来说过分激情澎湃了，"远非如此，绝非如此。在我看来，你所说的'那个'，只不过是他自己'那个'开局的一个结尾……"

原来，就在原即将被绞死的前一天晚上，他请求与劳伦斯见上一面。很多天以前他就提出了这个遗愿，但劳伦斯直到行刑前一天晚上十点才得知。对于任何一位像我们一样熟悉"例行公事"的人来说，这的确也没什么好奇怪的。劳伦斯以最快的速度驱车前往。一想到那个已被判死罪的人现在必定已经完全放弃能再见到他的希望，一想到那个人痛苦地确信，这临死前小小的要求都太过分了，并准备好带着这样的恨意去死，劳伦斯的确按捺不住自己的慈悲心肠。关押原的监狱远在这座岛的另一头，如果运气极好能在午夜时分赶到。

那个晚上极其静谧，它仿佛被自己秀美又亮丽的夜色摄去心魄般，正屏息凝望着东方，那里，佩戴着火焰宝石的女神正悄无声息地款步走来。一轮硕大的满月洒着清辉，悬挂在丛林昏暗的边界之上，就像用鸵鸟羽毛做成的流苏，专为某种古老、原始的庆典而精心设计，飘荡在黝黑土地的额前。在灵敏、可塑的热带大气中，月亮似乎胀大到了平常的两倍，表面如水银般湿漉漉的，晶润清亮，坠下丝丝流光。沿丛林浓密的羽状边缘一直往北，大海将其金丝银缕的披风卷过来、又展过去，铺在闪闪发光的白色沙滩上，动作之轻盈灵巧有如一位老到的远东商人正捆捆抖开最上等的丝绸，古老而绵长的沙沙声在劳伦斯的耳边久久萦绕。只是在那遥远的地平线上，大海也渐暗下来，紧缩成了一轮漆黑的防线，直面着从高低错落、层峦叠嶂般的云峰里甩出的雷电。环圈的最边缘借由电气的闪烁时隐时现，时而显出咄咄逼人的亮紫，时而陷入闷闷不乐的郁金。这时的夜色和景致近乎黑白交汇的时刻，既是一天的彻底结束，又是另一天的崭新开始。劳伦斯的理性认知似乎也和地平线上震颤着的电光一样，具有某种急迫、抽搐和时断时续的特性。然而，在难以言表、非理性的意识层面上，他对于永恒意义的领悟，对于生命华美和丰富性的感知，正如这辽阔的黑夜，脚步敏捷，激情澎湃，在头顶的苍穹上大步流星地走过，就像王后正赶去密会皇宫里的情人。他发现，若将我们所遭受过的——战争、酷刑、经年累月的饥饿和在污秽不堪的牢狱里度过的那些有如鬼魂附体的阴沉岁月——放上由那一瞬间铸就的纯金天平，一切都会显得那样无足轻重和微不足道。一想到马上就要为那并不光彩也不正当的过去再搭上一条性命，他更觉得没什么意义甚至令人反感，心中愤懑不平。正是怀揣着这样的一种心情和态度，他恰好在午夜前赶到了监狱。有人正在等他，他一现身，就立刻被引到原的牢房。

就像所有的死囚一样，原也被单独关押在一间牢房。当牢门打开，劳伦斯走进去时便看到，尽管身边有一把椅子，原却站在窗边，脸贴近铁窗栅栏，正凝望着窗外的月光。那光与牢内的黑暗形成一种鲜明对比，生动且热烈，就像一块银色的丝绸绷张在整个方窗上。很明显，原已经放弃会有人前来拜访的念头，顶多以为是监狱的看守在例行巡视。他没有转身，一动不动，一言未发。但当看守打开牢房的灯时，他转过身想做出一个表示抗议的手势，这时，他看到了劳伦斯。他一下子僵在那里，好像后背被人给重重地击了一拳，回过神来后深深地向来客鞠了一躬，还是一声不吭，这让劳伦斯知道他已感动得说不出话。当原鞠躬时劳伦斯看到，他的头刚刚剃过，新刮出来的头皮在电气灯下像缎子一样闪闪发亮。劳伦斯命令看守离开，好让他俩单独待会儿。当门再次关上时，他对刚直起身来的原说：

"很抱歉我来晚了，但我直到晚上九点才收到你的消息。我估计你早已经不抱什么指望了，以为是我不愿意来。"

"不，劳伦斯先生，"原回答，"不是，不是的。我从没以为你会不愿意来，我只是担心出于种种原因，我的请求没能传达到你那里。赏光前来我非常感激,给你添麻烦了。真是抱歉！要不是事关重大，我是不会这么做的。请原谅我吧！有些事情我还是想不通，我知道你会理解我的，如果还没想通或是带着错误的思想去死，你知道那对我来说该有多难。"

于是，原不紧不慢地开始说，言语间，他刻意让自己显得礼貌、平和，但劳伦斯依然可以从那种表面的平静中看出，他的思想此刻就像一条湍急的河，流淌进他自身的峡谷，比以往任何时候都要更深、更远，一路奔腾着冲向大海。

"这个可怜的家伙，该死的、可怜的家伙，"劳伦斯想，"都死到临头了还揪着什么'思想'问题不放，还总觉得他自己或是别人在'思想'上这不对那不对的。"

"没有什么需要原谅的，原先生，"他高声说，"一收到消息我就赶过来了，我很乐意前来。请告诉我你有什么问题，我会尽力帮你的。"

劳伦斯称呼原为原先生，很显然，他对这种礼貌用语非常在意，那双乌黑、下垂的太阳女神之子的眼睛亮了一下，流露出一股抑制不住的喜悦。劳伦斯看得出来，这几个月，没有人这么客气地跟他说过话。

"劳伦斯先生，"他急切地开始答话，一脸的恳求，像是一个围着老师打转的男孩，而不是走下战场与过去的敌方军官对话的日本上士，"是这样的：我一直认为你比较能理解我们日本人。即使过去在我不得不惩罚你的时候，我觉得你也能明白，想要惩罚你的不是我，原，我只是必须那么做，而你从来也没有因此憎恨过我。现在我想请你跟我实话实说，大家都说你们英国人最是公平公正，不管我们认为你们身上还有什么别的缺点，都一直当你们是公正的民族。你知道我并不怕死，你也知道，在我的国家发生了这样的事之后，明天我将会很高兴地去死。看，我已经剃了头、洗了澡、净了身，从口腔到喉咙都漱干净了，我洗了手，喝了长路上的最后一大杯水。我已经把现世从脑袋里清空了，把它们从我的身上洗掉了，我的肉身准备好去死了，就像很久以前我已经在自己的心里死过了一回一样。真的，你必须清楚，我一点儿都不介意去死，只是，只是，只是为什么我必须要为了你们所给出的理由去死？我不知道我都做错了些什么，其他没犯这种错的士兵就不会去死。我们都曾相互残杀，我知道这不好，但这是打仗。我惩罚过你，也杀过你的同胞，但我的那些打打杀杀并没有出格，换作你是我手下的日本人，你肯定也一样，也得做同样的事情。事实上，我待你们比待我自己的手下还要好，对待你们这些战俘比对待许多其他的人都要好。信不信由你，我比军规所规定的和我的上司所要求的宽容得多。如果我不那么严厉和严格，你们所有人都会精神崩溃，有些人可能早就没了性命，因为你们的思维方式如此错误，你们是如此不知羞耻却又总是肆意妄为。如果没有我，希思礼－艾利斯和他所有的手下都会在那座珊瑚小岛上绝望至死。运送食物和药品的船只没来，那不是我的错。我只能抽打我的那些囚犯，因为只有那样他们才能打起精神活下去。如果有人挨过打还想着去死，那我就得更狠，打得更狠才能救下他们。可现在，我却要因为这么一个理由被处决。我想不明白，我到底哪里做错了，除了我们大家都犯的错以外。如果是我做错了什么，请实话告诉我，我是怎么错的，又为什么会错，我就能痛痛快快地去死了。"

"我不知道该对他说什么。"劳伦斯转向我，神态有些绝望，"他所问我的尽是我一直以来扪心自问的问题，自打这场该死的军事审判开始后就没停过。坦率地讲，我自己都不理解，也从来没看出这场审判有哪些益处。在我看来，我们现在根据一项从未属于过他、他也从未听说过的法律来判决其有罪，恰恰正如他和他的那些主子曾因我们违反了从不属于我们的日本法典而实施惩罚和杀戮，二者都是错误的。并不是在说他因违背本心而犯了罪。如果说还有什么人能自始至终对自己坦诚，能一如既往听从自己内心那一丝微光的召唤，那么非这个可怕的小个子男人莫属了。他也许出于一个在他看来正当的理由做出错误的行为，但我们现在又怎么能为了一个正当的结果而企图用错误的方式解决问题呢？我想不出哪种惩罚可以弥补过往，即使是为了给并不光彩的过去注入一种崭新的、具有某种现实意义的生命力，也没有哪种做法比这种不被理解也不可理解的报复行径更徒劳、更蓄意的了！所以那时我的确不知道该说什么才好！"

话到此处，他一脸的无奈，那无奈中还夹杂着困惑、迷茫、辛酸和痛苦，它们交织在一起，让他变得如此不堪，于是他索性对着渐渐阴沉下来的天空用力一挥，止住了脚步。

"但你总得要说些什么，"我接过他的话茬，"总不能置之不理吧？"

"哦，那倒是，我的确说了，"他无精打采地说，"但相当于没说。我只能告诉他，这些问题我自己也没弄明白。假如我能做得了主，我会很乐意放他回老家的。"

"这下他满意了吗？"我问。

劳伦斯摇摇头。他并不这么认为，因为听完他的话原又深鞠一躬，向劳伦斯道谢，抬起头来问道："那我到底该怎么办呢？"

劳伦斯只能回答："原先生，你可以试着只顺应你自己的内心，比如，瞧，那些英国人对我所做出的判决多不公平、多不公正，不过是在尽力阻止战时发生在我们之间的噩梦重现。你还可以对你自己说，就像我过去对你掌管的监狱里那些绝望者常说的：'迟早我们都会发现，这世上还有一种生存之道，赢得要靠输掉来争取，胜利要靠失败去获得。'你现在要想变得明白，要从精神上赢得胜利，这也许是一种可取的方式。"

"你所说的，劳伦斯先生，"原说着开始大口吸气，当日本人真正被感动的时候就常会像他那样，"是一种非常日本化的想法！"

一个现役的英国军官和一个曾经的日本军曹，他们直视着对方的眼睛，默默地站立了很长时间。窗外的月光现在显得越发清亮，伴随着远方地平线上那几不可闻的雷鸣和那难及肉眼的闪电，它所垂下的银丝也微微抖颤。

原率先用他那种令人捉摸不透的方式打破沉默。他突然咧嘴笑了笑，仿佛不相干似的说道："我给过你一个很好的'库里斯马斯'，对吧？"

"没错，"劳伦斯低沉地回答道，旋即又下意识地补充，"你是给过我一个非常、非常好的圣诞节。今晚就请你把这个想法带在身边吧！"

"我能一直带上它吗？"原问，脸上还挂着微笑，但声音里明显多出了一种近乎欢快的挑衅意味，"就算是去我明天要去的那地方？"

"没错！尽管形势所迫……"劳伦斯答道，"只要你乐意，明天就带它上路吧……"

就在这时，一个看守进来报到，然后告诉劳伦斯会面已经超时。

"告辞了，原先生！"劳伦斯说完，深深鞠了一躬，又加上日本人常用的那句古老的告别语"如果必须这样"。劳伦斯觉得这句简语饱含着他们那种无法预料但又无法改变的宿命感。"再见！愿上帝与你同在。"

"如果必须这样！"原平静地回复道，同时深深地鞠了一躬，"如果必须这样，衷心感谢你的一片厚意，衷心感谢你能赶过来，特别是你那一番推心置腹的话语。"

劳伦斯立即起身。如果再多看原一眼，劳伦斯不确定自己是否还能保持住克制，因此他抬脚就往外走。但刚到门口，就听见原一声高喊："劳伦斯！"那腔调就跟劳伦斯一连遭受几周折磨后，原在司令官办公室里所喊出来的一模一样。劳伦斯转过身，只见原正咧着嘴在笑，仿佛他从来没有像现在这样快乐过。那一排黄板牙黯淡无光，大金牙的亮边就越发清晰地显现了出来。当他俩四目相对时，原开心地喊道："圣诞快乐，劳伦斯先生！"

不过他的眼睛里，劳伦斯接着又说，其实并没有笑意。刹那间那其中闪过一道光芒，纵然倏忽即逝，却已然超越尘世间众多的时刻，让一切世俗矛盾和精神冲突趋向缓和，一切偏颇和欠缺都随风而逝，只留下一抹深沉阴郁、黑夜与白昼交汇时才会现出的微光。那光彻底改变了原那副本有些古怪、扭曲的嘴脸。在劳伦斯看来，他原本有些史前类人猿特征的面孔比以往任何时候更美。他被那抹光深深地打动了，旧人的眼睛牵动着他返回牢房。的确，他试着回去，但最终有什么阻止了他。一半的他，深沉、本能、天性、冲动的那一半想转身把原抱进怀里，再在他的额头轻轻吻别："我们可能无法叫停，也无法纠正外部世界曾犯下的严重错误，但是无论在你我之间，在你即将前往的未知之地，或是在这个我将继续努力前行的、不完美又挥之不去的意识维度之中，都不再会有邪恶降临。因此在我们二人面前，一切个体私生的罪恶将一笔勾销，一切个体私生的盲目行动和非理性反应将不再结成恶果，普遍存在于我们时代的误解与不解、仇恨与报复将不再蔓延。"但这些话并没能说出口。另一半的他，那个神志清醒的英国军官，已经走到了门口，身边还有一名一脸严肃、警惕性十足的卫兵陪伴，他最终有心无力地跨出了门槛。就这样，最后一次，哐当一声，牢门把原和他金灿灿的笑脸关了回去。

但在返回驻地的路上，原最后的表情一直如影随形，他很后悔在牢门口的时候没能折返。那阻止他的另一半究竟是个什么卑鄙龌龊的东西？他当时要是能转身，可能已经扭转了整个历史，因为一切伟大的事物不都是从一粒微小的种子萌发的吗？那是纷繁动荡的人心所产生的一次小小改变，是在一颗谦逊、顺从且善于悔过自新的心当中所发生的一次真正的改变。这样一颗心能谦卑地接受自然精神所赐予的初始悸动，不以任何人间理智发问，并以一己血肉来表达它。这样一颗心能谦卑到在活出新的意义之前不去思考它，于是其余的一切接踵而至，就像黑夜的身后紧跟着白昼，于是另一个亘古不变的伤害循环，那种以眼还眼、以牙还牙的链条，将永远被彻底斩断。他感到自己辜负了未来。他的心变得如此黯淡和灰暗，以至于他突然一脚把车停在了大海边缘的棕榈树下。

他倾听着海浪冲刷沙粒的亘古声响，不由得悲从中来。晨风抚摩树冠，它们踏过春的世界，穿越暗的夜空，就像造物主那无尽的探索精神苦苦追寻人类短暂又并不完美的躯壳。他看见几艘帆船正在出海，一轮满月渐渐西沉，仿佛既心满意足又已疲惫不堪，懒懒地将自己挂到那几片带着黑色波纹的船帆顶上。月亮现在比他来时第一次看到它的时候还要大。是的。现在，陪伴着原的最后一轮月亮不仅硕大、满圆，还溢出了一种黄光，一种告别之光。正在他心潮起伏时，林子背后的某个马来村庄突然传来公鸡的啼鸣声，敲响了白昼即将到来的警钟。他忽然再也无法忍受，那啼鸣听上去仿佛在宣告他第一次的背叛与最近一次的堕落，仿佛变成了对原所喊出的那一声"圣诞快乐"的滑稽模仿。尽管现在并不是圣诞节，尽管那片土地也不属于基督徒，他还是觉得自己背叛、出卖了所有的圣诞之日。

他迅速掉转车头。他要再回到监狱，去见原，为刚才的犹疑不定赎罪。他一路狂奔，在黎明时分冲到了监狱大门口。这时，一股巨大的、炽烈的、火焰一般的红光喷涌而出，蹿上了监狱塔楼的楼顶。

"当然，我太迟了，"劳伦斯对我说，表情痛苦不堪，"原已经被绞死。"

我拉过他的胳膊，和他一起转身、回家，路上一句话也说不出来。当他接着发问"我们一定要永远太迟吗？"，我无法回答，这句话与其说是在问我，在问那愈加阴郁的天空，倒还不如说是在问他自己。他也在不知不觉之中替我问出了这个问题。那一问就像一座新监狱的铁窗栅栏所投下的阴影，飘荡在我俩和那些正在冉冉升起的新星之间。我的心中已满是泪水。

第二部

The Seed and the Sower

种子与播种人

—— 圣诞之日 ——

第二天早上

圣诞清晨，我醒得很早。前一天，约翰·劳伦斯跟我讲述了关于原的往事，现在一觉醒来，我发现自己的心思没在节日上面，而是完全被关于雅克·西利尔斯的回忆所占据。天还没亮，两个孩子还在酣睡，我就悄悄起床，下楼来到我的书房。书房写字台下的一个小柜里面存放着对我来说最重要的一些东西，我用钥匙打开柜门并拿出七个硬纸板文件夹，迅速打开最上面的一个，查看里面的东西是否完好无损。一看到西利尔斯那力透纸背的字迹，我的心立刻安稳了下来。字写在粗糙的黄色厕纸上，那是日本人唯一允许我们在监狱里使用的纸张。这些纸又脆又薄，边缘已经磨毛，而且由于潮湿，部分毛边已经腐烂（它们曾被裹在一小块部队在露营时铺地用的防潮布里，塞在了牢房的石条地板下），但纸上的字迹仍然十分清晰，仿佛只是刚刚写就，而根本不像是八年前的东西。双手捧起这一叠并不厚重的书稿，只一会儿，我的指尖就现出了一种麻刺感，仿佛在为眼前的奇迹而受到电击，因为它不仅能在黑暗、潮湿的爪哇泥土里幸存，还躲过了那些抓捕我们的日本兵的疯狂搜查。最终，在战争结束后多年，一位爪哇泥瓦匠发现了这些书稿，惊奇之余，他被上面的内容深深打动，于是便把它交给了一位当地的官员。那个官员碰巧又认识我。当这位官员看到包裹外面写有我的名字和在英国的地址，并读到恳请务必将其寄给我的字句时，他没有理会那些常规的办事手续，立即把它直接寄给了我。

我静坐了一会儿。自从我收到它，常常就会这样静坐、沉思。多奇怪啊！西利尔斯竟然会选择我来作为他的收件人。在他自己的国家，一定有许多人对他更了解，他们本应更适合做他的收件人。的确，我曾经一连几个月在想，他为什么不把这些书稿寄给他弟弟呢？在他的那些字句中，他弟弟的形象颇令人不安。但当我去拜访了他的老家才发现，那几乎行不通，当然，这也暗示着他对即将发生的事情有着某种清晰的预知，这反过来又加深了他特意要把书稿寄给我这件事的奇异感。但在这样一个寂静的圣诞黎明，我静静地坐在那里，对我来说最奇异之处也许在于，我突然意识到书稿应该寄给我，这样才最安全，这样才能经由我的手将它展示给约翰·劳伦斯。昨天傍晚他告诉我的那些关于他自己和原的往事让我觉得，西利尔斯写这些东西可能不是为了他自己，也不是为了我，甚至不是为了他的弟弟，而恰恰就是为了劳伦斯。一想到这里，我忽然无法按捺自己。我等不到中午，也等不到从兴奋的孩子们中间挣脱出来或是走出教堂以后了，一吃完早餐，我就把劳伦斯拉到一边，问道：

"你还记得雅克·西利尔斯吗？"

看到他一脸的迷惑，我赶紧补充道："你肯定还记得！就是那个个子很高、长得很帅气的南非籍军官，在北非前线的第一次突袭行动时我俩就在一起，后来他又去了第51突击队，在西部沙漠一带行动。他过去常常和我一起在我们的食堂吃饭。"

"天啊！"劳伦斯叫道，一双灰色的眼睛因突如其来的兴趣而闪闪发亮，"我当然还记得他。他是个很了不起的战士。除此之外，他几乎可以说是我见过的唯一一个可以称得上漂亮的男人。我想起来了，简直活现眼前，还在四处走动……他走路像只动物，总是踮着脚，脚踝放松。那家伙既有狮子一样的胆量，又有骆驼一般的耐力！你说的就是他，没错吧？他好像还有个外号……"

我点了点头："你说的没错，那就是西利尔斯。在部队，大家都叫他'硬汉杰克'。"这个绰号是我给西利尔斯起的。一九四一年，在岌岌可危的利比亚前线，这一绰号广为人知。

"你知道吗，"劳伦斯接着说道，"我最近常常想起他。就在昨天，我还在想，也不知他怎么样了。我一直有种感觉，他不可能活着归来。当然，我不像你这么了解他，你也知道，他话少，至少对我如此。的确，在我的印象中他一直就是个有点奇怪、沉默寡言的人，不过我也知道，只要他想便可以很健谈……"他顿了一下，"但在我看来，他有时表现得好像想要自杀似的。"

"也许，你说的是对的。"我平静地说。

"他真自杀了？这家伙怎么了？你为什么现在想起来问我还记不记得他？"劳伦斯接连发问，语速很快。他的想象力显然已经被充分激发。

"你看！"我说，"在回答你的问题之前，我建议你最好先看看他写的这份书稿。昨天晚上我们聊了不少，之后我就觉得，应该由你而不是我来保管它。你先看看，花不了很长时间。然后我们再聊。"

我让他独自坐在那里，埋首于那一叠用黄色厕纸写就的书稿。在他挺括的额头和俊朗的脸上，时光已经以一种如此亲密的方式书写了它自己的意义。而在他身后，柔和、灰白的圣诞正冉冉升起，笼罩着正在迎接它的那片田野。在监狱里，这片田野曾像人间天堂一样萦绕在我的记忆中。接下来的文字，就是劳伦斯当时所读到的东西。

我的弟弟

　　我有个弟弟，我曾经背叛过他。那次背叛就其行为本身而言可以说是微不足道，以至于大多数人都会觉得我用"背叛"一词来描述它未免有些夸张，会觉得我这么说乃是出于一种病态的敏感。然而，正如人们可以由树木推断出其树种，由果实能辨识出其果木，由舌尖上的味道能分辨出其果实一样，那一次的行为，借由其所带给我的影响以及它在我的个人情感中所遗留下来的某种残暴气味，我认出了那就是一次背叛。那样的影响和气味就是关于背叛的两个最基本的要点，万变不离其宗。毫无疑问，我最好还是在这里把那些要点都写下来，就从起初的时候写起。现在再说起这些，尽管我只是在一五一十地力求展现事情的原貌，既不带骄傲，也不存谦卑，但还是会让人觉得我现在俨然已经成为这方面的专家。而且真要作为专家我还可以很肯定地告诉你们，背叛这种行为最重要的特征之一，就是在其萌芽之初既不会显得多引人注目，也不会显得多离经叛道。的确，那些注定会造成最严重后果的背信弃义行径，在其发端的时候往往都并不显眼，大都平淡无奇，它们会更倾向于不声不响、一脸谦卑地耐心等待着，直到万事俱备，那苦涩的果实只待瓜熟蒂落。它们似乎总偏爱把自己装扮成日常生活中一些自然而然、毫不起眼的琐事，将自己撒播进一块毫无防备的心田——它们已经选定以那块心田为温床来悄悄孕育自己。这样的一些琐事往往都显得微不足道、不言而喻，出现在日常生活那些熟悉到可以熟视无睹的场景之中，没有什么可选择的余地，也没有可拒绝的机会。事实上，背叛总让自己表现得就好像它顶多也就值那可怜的三十枚银币①，那是付给有史以来最大的、意义最为深远的一次背叛的价码。我认为，这一点不仅是背叛最基本的特质之一，也是最具杀伤力的一个。说到这里，我们可以拿背叛与信仰作个比较，它们都起始于渺小，成就于伟大。意识对于信仰的追求无论去到多远，即使能到达意识存在的最外延，那信仰仍然明确地站立在世界的门槛上。假如意识有形，心中的信念就能移山。但背叛只为着自己存在，并不需要任何特别的东西。一次简简单单的拒绝，一种不经意间的否定，都足以成为它最有效的一个发端，就像致命的颠茄②那

---

① 犹大出卖耶稣的所得。（全书注释若无特别说明，均为译注。）
② 一种有毒的欧亚产茄科植物，开暗紫色的钟形花，结有毒的黑色小浆果。

几乎趋于无形的花粉。正如欧几里得几何学上那个背叛直觉中心的几何点，背叛的存在既不依赖量级，也不依赖大小，只需要一个"位置"。接下来我所讲述的就是那样一个时间点、那样一个地点和那样一个环境，就是我自己生命中曾经所处的那个"位置"，事关背叛，我需要认真给出一个交代。

我们家一共有四个孩子。我是长子，然后是两个妹妹，最小的一个是我的弟弟。我的两个妹妹都死于伤寒——那些疫情也蔓延到了我们偏远的非洲世界，每一次残酷的旱灾之前就要降临，就像埃及所发生过的那些瘟疫一样。所以，家中的四个孩子只存活下两个，就是弟弟和我。记得妈妈有一天长吁短叹地说，我太年轻了，不懂得分享，不会做个好哥哥。我之所以在这里提到这一点，并不是因为事到如今我才开始认识到她当年那一番感叹中所蕴含着的某种意味，而是多年以后我自己有了要记住她这句话的理由。弟弟和我相差七岁，这七年间，许多事情都有了不同，生活的残酷已经榨干了其原本鲜活灵动的血肉。在我的记忆中，那变化就像从饥荒年月里走出来的饿殍怨魂一样，食不果腹，又干又瘦，走起路来步子缓慢；又像法老梦中那群瘦弱不堪的牛羊，警醒约瑟将要有大饥大渴显现于世。于是，这就给我和弟弟在年龄上的差异增添了一种特别的压力，它不仅改变了我们的生，也改变了我们的死。然而，这只是我们之间众多差异中的一个，所有的差异我都会一一提到，因为正是它们引出了我俩的故事。

首先，我天生皮肤白皙，有一双深蓝色的眼睛。我发育得很好，长得又高又壮，成长过程中没有受到过任何伤害，也没有出现任何障碍，充分建立了对身体的自信，这种自信也反映在我的步伐和姿态中。在广阔的物质世界中，我的身体完全自由自在，与其他任何人相处都轻松愉快。我就像是一条在琥珀色的大海里游动着的、镶着金边的最上等的鱼一样，完全适应周围的环境，感到一切都丝一般顺滑。从很小的时候起，我就和我儿时最好的同伴一起玩耍，一起骑马，一起狩猎，一起劳作。非洲这片古老的土地总是蔑视一切，它十分狡猾，有无限丰富的经验，总爱嘲弄和挑衅它所涵养着的生命。而面对各种挑战，我做出了自己的回应，他们都说我总是不知疲倦，且无所畏惧。此外，我口齿伶俐，相貌也很不错。事实上，说相貌也很不错确实是太过低调了些，因为正是我的相貌对我的性格形成产生了极其重要的影响，对此我无须讳言，且应当多费些笔墨。

　　实际的情况是，打从很小的时候，多数人都会发现我的相貌美得太过惊人，他们中的许多人会被我的外表深深吸引。前面我曾提到，讲述时我会"一五一十地力求展现事情的原貌，既不带骄傲，也不存谦卑"，这就是我需要秉持这种态度的事情之一，不带任何虚荣或自满。时光荏苒，岁月蹉跎，我全部的身心早已铅华褪尽，只有事实，而且只有那些经过精准的观察与切实解释的事实，才能让我的心中再起涟漪。我清楚只有事实才能拯救我，我热切渴望从我所历经的那些鲜活的事实当中锻造出一种强大的武器，强大到足以让我对抗不真实之事的力量与浮华，它们曾如此狂妄自大，如此耀武扬威，与我本人及我所处的那个时代的精神完全背道而驰。但关于我的外表，如果说我确切地意识到自己对其还存有其他什么不良情绪的话，那就是一种微妙且无处不在的厌恶感。也许这话听起来会让人觉得不知好歹，是对生活的忘恩负义，甚至是恩将仇报。然而，事实就是这样。对于自己的相貌，我内心深处甚至可以说怀有某种怨恨，甚至还将自己后来的遭遇也归咎于它。我们以前的邻居家有个孩子，生下来就是个侏儒。小时候，只要一见到他我就会同情他，并暗自庆幸自己没有长成他那个样子。然而今天，我不确定自己原本是不是该羡慕他才对。我只是不知道，对于一个生命的完整性，到底哪一方更有可能构成某种最大的威胁：长得好看还是难看？样子招人喜欢还是惹人讨厌？毕竟，侏儒可担心的只是别人的同情和怜悯，而且这样的同情和怜悯充其量也坏不到哪儿去。但人们对于我的那个"仇敌"却总是一见倾心，在我还不知道自己身在何处，甚至不知道自己是谁之前，我就已经被他们的"倾心"所俘虏。侏儒的镣铐是一副终身无法摆脱的残疾身体，而于我而言，枷锁不只是一副相貌姣好的皮囊——与其说是它束缚了我，倒不如说是人们在看到我之后，首先会产生想象，然后通过他们的想象又迫使我成为他们所想象的那个样子，这才是我身上的枷锁。现在我开始明白，打从很小的时候起，周围的人"映现"出的我的相貌诱使我开始偏离自己，出离自己原本的那颗内在真心，义无反顾、无力自拔地投身于某种角色，那是我的赞美者以及他们身上那种模糊、晦暗的磁场引力法则自动要求我去扮演的。直到今天，一回想起这种强迫机制所具有的那种冷酷无情的力量和效率时，我仍然会不寒而栗。这种强迫机制作用于我，也同时作用于其他人，它迫使我把自己那副独一无二的血肉皮囊，出借给我周围飘荡着的那些朦胧的欲念、虚幻的愿望、死气沉沉的某种自我。慢慢地但又切实地，我与原本的那个自己之间产生了一种痛苦的隔阂。我成了一个不是我的我，一个浪迹天涯的浪子，行迹不定、饥肠辘辘，我总是一错再错，然后又错上加错，已经开始万念俱灰。可以说，我遭受的就是海伦的诅咒，她的脸引发了"上千艘战船的沉没，让伊利昂的塔楼尽毁于一旦，只剩下断壁残垣"。至今，海伦的美貌依旧萦绕在人们的眼中，在那些眼眶里，她就是囚徒，还要被囚禁到何年何月呢？

　　然而，我并不是古希腊神话中那个最俊美的少年那喀索斯，也不会一看见自己在水中的倒影就迷恋致死化身为百合花。我从来没觉得自己有多漂亮。的确，我常常会对着镜子和商店橱窗里的影子凝视上一阵，但并不觉得骄傲和自豪，而且还只敢偷偷摸摸那么做，仿佛我也害怕从影子中看出我感觉中的那个自己究竟长了一副什么样子。因为尽管在人们的眼中，明摆着，我拥有一副俊美的相貌，但我始终知道自己也是一个丑陋的人。我清楚，他们眼里的那一副如此诱人的皮囊，只不过是某种更大的东西的表象罢了，而那种更大的东西和我所说的丑陋紧紧相连且密不可分。以某种神秘的方式，我意识到这世上从来就只有两个我，没有一个单个的我，我就像是一对连体婴儿，每晚要坐在自家的圆桌旁吃晚饭，我的彼此如兄弟一般相互滋养、相互支撑，然而，我的彼此也总在莫名其妙地相互疏远、持续不断地否定着对方。

是的，尽管存在各式各样的挑拨，但我从来没有像别人看我那样看待自己。在现代镀银镜面的水晶光中，我的影像并未像银光应有的那般倏忽闪现，而总是多少会显得迟滞，有所抑制，就像是某处池塘那琉璃一般的水面底下漫出来的微光，那种池塘常常出现在非洲黑色灌木草原的丛林中，就像是黑人手上佩戴着的一枚结婚戒指。噢，我多么清楚地记得那一处池塘和那一个仿佛已经分外久远的黎明，当时我跳下马背想到池塘边痛饮一番。我对着金色的池水跪了下来，右手舀水，舀起的像是一把火，左手握缰，牵着身旁那匹银白色的骏马。马在饮水之前，会小心翼翼地轻吹水面，水面在燃烧，春天的花粉被晨曦照亮，像一条彩虹雾带横跨水面。突然，不远处，马的鼻息所激荡出的涟漪化作一排玫瑰色的波纹在有节奏地振动，波纹之外，我看见了自己的倒影，正在从紫色的池水深处前来迎接我。那倒影我看不大清，朦朦胧胧的，又有些虚幻，与我俯在上面沐浴着晨曦的明亮身形大不相同。他就在那里，他是晦暗的、不光彩的，他在那抖颤着的、被晨曦染红了的波条中徒劳地挣扎着，竭力想要自由地表达自己，就仿佛水面上的那些波纹不是自然振动的一种结果，而是用来永远囚禁他的囚笼上的铁条。那时候我忽然很伤心。也许，如果那场面能激起我的某种愤怒，我或许会觉得好受些。谁知道呢？我自己肯定是不清楚。

还是继续说说我和弟弟之间的不同吧。从外表上看，我们俩几乎没有相像之处。他长得非常黑，依从的是一种不可预知的规律，那规律似乎一直在主导着我父母双方家族的生育。他的头发又黑又密，而我的头发则是又细又白。他的肤色是地中海橄榄色，眼睛大而圆，透着一种强烈的、带辐射性的黑光，这是他的一大亮点。一看到他的眼睛，我就会感到某种奇怪的不安、某种难以言表的难过。我希望我能说出这其中的原因，但精神上的不适大都没有什么道理可言。痛苦只是用时光这把无情的亚瑟王神剑将意义从无意义性之中分离出来的那一击。然而，我还是强迫自己努力给出一种解释。在我看来，他那双幽深的眼睛有时显得毫无防备，这一点似乎令人无法忍受。那目光似乎太过信任我们，在我们所处的这个文明时代的算计和怀疑面前，它显得太过无知。正因为如此，那目光似乎也蕴含着对我和我如此自由自在地身处其中的这个世界的某种责备（尽管我并不确定弟弟的个人情感或意图究竟如何）。

对于这种微妙的不适，我倒是巴不得自己能够自如、稳妥地应对，但我做不到。我只知道从一开始它就在那里，而且打从我有记忆开始，它就会时不时地在我身上引发出一种不由自主的愤怒感，无论那种情绪是多么不合理、不公平，无论我采取什么样的防范措施，它都会焦躁地从我身上爆发出来。更糟的是，对这种爆发我弟弟似乎从不介意。他总是自然而然地承受这一切，似乎他天生就该那样，无论有多黑暗，那就是他正常生活的一部分。当我一而再再而三地、笨拙地请求他原谅时，他会一脸热情地看着我，很快地回答："没事儿的，哥哥，没关系的，一点儿也没有。不用担心。"事实上，每当这种时候他就会表现得好像我刚刚帮了他一个很大的忙似的，就好像我的焦躁和恼怒反而给了我们两个机会。这一切都太不可思议，但我又不得不平心静气地、无可奈何地接受它。不过我还是忍不住猜想，生活所带给我的这种缺陷（如果它也算是一种缺陷的话）应该也是必然的，它融入所有生命的本体之中，要伴随生命的成长而成长，正如一个无限小的缺陷出现在了蚌壳里，从而诞生出世上第一颗珍珠一样。有人说过，这世上"没有什么能比一个人愿为自己的朋友献出生命更伟大的爱了"。然而，还有一种爱也许同样伟大，那就是，一个人为了他的敌人而活，他笑看他们对他的敌意与日俱增，而自己却永远不会成为他们的敌人，直到最后恨意到了极点，敌意达到极限，他们才如梦方醒，才充分认识到他们那些可怕的敌意的真正含义——正如我的弟弟，激起了我奇怪的敌意并忍受了它们，却又从未对我怀有敌意一样。然而，在爱的方面我不擅长，在背叛方面我倒是个能手，所以在这个问题上我没资格像个专家那样评头论足，也不会去过分强调它。不过，限于篇幅我仅再补充一点，我并不是唯一一个对弟弟有这种反应的人，这种反应在经常与他接触的大多数人身上都有，大同小异。

正如我前面所说，长大后我身材高大、体态健硕。但弟弟从一开始就身材矮小，长成了个方形。他非常强壮，但动作迟缓、行为呆板。我担心，他看上去会很不讨人喜欢。出奇的是，他的眼睛里透出一种魔力，不幸的是，这种魔力会让人感觉不大舒服。他的头太大了，虽然他的肩膀很宽，但还是显得不成比例。然而，身材如此粗糙，他的脸却又长得如此稚嫩，稚嫩得令人不安。他的额头上从出生起就有几道深深的皱纹。前额中间的头发，一左一右长有两个发旋。这样搭配的效果是，他的脸表情阴沉，但却十分宁静。然而，一旦他开始笑，露出一口整齐洁白的牙齿时，那张脸就会变得出奇地绚亮，甚至可以说是美丽。但可惜的是，在公共场合他很少笑。他的笑似乎只会留给我们俩，当我们之间的紧张关系缓和下来的时候才会出现。所以，一般而言，他的脸似乎总是皱着，总是一副深思反省的模样，就像炎炎夏日里我们家那只非洲黑母鸡。她总匍匐在自己的窝里，脑袋微微歪向地面，任凭外面的世界被火烤，骄阳在轻抚着光之琴弦，她一概充耳不闻，只听从自己内心对于生命的渴望和呼唤。

在学校，很多功课我都成绩优异，玩的方面照样也很出色。

弟弟总是要费九牛二虎之力才勉勉强强通过考试，他对体育不感兴趣，运动方面毫无长处可言。我速度很快，是一个一流的短跑选手。他行动迟缓，连走路都显得慢慢腾腾、步履沉重。我喜欢各种动物，包括非洲草原上那些像烈焰般闪烁的猎物和彩虹般亮丽的鸟类。弟弟似乎对这些东西都没多大兴趣，但从童年起，他就对从土地里生长出来的一切东西展现出了极大兴趣。对于栽培和种植，我没有耐性，而弟弟则喜欢耕田和播种。他笨拙的双手一沾上土地，就总能让人啧啧称奇：他在地里种下的任何东西似乎都能茁壮成长、开花结果。从黎明到日落，他总是跟在他最喜欢的那一排紫红色的耕牛后面，他那具单铧犁在非洲猩红的土地上深深地翻卷起一垄一垄的波浪，就像荷马时代柚木黑船的船首，在清晨酒红色的大海上掀起一波波浪涌。一天的深耕细作之后，他会在黄昏时分回到家中。我常常发现他就那么静静地坐在犁具的把手上休息。"想什么呢，小老弟。"我会这样跟他打个招呼。

他决不会马上就应声，过会儿才不紧不慢地说："只是在闻闻泥土的味道。你知道，对我来说，世界上没有任何一种花闻起来能比刚翻出来的泥土更香的了。"

然后，我就会也闻出他所说的那种气味。那是古老的大陆从自己土壤的汗腺里散发出来的一种无比巨大的汗味，充盈着我们周围炽热的空气，就像是魔术师用咒语挥洒出来的黑色精华。最后，当铺盖在大地上的那件原本粗陋不堪的旧大衣被里外翻了个个儿，它那古色古香的衬里像天鹅绒一样铺展在阳光下时，他就会像图文并茂的新约寓言中的人物一样，大步踏过赤裸着胸膛的土地，播种下他的第一粒玉米。我会注视着他双脚分开跨过激情澎湃的土地，留意到他的步态总是那么蹒跚、笨重，就仿佛他的存在总是要以脚下这片起伏的土地为前提，就好比水手的一双脚总是要以波涛汹涌的大海为前提。他对土地的直觉也准确得出奇，简直不可思议。他还没多大的时候，我就曾看到他站在一小块土地上，全神贯注地站了那么久，最后我不耐烦地喊他："你打算站在那儿做一整天白日梦？看在上帝的分上，快醒醒吧！"

"对不起，哥哥，"他会不慌不忙地回答，"我在想，这块地种些什么好。它相当不错，很适合种植。但种什么呢？"

"哦。那也得种了才知道啊！"我的口气里开始有了烦躁。

"好好看看还是会有帮助的，哥哥。"他会这样温和地回答或说些类似的话。尽管我对他的说法嗤之以鼻，但心里也在琢磨，他也许是对的，虽然我并不喜欢承认这一点。我知道，他会以一种我根本无法理解的方式和地球交换彼此的磁场信息，就仿佛是在进行对话一般。等回到家，他就会向父亲推荐某种作物，然后，果不其然，这种作物会在其合理轮作的过程中持续丰产，直至今日。

除此之外，他还在占卜找水方面具有非凡的天赋。第一次发现他拥有这种能力那天的情形，我至今仍然难以忘怀，回想起来依然是历历在目。当时我几乎已经长大成人，而他却只能说还是个孩子。那时，一连串的旱灾让我们的生活已经难以为继，粮食眼看着就要不够，父亲正急于寻找新的水源。非洲大地上有靠直觉找水的占卜师，他们的本领很神奇，就像旧约里的先知一样，常常走东串西，行踪不定。为此，我父亲请来了一位，希望能得到他的帮助。

　　父亲请到的是一位身形枯瘦的老者，我们目不转睛地看着他骑着毛驴来到田间，驴子由一个黑人小男孩牵着。从近旁的一棵野生橄榄树上，他砍下一根带有 Y 形分杈的树枝，把树枝上的橄榄叶清理得干干净净。然后，他大步走到被选中的地块，就像摩西在西奈山大步走到朱红色旷野里的那块磐石跟前那样。一旦脚步落定，他一手一个分杈，双手紧握那根 Y 形树枝，树枝的主干直指蓝天，那树枝的模样就像是一个朝圣者在双手合十虔诚地对着上苍祈祷一般。之后，他以一种缓慢的、仪式感十足的步伐，从东到西迈过那片土地。午后的空气十分炎热，不时会卷起一阵旋涡，撩动着他那长长的胡须，他的一举一动都显得如此专注，神情似乎带有某种恍惚，那样的撩动多少也就有些不敬。到了某种关键的时刻，为了阻止树枝分杈在他手中打转，他得越握越紧，手指关节都攥得开始发白。但慢慢地，树枝主干的最上端开始振动和摇摆，到最后，尽管他似乎竭尽全力地在阻止，那根树枝的尖端会突然往下，然后整个树枝就像拉弓射出的一支箭，震颤着、笔直地插进他两脚之间的土地。

这一幕一出现，在场的白人就会不由自主地开始窃窃私语，那些无拘无束的黑人仆从则会高呼"耶——波！"。接着人群里开始传出笑声，其实那不仅仅是笑声，更是一种紧张之后突然释放所带来的一阵快意，就仿佛在老人的血液中神秘积聚起来的电荷也让他们涨得难受，现在一下子全涌了出来。

那老者依然镇定自若，并不为围观者的反应所动。他立即停了下来，用手指在地上从东往西画出一条长线，然后又向南退出三十步，依旧踩着他那紧绷着的仿佛是被催眠了的步子向北走。他的天赋不会辜负他。Y形树枝又一次像支箭一样插了下去，于是，他又在地上画出一条由南向北的直线。在两条线的交会处，他用脚跟在地里旋出一个窝，对我们的父亲说："这儿有好水。有两条很强的水脉就在这底下一百英尺深的地方交汇。"

当时我刚刚读完大学一年级，学的是法律，身上新近觉醒的理智被老者那种张嘴就来的自信给激怒了。一个念头涌了上来：他只是在装模作样罢了，他也只是在猜，真要让我们自己猜的话，结果也未必就比他的差。我低声对弟弟说出了这个想法，他面色平静，声音不高但口气却很肯定："你说的不对，哥哥。"

"别犯傻了，谁能知道这底下有水？"我悻悻地反驳道。

"我就是知道。"他温和地回答。然后，他看到我脸色越来越难看，又迅速补充了一句："我知道是因为——因为我相信那

64

办法对我来说也会管用。"他说这话的时候带着一种奇怪的、讶异的口吻，仿佛这个解释对他来说也是一个新闻。

"什么？"我低头看了看他，但显然我没听错，他一脸的真诚和恳切。于是我脱口而出："行啊，那你就来证明一下吧？"我心想，出出丑对他来说也没什么害处。

立刻，他走到那老者跟前，大大方方地说道："老人家，我也想试一试，你不介意吧？"

那老者看着他，一脸诧异，然后瞟了我一眼，不知怎的，那一瞟让我有些心神不宁。再然后，老者回过头对我弟弟说："当然可以。给，像这样，小心拿着。拿紧！"他把那根树枝的两个分权放进我弟弟的手心。"握紧它，眼睛盯着它的最上端。走稳了。一步一呼吸。你一定能做到。不信的人一定会觉得不可思议。"

然后我们都转过身，看着我弟弟那个笨笨的、迟缓的身影开始模仿那占卜师的表演。

感觉这东西是无形的，但毫无疑问，我自己的不以为然已经开始传递给其他人，现场有越来越多的人觉得弟弟的行为太过无法无天。然而，我弟弟似乎没有意识到围观者的这种情绪。尽管他当时年纪还小，但我还是禁不住注意到他的举止当中存有一种奇怪的权威感。事实上，他几乎完美地再现了那占卜者的表演，在表演的最后，他手里的树枝也都扭向地面插进土里。就在那老者弯腰划拉出十字架的地方，他也用自己的食指在地上画了一个类似的标记。然后，他站起身看着我们，很显然，他希望自己所做的这些能得到大家的认可。不过，大家好像是达成了一种默契，如果对他刚才的所作所为给予太多肯定的话，会助长他那种孩子气的自以为是。三言两语之后，我们就把他撇到一边，转而开始热议在选定的地点开钻的那些事物安排。

我不知道弟弟当时是什么感觉，但那一幕我始终难以忘怀。我常常会突然想起他笨笨地弯下腰，用他那笨笨的手指在那块干渴的沙土地上，在那老者刚刚划拉出十字标记的地方，又一次画出他的第一个十字时的情景。而且那些回想还常常伴有一闪而过的内疚感。哦！十字标记，你神秘的必然性一直就在我们的血液里流淌！这种深奥难懂的画圈与打叉的游戏从未间断地、日夜不停地从一个存在的维度持续到另一个存在的维度。先是大天使的烈焰宝剑在禁园的大门上划出了一个十字，在那里，我们曾迷失自我。又一次，在离开埃及的前夜，十字出现在这世上第一个犹太贫民窟家家户户的大门口，为的是在那个恐怖之夜赶走死亡天使。那夜之后，他们将要从埃及逃离，因为埃及虽然富庶，但他们却一无所有、一直在被奴役，他们将穿越沙漠，逃到另一个陌生且希望渺茫的国度。再然后又出现一个十字，那是一具十字架，它出现的地方，黑暗陡然聚集，笼罩了那应许者的全身。挣脱束缚逃往一个未知的国度，那段漫长旅程的意义一直都是：只有被打上十字标记，被钉上十字架，否定才会变成肯定。就在这么一篇尚未写就的东西下方的空白处，仿佛也躺着一个巨大的十字架，等待着那个可怕的情人——生命——的亲吻，她永远不会接受"不"的回答。说到这里也是一样，在这个即将长大成人的男孩的生命初始，他画出了一个十字，在未可预断的沙地上标示出水源存在的可能性。

然而，如果那天我们自然而然地对我弟弟的那份天赋不闻不问，他也不会因此而受到任何影响。

他走到我跟前，对我说："哥哥你瞧，它比我可是要有力气得多！"

我不情愿地看了看，我看到：因为在他紧握着的拳头里不停地扭摆、打转，那根橄榄树枝的树皮已经被剥光。他朝我摊开着的那一双阔大的手掌上满是圣痕一样的红斑，尽管我一脸狐疑，但伤痕就在那儿摆着，皮磨破了，露出的红肉渗着血水，那都是它们同那根凶猛地想钻进土地的木头搏斗的结果。

"你不会是自己把自己给抓伤了吧。"我冷冷地说。

然而那天晚上，当我们躺在敞开着的门廊那张共用的大床上时，仰望着晴朗的夜空，星星仿佛在噼啪作响，银河像一条滔天的大河飞流直下，我开始请求他的原谅。我开始很不情愿地承认他也许是对的——尽管这并不意味着我就完全认可他和那位占卜者所相信的那些东西。

他回答说："噢，那算不了什么。"然后一转过身立刻就入睡了，留下我一个人在那儿辗转反侧，闷闷不乐。

因为"算不了什么"也得要有个度。"算不了什么"本身也有其发展缓慢的会产生侵蚀的必然性。这一次，我尚可以就事论事地请求他原谅。但如果在师傅的眼里什么都"算不了什么"，都是些虚无缥缈的东西，而它们又都与徒弟的学习活动息息相关，那就没有可以请求原谅的问题，也不会生出需要请求原谅的想法。

我和弟弟之间还有两处最基本的不同，后面我会一一列举，但在此之前我必须补充一点，弟弟长大成人后，在我们那个遥远的世界，他的探水天赋远近闻名，非常受欢迎。任何人有了需求，他都会施以援手，但绝不接受任何报酬。这让许多富裕的人家觉得很不自在，因为觉得亏欠于他，却又无法报答。弟弟总说："我不能因为这个收钱。这份天赋本不是我的。如果我因为它拿了钱，它就会离我而去。"

前面我已经提到过，体格方面我发育得很好，但弟弟却没那么幸运。现在我得坦白，其实，他有轻微的残疾。乍一看你可能啥也看不出来，因为弟弟总会沿着肩膀一线把他的衣服稍微垫起一些，这样，那个缺陷几乎就给完全隐藏起来了。它不是那种一眼就看得出来的身体畸形，然而，在某种程度上，它还是形成了一个确切的中心隆起，那隆起不仅使得他的外表显得有些奇形怪状，还使他的天性显得与这个世界有些格格不入。令人惊奇的是，不管人们是否确切知道那隆起的存在，他们的目光总是或早或晚会受到我弟弟自身的法则所驱使，落定在他两肩之间的那个地方。我不知道我和他到底谁对这事更敏感，我只知道我们俩谁也没提到过它的名字，从来没有。在我们俩的对话中，我们一直都是用一大口空气来代指它。例如，我会说："如果你真去那里游泳，你不担心他们会看到（一大口空气）么？"或是他对我说："你觉得如果我穿那件亚麻夹克，会不会让（一大口空气），你知道的。"

只要一这样说话，我们俩立刻就明白，那一大口空气所代指的就是他两肩之间那一块边缘分明的隆起。在精神上弟弟一向独立，也相对封闭，然而，这处缺陷却成为他相对完整的精神护墙上的一个破洞，他永远也无法堵上，任何发现这处破洞的外部敌人都可以由此随意穿越，自由出入。

我曾说过，我们俩对这一问题都有些神经过敏。但他更过分，会因为这事担惊受怕，常常无端地忧虑这个世界会因他这一点怎么想、感受如何，会因他这个缺陷引出什么样的事端。另一方面，我自己的那份敏感，尽管我一再骗自己那都是"在替他着想"或是"为了他好"，但实际上那轻重和分量却完全不可同日而语。毕竟，在某一个维度上那才能成为我的一个问题，而那个维度又唯我所特有。一想到人们盯着那处棱角分明的隆起，在我弟弟那一副宽阔的肩膀后面指指点点，我就会受不了，因为我免不了要担心那会影响到我。任何与我有关的事情都必须是最好的，否则我就会受不了。我跟弟弟不一样，他已经学会了为自己身体上的缺陷担惊受怕，而我却没有那样的经历。在相貌问题上，老天爷似乎对他很不公平。只要我们两个一起出现，人们就不可能不注意到这一点。虽然这种不平等并不是我造成的，责任（如果可以用这个词来形容这种非人力可为的一个过程的话）也在于生活，然而，不管我多么不情愿，正是由于我的存在，才使得这种不平等活灵活现，我就是让这份不平等显性化的一个主要工具。我再次想起那位来自巴勒斯坦的人曾经说过的一句话："生活中难免会有过错，但谁之过谁担祸。"他这话兴许就是对我说的。造成我对弟弟的那一处畸形不安的，还有另一个强大的刺激物。我本能地知道，不管人们在表面上多么同情我弟弟，在他们内里那个更自然而然的情感世界，对于弟弟的这种反常，这种与众不同，他们常常感到尴尬，甚至觉得受到了威胁。他们甚至会因此而暗自怨恨，希望他赶紧消失。这话我并不是凭空说的，因为我在自己和他人身上都发现，人们越是需要从一潭死水似的常态中找寻出个性差异，就越是会对那些代表这种差异的人感到排斥和怨恨。我甚至注意到在动物当中也存在同样的倾向。写到这里我不由自主想到了它，一种将在我接下来的叙事中扮演一个短暂而又神秘的角色的动物。但此时我想说的只有一点，在远逝的过往里，我和我周围的人们对我弟弟的所作所为恰恰证实了这一看似自相矛盾的规律，尽管我们并不真的清楚自己到底在做什么。在我成长的过程中，我对弟弟的残疾表现出一种过分的关心，坚信我想保护的是他的个人情感。然而彼时我并没能意识到，我的所作所为实际上是在拐弯抹角地维护我自己的价值观，捍卫的是属于我和我自己那个世界的感情。那些所作所为的结果，是让我自己能更受欢迎，而对于我弟弟，顶多也就是能被接纳。最值得注意的一点是，他一走进我正有客人的房间，克制和拘束就像冬天的雾气一样尾随而入。我立即就要开始为他辩护、替他解释，表面上看似漫不经心，但我发现自己其实正在为他拐弯抹角地道歉。于是我的朋友就开始觉得，他们有责任要否认他古怪的外表所带给他们的影响，很快，大家的谈话就开始变得过分克制与拘谨，根本就无法成为一种享受。显然，弟弟在成长过程中更多的时候形单影孤，没什么朋友。而我在兴趣和朋友方面，有时却又显得超出了我的生活所能容纳的范围。

再说说我俩之间最后一个区别。我是音盲，唱歌总跑调。这事儿说起来可能会让人觉得不值一提，微不足道。不过对我而言，那的确算是一个既让人莫名其妙却又始终难以逾越的人生障碍。每当我想要加入歌唱，歌声就会被我搞砸，这种事私下里让我很是纳闷，也不开心。如果我坚持唱下去，年轻时我经常那样，结果只会引起一阵阵窃笑，那种难堪迫使我不得不马上偃旗息鼓。更令人啼笑皆非的是，我貌似与我周围的世界已经完全水乳交融，但在歌声中我却又与它完全格格不入。而我的弟弟，他的本性本来与这个世界总是难以交互，甚至有点针尖对麦芒，但在歌声中，他们却又完全融为一体。小的时候，他的声音清澈亮丽，高音部分具有很强的穿透力；长大后，那种男童高音逐渐演变成一种男子气十足、既亲切又圆润的男高音，非常悦耳动听。

记得有一次，放暑假返家后的第一天，我去我们家的花园找他。那园子很大，我本以为会很难找到他。但刚刚走到一片果树林的边缘，看到那里亮黄色的杏子、红宝石色的桃子、紫色的李子，还有无花果和梨，还有红或粉的樱桃、石榴，它们在清晨的阳光下像是波斯的珠宝在闪闪发光，这时我就听到了他的声音，那是他的歌声，从花园中央高高飘起，我以前仿佛从未听到过他唱得如此美妙动听。他唱的歌我以前也从未听到过，带有非洲习语那样的节奏，出奇地简单，急迫地上下起伏。在我听来，它就像是一种在乐理和世俗流派还没能发挥影响之前的人类最远古的音乐。

站在那里听他歌唱，我感觉自己正离他越来越远，最后被一种我自己也不知道究竟是什么的东西拒之门外——但我意识到，那东西迫在眉睫，而且至关重要。最后，我被那旋律折服，那不是一种怀旧之情（怀旧之情简单，它就在我们的认知能力范围之内），而是一种对于未来的急不可待的乡愁，这种乡愁会由于我们对身后未竟之事的牵念而日积月累沉积于心。借用一句现今的说法，这首小曲对我来说成了一种"开始曲"，它总要让我想起我的兄弟，想起那些我自己仍然还在憧憬和渴望着的人和事。

Ry，rydeurdiedag，

Ry，deurdiemaanlig;

Ry，rydeurdienag！

Wantverindieverte

Brandjouvuurtjie

Viriemandwatlangatwag.

他唱的是荷兰语。但即使不懂我们的母语你也能看出，这
些词句很简单。我可以直白地将它们的大意译出：

"骑着马，骑着马穿过白昼，骑着马穿过月光；骑着马，骑
着马穿过暗夜，因为在那遥远的地方，你的火焰正在为一个等
待已久的人燃烧。"

"老天！你究竟在哪儿学的这曲子？歌词谁写的？"我走
到他近前问。在一棵几乎要被黄澄澄的果实给压垮的树旁，他
正在给苗床浇水。

"啊！哥哥来了！"他放下手中的水壶，伸展了下他那不
成比例的身板，微笑着回答，算是表示欢迎，"你不在的时候，
突然有一天，这几句就涌进了我的脑子。"

说这话的时候，他脸上的表情跟他在沙土地上挨着那位靠
占卜找水的老者所画出的十字标记画出他自己的那个十字时一
模一样。但如果他还想等待我的某种肯定和夸赞，他恐怕又得
失望。

"还算不错。"我说。

"真高兴你这么想。"他答，但还是又盯着我看了会儿，然后才继续浇水。

因此我在想，弟弟小时候能对着这个世界第一次划拉出他认认真真的那一笔一划其实并非偶然，因为这就像他的乐感，对事物，他也有着某种类似的感觉。

在教堂，坐在我们身后那排长椅上的一家人五音不全却又总是声音洪亮。唱赞美诗的时候他们总会很卖力气，但通常都要比别人慢上半拍，而且有两个音几乎都给唱跑了，至少我弟弟就是这么说的。一个星期天的早晨，他们又开始这么唱，完全没有意识到正在犯下违反和谐法则的罪过。弟弟起先沉默不语，接着忍不住开始偷笑，然后很快，我们俩开始一起笑得前仰后合。在本来严格禁止笑的地方，这种笑一旦发起有时就再也打不住。做完礼拜，那一家人向我俩投过来很不满意的一瞥，但对此我也并未多想。然而，从第二天的那个星期一开始，我生出了一种不安的感觉，总觉得村子里有什么不对劲，但只要一冒出这样的念头，我又有些不以为然，把它当作自己的瞎想、幻想，当然更不会把那种念头与教堂里的那一幕、那件纯属滑稽的事情联系起来。然而，尽管我断定不应该有什么事情，不安的感觉还是与日俱增。不幸的是当时我并不知道（当然现在也还是一样），公众情绪的变化如何能够确切无疑地、悄无声息地传达给那些与这种变化关系最为密切的人。在那个假期里，我和弟弟都没有太多的机会到村子里的大街上，但只要去了，回来的时候就总会有一种局促感。好像有某种敌对力量正在秘密动员要起来反对我们。间或，在一天当中阳光最灿烂的时候，我发现自己走在大街上会蓦然回望，因为突然开始怀疑有人在跟踪我。然后我又立刻嘲笑自己太神经质，因为我所看到的只不过都是村里非常熟悉的小伙子们的身影，他们正巧妙地闪躲到某棵白花花的胡椒树背后，或是迅速地绕过一面墙的墙角，那些墙就像一块块岩石，矗立在夏日热浪的海洋之中。"很显然他们是在玩捉迷藏。"我这样对自己说。否则，其他的解释似乎也太荒唐可笑了，所以我没有向任何人提及我的这份忧虑，也没有把这些现象与弟弟无意中所"欠下"的那笔旧账联系起来。

然后一个星期三的早上，我出门为家里办些事情，从走到大街上的那一刻起，那种微妙的不自在感就突然开始骤增。村里的同伴跟我打招呼的方式、看我时的目光、对我所说的话，似乎都带有某些新的意味，达到了某种新的高度，让我再也不能无视它们的存在。下午，家里让我和弟弟给住在村外不远处的铁匠牵过去几匹马。村子非常寂静，在夏日的热浪里半睡半醒。街道上空空荡荡，马蹄声在那些白房子的墙壁上反射出清晰的回响。那家最大的杂货店橱窗里，在拉下的百叶窗和窗格之间，一只橙色的虎斑大花猫在晒着太阳熟睡。当我们经过时，百叶窗的边缘突然提拉了起来，杂货店老板儿子的红头发出现

了，他无疑很好奇，想看看是谁竟会在一天当中最昏昏欲睡的
当口骑马出去，还弄出这么多响动。他认出了我们，然后立刻
消失。他动作太快，百叶窗猛地回弹到原来的位置，把那只正
酣睡着的花猫的侧腹弹得生疼，它一个激灵，跃步从窗台上跳
了下去。紧接着，红发男孩从店门里出来，帽子也没戴，三两
步跳下台阶，跟在我们的后面跑了过来。

"嘿！"他先喊了一声，然后快步追上我们，上气不接下
气地问："现在就去农场？"

我们那种地方，人人见面都要打听一下对方干什么去，所
以他的问话在我看来，只不过是那种例行的套话罢了。

"只是把这几匹马送到铁匠那儿。"我答。

他站在那儿，一遍又一遍地对着自己重复着我刚才的话。
忽然，他止住了嘴里的念叨，狡黠地看了我弟弟一眼，又突然
说了句："啊，我得走了——再见！"然后就开始在大街上猛跑，
消失在一片金色的扬尘之中。

我又一次感到不安，但也只是耸了耸肩。这一切究竟都意
味着什么？

出门前家里告诉我，到了铁匠那儿把马留下，然后别耽搁，
和弟弟一起回家，因为那天下午有几个同辈的亲戚要来看望我
们俩。但把马送到后，说不清是怎么回事，我突然又不想立即
就往回返。铁匠铺离村子大约一英里远，背后就是灌木草原，
前面是一个大丁字路口。我倚着铁匠铺敞开着的大门犹豫不定，

放眼望去，铁匠铺和村子之间那片旷野空空荡荡，没一个人影，只有一头驴子和一头带着小牛的母牛在缓慢游走，八成是又困又饿。一只饥肠辘辘的灰色猎鹰就在它们的头顶上盘旋，在令人目眩的蓝光之中恍恍惚惚地摇晃。周遭一片寂静，我愣愣地立在那儿，好像在指望这些熟悉的景色能驱散我心中那份莫名其妙的不安。然后，我清晰地听到从村边传来一只公鸡的啼鸣，它应该是感受到了光的某种变化。那从来都不是我喜欢的声音。在天蒙蒙亮、人似醒未醒的时候听到那种声音就已经够受的了。但伴随着公鸡的啼鸣，一个念头突然袭上心头，又一个不明不白的下午即将陡然陷入又一个深不可测的黑夜，意识到这一点，我发现自己简直无法忍受。那啼鸣被钉在十字架上，直接来自那只未被察觉的动物的内心，似乎是某种不可避免的、痛苦的、恰如其分的前奏。我抬头望向村教堂的塔尖，一只公鸡就立在塔尖的十字架上，头上顶着的仿佛是一副不锈钢的鸡冠，神气活现。不知为什么，我觉得自己既在受责备，又在受警告。

我心绪不宁，开始惶恐不安。我不可能一整天都站在那儿，于是我转过身，又看了一眼身后的铁匠铺。铁匠正从熔炉里往外夹一只蹄铁，那蹄铁在火中像是被施了魔法，他把那块烧得通红的蹄铁放在黑色的铁砧上，开始熟练地把它打造成马蹄的形状，牵来的马正在外面的阴凉处急不可耐地跺着脚。一个黑人学徒斜倚着风箱拉杆，对我微微一笑。我弟弟也在兴冲冲地看着，两眼流光溢彩，瞪得溜圆。

我向他招了招手，两个人转身开始往回走。那段路在即将进入村子之前开始陡然下倾，然后就消失在干枯的河床上，跨过河床，路又出现了，再往前走一两百码左右，就到了村子主街的起点。当我们正往回走着的时候，我注意到远处有几个黑影急急忙忙地从村子里出来，三五一伙，沿着我们来时的路一直走下河床。一开始我没多想，可忽然又意识到不对劲，因为没有一个人影越过河床出现在我们这边的路上。

我骤然停下脚步，转向弟弟。低头一看，他的脸突然变白，笼罩在其橄榄肤色的阴影当中。他的眼睛睁得大大的，一种莫名恐惧的痛苦赤裸裸地流露了出来。

"你看见我刚才看到的了？"我问，嘴唇突然干得出奇。

他点了点头。

"你知道他们什么意思？"我直截了当地问。

"知道，哥哥。他们在等着找我的茬。"他的声音不高不低，但语气确定无疑，就像是一潭深水。

"什么？"我失声叫道，感到自己过去几天的不安突然有了一个确切的答案。

不等一口气喘完，我急忙发问："为什么？"

"因为星期天的事，"他不紧不慢地回答，"星期天在教堂我笑过他们。他们说我这是侮辱了他们，所以必须要教训教训我。"

"胡说，"我反驳道，"那我呢？我当时不也偷笑了么？"

"他们要找茬的是我，不是你，"他沉着脸说，"他们喜欢你，不喜欢我。那家的两个儿子星期一在村子里拦住我，问我星期天整出的那个大笑话到底什么意思。当我告诉了他们实情，他们非常生气。"

"你告诉了他们实情？"我又高声叫了起来，简直不敢相信自己的耳朵。

他似乎真开始对我生硬的语气感到惊讶。"我只是跟他们实话实说，"他解释道，"我是忍不住笑了。我当然也说了我很抱歉，如果——如果我伤害了他们——但是——他们唱得确实太滑稽——"

他打住了话头，显然对自己的应对失策感到后悔，我没管他，接着又问："他们还说了些什么？"

"他们说得那么多，那么快，我都不记得了，哥哥，"他表情痛苦地回答，"他们说我撒谎，还问我敢不敢重复我说过的话。他们问我是否认为自己比他们的父母更懂得唱歌……当我诚实地说是，他们都——"

"我明白了。"我打断了他的话，已经没有必要再继续问下去了，"现在他们都在河床下面等着教训你，或者说是我们俩，对吗？"

他点点头，一脸的忧郁，然后又支支吾吾地说："不是我们俩，只是我。我刚说了，他们喜欢你但不喜欢我。甚至，他们并不想打我——他们只是想……"他的声音突然低得像耳语，"想把我背上的衣服脱下来取笑我……你知道的。"

"不！不！"我惊骇地高声抗议，因为说到底，那个鬼魂已经钻入我们俩的意识基础，已经蛰伏了那么久。我一度想，要不要回到铁匠铺，等我们的马重新装好蹄铁，然后骑上它们飞快地穿过那一帮小子，他们聚在那儿就是为了找茬闹事，那是他们最热衷的娱乐项目之一。我还想要不要绕道而行，避开直接回家所必经的那一小段干涸河床。但就在那一刻，仿佛是命运的安排，一个大一点儿的男孩从河床里冒出来，爬到了一块大石头上，那石头在阳光下闪闪发光，就像传说中的石榴石。那男孩看见了我们，用手在嘴边围成个小喇叭，冲着我俩大声叫嚷，毫无疑问，他这是在向我们发起挑战。

关于那次冲突的这一片段，我后来又想过很多次。我知道，当时比较明智的做法还是应该设法避开那群孩子，或者，像村里人有时所做的那样，遇到可能的冲突别硬上，静等着暴风雨自行消散得了。然而，一旦那个男孩看到了我，也知道我已经看到了他，我就不能再躲了。因为一旦落到那步田地，人人就都成了那种局面的囚徒，横竖已经由不得自己。除了硬着头皮继续前行，我不可能做出别的什么选择，因为大家都在巴望着你过去，你躲不掉，也逃不走。不管这出戏会引发什么结果，大家都已经假定我一定会像以前一样一如既往地扮演好本该属于我的那个角色。从那个命中注定的星期天开始，村里那一帮年轻小子的头脑就一直在受一种古老模式的支配，只要有机会能单独碰上弟弟或我，或是我们俩，同时没有任何长辈的干涉，那么，不要什么特别的指令，也无须有人出面挑头，他们就会本能地走到一起，都乐意共同参与一个小小的阴谋，但当时我对此却一无所知。那会儿我只知道，在那片空空荡荡、一个人影也见不着、连那只饥肠辘辘的猎鹰也懒得做个见证的蓝天之下，我只能继续往前走，尽我所能和我那笨手笨脚的弟弟一起熬过那个十字路口。

走着走着我开始感觉肚子不舒服，弟弟则越往前走脸色越白。他用他那宽宽大大的犁地的手拉住我的胳膊，边扯边疑虑重重地说："可是哥哥，如果还这么走，他们就会扯下我背上的衣服嘲笑我——"

我一把推开他的手，一脸无可奈何地告诉他："一切都太迟了。但我不会让他们碰你，如果我能做得到的话。看！当我们到了河床上，你要一直往前走，别停。我要你答应我径直回家……不要回头，无论发生什么都别回头。如果你照我说的做，他们没有跟我过不去的理由，那么你也就没必要担心了。"

他张开嘴想反驳，但我又粗暴地推了他一下，厉声说道："看在上帝的分上，照我说的去做吧！你惹的麻烦已经够多的了。"

刚才那句话显然镇住了他。在我们那地方，"看在上帝的分上"是一种毒誓，任何一个正派的人都绝对不会轻易说出口。我想我以前也从没说过。直到今天我还觉得奇怪，当时我竟然就那么脱口而出，而弟弟听到后竟然也毫无异议，他一言不发开始继续往前走，像个影子一样紧贴着我。

离河床洼地还有几分钟的距离，我们隐约听到那群人开始激动地发出一阵急促的叽喳声。那声音高高腾起，又散射进周遭明亮的空气，与阳光那狂热的节奏和灌木草原午后的寂静中那种持续震颤的低语竟如此协调，和谐得让人感到不可思议。当我们越走越近，那阵急促的叽叽喳喳声很快就从白昼那常规的节奏感中脱颖而出，直冲我们而来，就像公众示威时人群里所发出的鼓噪那样。我和弟弟刚靠近河岸，就有人兴奋地喊道："弟兄们快看，他们来了！"

刹那间，那群人忽地静如死寂。那一刻，我顾不上留意更多的细节，事实上，除了那几个阴郁的身影以及那种天塌地陷般的黑暗感之外，我和弟弟什么也没有注意到。那一大群表情古怪、说不清是在期待着什么的面孔在河床中间一块较为平坦的地面上摆出一个半月形的轮廓，村子里十六岁以下的孩子好像都到场了，还有三两个十七岁以上满脸粉刺的孩子也挟裹其中，算是命运为这种场合所保留下的一种颇为慷慨的安排。我还记得其中几人眼露凶光，直勾勾地盯着我和弟弟，眼神里面似乎正在燃起一种炽烈的想吃人肉的饥饿感，那种神情我以前在人脸上从未看到过——尽管今天我对这一点已经可以说是再熟悉不过了。很快，我记住了那两个正对着我们的身形，他们明显与众不同。我苦涩地辨识出他俩就是这个事件现场的主角，就是在教堂坐在我们后面那排座位上的两个最粗暴的小子。当我和他们对上目光时，其中的一个仿佛很不自在地把自己的身体重心移到另一只脚上，另一个显然有些紧张，开始不断地舔自己的嘴唇。

"记住，"我压低声音对弟弟说，"谁都别理。直接走过去，径直回家。有什么话由我来说。"

他没言语。我俩继续不声不响地走了过去。虽然在场所有人我们打小就认识，却没有一个人跟我们打招呼，他们只是或坐或靠，懒洋洋地倚着河岸盯着我们，眼神里流露出一种奇怪的饥饿感。被那样一群眼睛瞪着，弟弟的心理防线彻底崩溃，他拼命想找出一双没有敌意的眼睛，想从中得到些许安慰。但那些面孔正巴望着的其实并不是我们兄弟二人，他们所巴望着的其实是通过我们兄弟二人所引出的那场戏。最后，我们走近站在河床中间正迎面等着我们的那两个小子。我能听到他们急促的呼吸声。我和弟弟闪身往一边走，以便越过他们。这时，人群中发出了一阵带有鼓动意味的嘘声，就像高压锅炉里冒出的一股蒸汽。于是，那两个小子中较大的一个不由自主地抓住弟弟的胳膊，说："别跑那么快——你这个丑八怪！"

我走到他俩中间，把那小子推到一边，轻声对弟弟说："记住你答应过我的。"同时，转过身直面他的对手。

人群像是松了口气似的发出一片叹息。他们的舌头都在快速地舔着满怀期待的嘴唇，当蜥蜴敏捷地将空中飞舞着的、汁液肥美的昆虫弹卷进它们橘红色的嘴里时也是那样。形势正按照他们所乐见的那样在稳步发展。

"别挡路，哥们儿，"那小子冲我低声咆哮道，"我们跟你没有过节，我们冲的是他，你那个欠扁的弟弟。"

"我不会动的，"我告诉他，心怦怦乱跳，"你不许碰我弟弟。他年龄、个头都比你小得多。"

本来还有一句，我忍住没说：你的块头其实比我也大不少。

他愣住了，站在那儿先看了看我，又看了看我弟弟，像是拿不定主意。他愣神的工夫，弟弟已经快步走上远远的河对岸，然后又迅即往村子里走去。现在，他显然已经心甘情愿这么做了，与刚才勉强答应我时的态度相比已然是判若两人，对此我自己也觉得有些意外，甚至还可以说有点吃惊。然后，我对面的小子把目光从我弟弟身上转移到那群冷眼相看的人，从他们的神态中读懂了他应当如何行事。我刚用余光瞥见弟弟已经撒腿在跑，那小子就声嘶力竭地冲我吼道："行，这可是你自找的啊！"然后扑向我，双拳接连飞出。

人群"呼啦"跃起，兴奋地冲到我俩近前围成了一圈。前面我提到过，他块头比我大不少，跟他打我实难占到便宜。更别提除了我俩在打，他那个兄弟还在一旁围着跳脚，为他加油鼓劲，高喊着灭掉我，并威胁说如果他兄弟灭不掉我，他就要上手。我不知道我们打了有多久。事后有人告诉我，不出三五回合，我明显就是输家了，但当时我自己并没有意识到这一点。在我体内，有一个陌生人掌控了我。他在替我思考和撕打，剥夺了我所有的感觉。是的，一个有着无限经验的人完全掌控了我的处境。突然，在我内里感官风暴的边缘传来了一个新的声音。

有人在对着那群男孩子怒吼，像头公牛一样，并快步朝他们猛冲过来。与此同时，我俩立即停止了撕扯，惊奇地环顾四周。我们看到，人群迅速散开，村子教堂里那位非神职传道者高高大大的身影正挥舞着马鞭冲向人群，他左右开弓，我弟弟紧随其后。

"你没事吧，哥哥？"我弟弟还没等走到近前就带着哭腔开始问。

不知道为什么，一听到他的问话，我心中腾地蹿起一股无名火，就像水壶里的水突然沸腾一样。

"这里没你的事，"我气呼呼地冲着他道，"谁让你把他带到这儿来的！你为什么不照我说的直接回家？"村里的那位卫道士还在舞着鞭子追赶四下逃窜的孩子。

有几个还没来得及跑开的男孩很显然听到了我的话，因为回家的路上，在经过还三五成群地在大街上兴奋地叽叽喳喳的男孩时，他们显然正在讨论这场打斗以及两方各自表现出的优缺点，对于我，他们都会投来一种赞许的目光，但对我弟弟，只投下轻蔑的一瞥。他没有表示抗议，而是默默地像个罪人似的走在我身边。偶尔我能感觉到他想让我看他一眼。然而，我余怒未消，两眼直直地盯着街道，看着我们的影子被身后快速西沉的太阳拖拽得越来越长，看着那光把非洲猩红色的尘土染黑，把芳香四溢的胡椒树上那些粉的、红的和白的浆果的色调一一剥去，它们就像我们脚下那些被人扔掉的旧项链上四散开来的珠子。时至今日，只要一闻到空气中弥漫有青胡椒的气味，我仿佛就能看到我们俩的影子正肩并肩被投射到那片饥饿的尘土之上，就仿佛能再一次感受到我心中那顽固的非难所引发的迟滞的恐惧。

一回到家，弟弟马上跑到父亲那里讲述了事情的经过。他把我描绘成了大卫王一样的人物，勇敢地面对着村庄里的那个歌利亚。全家人都被他的讲述吸引，围拢了过来聚精会神地听着。当时我正在盥洗室清洗，脸上还青一块紫一块的，听到他们不时发出赞许的低语，那语气让我浑身暖意融融，就像是喝了酒一般。即便如此我还是能注意到，弟弟在我最需要的时候施以援手，但却无人对他的举动提出赞赏。

那天晚上，我俩躺在屋前游廊的那张大床上，听着胡狼在村外狂吠乱嚎，那感觉，就像是整个村庄只是一叶孤立无援的扁舟，漂荡在伸手不见五指的灌木草原海洋上。忽然，我听到了弟弟的一声抽泣。

"怎么啦，我的小老弟？"我急忙转过身问。

他留意到我的语气里有一种关切，这完全出乎他的意料，让他一时难以承受。于是他抽泣得更厉害了，简直不能自已，过了一会儿，才抽抽噎噎地说："我不想让你因为我跟人打架，请别再为我跟人打架。如果这样，总有一天你会恨我的。而且——而且我不希望你也恨我,哥哥……"

那一刻我看到,满天的星斗就像是一队队的祖鲁武士,他们正跃起后脚投掷出他们手里的阿塞盖^①,正在用他们铁血柔肠的泪水浇灌着非洲的英雄天堂。

---

① 南非原住民所用的长矛。

入会仪式

中学最后一学年过去了一半，父母决定送弟弟到我所在的
那所学校就读。因为他的学习成绩总是不好，他本可以在原来
那所乡村学校再上六个月或一年的，但我父母认为，如果能由
我来引导他进入一个大的公立学校并适应那里的生活，再帮助
他提高一下他那糟糕的学习成绩，会更好一些。这事他们没有
征求我的意见，只是把最终的决定告诉了我，我想这是因为父
母认为这就是理所当然的事情，他们认定我本人也一定会喜欢
这个主意。大家都对我抱有某种期待，这只是其中的又一个例
证。当时，我轻松愉快地接受了他们的决定，我在父母和长辈
们心目中的位置又得到了一次肯定。

那一年，我在学校的一切都进展得相当不错，从来没有如
此志得意满，在同学和老师两方面都很受欢迎。我进入了球队

"首发十一"的阵容，是前十五名球队队员的队长，在一年一度的校际运动会上我们赢得了维克多·勒多伦①奖章，期末考试成绩我是第一名。我还是学校学生会高年级的负责人，我想，要不是我比同年级的大多数同学小了一两岁的话，我原本有可能成为全校学生会主席的人选。老师和同学们都信心满满地预测，到那年年底，我将获得全校最令人垂涎的一个奖项——"年度综合最佳风云人物"。假期一结束，我就带着弟弟一同返校，回到那个对于我来说总是无限精彩、人头攒动的舞台，但对他而言，却是两眼一抹黑。

我俩在开学前的那个下午到校。小的时候，我并不认为自己过于敏感，当然，感知周围的人和事对我的反应如何这一点也许不能包括在内。当全校都慢慢开始知道，总站在我身边的那个笨手笨脚、土里土气的身影确实就是我弟弟时，连我自己都不能不觉察出人们所流露出的诧异，那种感觉就弥漫在我的周围，首先是一种怜惜，然后又融进某种难以名状的优越感。更微妙的是，我隐约察觉出许多人心中涌起的那一丝宽慰感，当人们开始怀疑他们所崇拜的偶像也会像普通人一样犯错、遭罪时，当他们开始喃喃自语"人性是靠不住的，是人就会犯错"时，那种宽慰感就会涌现。同辈人所表现出的那种讶异，一瞬间让我明白了大众的本能是多么倾向于能抓住一个借口，把他们自己难以超越的东西给拽下来。或许我原以为自己还算超脱，

①Victor Ludorum，拉丁语，意为"比赛的获胜者"。

可以免受所有这些不良反应的影响，但实际上我不能，我做不到不为之所动。最起码，它们不会让我能更自爱或更爱我的兄弟。当时我还是少不更事，我甚至还怀有希望，一旦他经历完各种仪式，熬过最艰难的初入会阶段——那是学校的传统，所有新生都要经历这一关——他那些古怪的行为就会慢慢被大家接受，而他身上那些深受家人喜爱的品质也就有机会逐步展现。然而，从第一天晚上开始，情况就不容乐观。对于一个新生来说，给人的第一印象非常重要，而且最重要的，就是你在入会仪式上的表现。

毕竟，举行入会仪式的目的，首先就是要让新生意识到自己的卑微，他必须能够当众经受住一番羞辱；然后，同学们会变着法地使劲折腾他，他必须要在这一过程中证明自己有足够的勇气来承受这些痛苦，只有这样，他身上那些在入校之前自以为是的、可耻的、跋扈的、特立独行的东西才有可能开始得到洗刷。此外我还注意到，在那些要入会的新生当中，总有一个人似乎命中注定要成为众矢之的，承受最多，遭罪最大，因为只有他看上去似乎最能代表那些必须得到洗刷的东西，他的身上集中地体现了那些必须要被羞辱和牺牲的特质。我之所以用"看上去似乎"这样的说法，是因为在我们学校，正是一个新生的外表、给人的第一印象，决定了他在入会仪式上的遭罪程度，而且他还不得不受。所有的群体似乎都具有一种本能，他们总能以恶魔般的精准度，在潜在的受害者中确定出最适宜做祭品的那一个。我们的学校也不例外。即使我还没有为此而感到不安，但我也不能不注意到，每一个碰上我弟弟的人，目光很快都会莫名其妙地聚焦在能遮住他残疾的那件加了垫子的外套上。

我注意到一个又一个男孩走到他跟前问这问那，都是些常见的问题：姓名、年龄、住址、几年级、爱玩什么游戏、喜欢哪些书籍、兴趣爱好等等。我弟弟会老老实实地一一作答，毫不掩饰，一派天真。是的，他和我同姓，这说明他确实是我的兄弟。这很让人吃惊吗？他十一岁了，才上一年级。没错，他可能早就该读更高的年级了，但是他就是不擅长读书。他也不是因为贪玩才耽搁的。他几乎不玩游戏，不怎么喜欢那些东西，除非是迫不得已，否则他从来不碰。他的兴趣爱好就是音乐和种植，当然，如果种东西也能算作一种爱好的话！

一系列不那么正统的答案到手之后，那些提问者们就开始忙不迭地四下传播消息：一条好生奇怪的鱼被扔到了学校的海滩上，那怪鱼竟以高年级学生会头头亲弟弟的面目出现。很快，我就确信，如果入会仪式上大家可以随心所欲，他将不得不承受最多，成为"最适宜做祭品的"的那一个。只有一件事、一个实情，挡在了他和这个丝毫不值得艳羡的命运中间：他的确是我兄弟。

说句公道话，此前，关于入会仪式的事情我跟弟弟谈过很多次。他需要知道的那些我都给他讲过了，他全都了解，对诸多细节可以说烂熟于心，甚至有一些我说完就忘，他都还记得清清楚楚。按理说，他已经做好了准备，跟其他新生并无二致。此外，他体力很好，耐受力也很强，包括对疼痛的忍耐力。一些更糟的折腾法也没能吓着他，比如，新生要穿着睡衣睡裤跑过"夹道鞭笞"，意思是同学们排成两长排，中间形成一个"夹道"，新生要从夹道的一端跑到另一端，跑的时候，两排人会用湿毛巾拧成的鞭子狠狠地抽打他；又比如，新生半夜醒来，会发现有同学屁股底下垫着枕头坐他脑袋上，而另一些同学则忙着用打成活扣的钓鱼线套住他的脚趾，一个一个地拉，直到脚趾上出现一个个完美的血圈；还比如，休半日假的时候，新生被勒令用牙刷一下一下测量出从学校到镇上的距离，或是被勒令打上鞋带而不是领带进城示众，或是被迫直视太阳、不许眨眼，直到某个大男孩给出命令方可作罢，或是被捆起来整夜躺在冰冷的宿舍阳台上，等等。但是我还要再说一遍，凡此种种，都没有让他过分担心和害怕。他真正担心和害怕的只有一件事：曝光他那处缺陷，嘲笑他那处残疾。

当得知要和我一起到校，他问的第一件事就是："他们不会取笑我……你知道的……对吧？"

"当然不会，"我回答得慷慨激昂，"你要去的是一所很体面的正规学校，不是村里的那种马厩学堂。"

我的回答让他的眼中涌出一阵宽慰，那种如释重负感太强烈了，我赶紧移开了自己的目光。在我脑海那漫长的隧道深处，是否隐隐荡起一声公鸡的啼鸣？我真有那么肯定吗？但我不愿意让自己有犹疑不定的机会，又一次坚定地说道："我们根本就不是那种学校。"

此后，在返校那天，当火车停靠在了月台，我们正准备离开车厢时，又一次，他用宽大的手掌抓住我的胳膊，问道："他们不会——那样的，是吧哥哥？"

就是那一次，平生第一次，我开始假装不知道他在问什么。

我高声叫道："不会什么？"口气里透着烦躁。

他绝对给吓了一跳，眼瞪着我，一下子呆若木鸡。过了一会儿，才仿佛惊魂未定地低声说道：

"不会拿那个……来取笑我。哦，上帝，你知道的，哥哥！"

"哦，那个呀！"我应了句。我注意到这件事在他的心里分量太过沉重，便故作轻松地回答："我已经告诉过你了，我们不是那种学校。"那口气就仿佛这事也太微不足道了，根本不值一提。

那天晚上，我的最后一个任务是到各宿舍巡视，就在那当口，我想，那个问题似乎又跑到了他的嘴边。但如果我没猜错，他最后还是没敢开口。他意味深长地望着我，显得忧心忡忡但却一言未发。我紧忙转过身，敷衍地道了一句："晚安。"

巡视完宿舍，我要到学校的学生会主席那里去和另外三位学生会的小领导一起开碰头会。那一段路我不知已经走过多少回，但那天晚上，我却觉得好像是第一次走。一切都那么新鲜，处处都昭示着神奇。月光如此皎洁，以至于几英里外平原的尽头，群山的身影依然轮廓清晰。在碎石铺就的车道两旁，白色的圆形石头就仿佛一具具头盖骨，装饰着通往野蛮法庭的道路。满是怪石的花园里，仙人掌对着天空高举双臂，仿佛一位玛雅祭司，手里正握着刀，在向月亮献祭。一片片树影仿佛一处处墨黑的潮水潭，被人们遗忘在辉映着月色的怪石间。整个夜晚仿佛都正在发出急迫的嘶嘶声，月光是海，大地是船，正在某个港湾的沙洲上劈开海浪驶向远方。在学校和遥远的小镇之间，夜千鸟的悲鸣声不绝于耳，就仿佛海鸥正在飞过风雨交加的开普敦港湾。

这一切都给我留下了非常深刻的印象。等到了学生会主席的门前，我还在愣神儿，心中充满诧异。就连星星也在不停闪动，就好像正在用一种只有它们自己才懂得的密码交换信息。留意到这一点，我被那种幻觉折磨得心神不宁，它就像是一只黑暗中的看门狗突然扑向了我。也许这一切异象之中真的包含有某种要带给我的特别信息？我开始焦躁不安，而后又认为这些念头纯属荒谬。我来是为了和学校的学生会主席还有其他三位一起讨论这学期的一些日常事务。在过去的十八个月里，每一次开学的前一晚，我们五个都要开这样的碰头会。这个场合不会有任何特别的意义，我不应该再胡思乱想，更无须对夜色的壮美生出焦躁。

我敲敲门，走了进去，受到了学生会主席和其他三位低年级负责人的热烈欢迎。愉快地忙碌了个把钟头之后，学生会主席说："还有一桩小事，明天的入会仪式。我想，你们肯定都已经跟自己分管范围新来的人打过照面了。有没有你们认为应当赦免一下的小孩子？"

"是的。"坐在我旁边的那位回答。他提出有一个男孩心脏不好，把医生的证明也带来了，意思就是不宜参加入会仪式。另一位嘟嘟囔囔地说，他的管片有一个小子，跟蝙蝠一样瞎，那镜片厚得跟七八十岁的老人戴的眼镜差不多！所有涉及身体的仪式或许还是给他免了为好，不过，剩下的娱乐活动没有理由不让他参加。第三位所说的情况类似，有一个男孩前一阵子持续高烧，现在还在恢复当中，应当赦免。然后轮到我了。我口气很坚决，说没有人需要赦免。

"没人？"学生会主席用锐利的目光看着我。

"没有。"我目不转睛地盯着他的眼睛，一字一顿地重复道。他的问题让我有些惊讶，但我并没有显露出来。但接下来更让我惊讶的是，他并没有就此罢休。

"你有个小弟弟，对吧？"他问。

"是的。"我回答，整个人像是给谁弹了一下，浑身一紧，摆出了立正的姿势。

"他怎么样？"学生会主席问。

"他什么怎么样？"我显然是在搪塞，而且显得有些狼狈，惹得其他人都忍不住笑了。

学生会主席笑着说："我只是在想，他是否合适——"

"他当然合适。"我回答得既平静又坚决。然而，学生会主席还在坚持。

"请原谅，老伙计，"他说这话的时候好像有点过意不去似的，"我不是在纠缠你。如果你认为他合适，我们都不会有异议。但正因为我们了解你，知道你最不愿做的事情就是在跟自己有关系的人身上使用特权，所以，如果明天你想起来了什么赦免你弟弟的理由，我们谁都不会认为你这是在徇私。"

一阵自发的掌声响了起来。我自己的脸也觉得热辣辣的。"你考虑得真周到，都是在为我们着想。不过说实话，我没有什么理由。"

"那么，就这样吧。"学生会主席说。显然，他认为大家提出的问题都合情合理，处理的结果也都合乎规范，对我们都很满意。于是，他热情地向我们道了晚安。

在回来的路上，我发现自己心烦意乱，还非常难过，但我自己又说不清这究竟是为什么。直至今日我方才明白，就在我惴惴不安地敲着学生会主席的门、门开了又在我的身后被关上那之间，就在我走出房间又站在那令人难以置信的月光下、周遭的夜色仿佛天旋地转一般之时，我前面提到过的那位虚无大师已经追上了我，且正在朝着既定的方向迅速前行。

如果我可以反话正说（用积极的语言来描述消极的现象），关于这一点的第二个例子就发生在第二天早上，学校正式开学。

祈祷结束后，学生会主席来到我跟前说："今天下午一下课我就得去见校长。在我回来之前，你能帮我留心照看一下吗？"

当然，他指的是照看新生的"集训"。开学的第一天，在最后一堂课和第一次预习之间，新生都要搞一次"集训"。

"我还有别的事，你不介意吧？"我立刻反问道。

"当然不会，"他顿了一下，"其实我知道你事情多。但你是学生会高年级负责人，我觉得还是有必要先问问你。"他乐呵呵地说完这些，又友好地伸手拍拍我的肩膀，然后离开了。

他的情绪让我生出一丝狐疑，但我的密友们看出我很快就明白了他话里的全部含义。显然，在这次对话之后，学生会主席告诉了他们，我拒绝在举行"集训"的时候出面看管学生，他还解释说，他确信我这样做是出于对学校传统的尊重，是为了确保我在学校的地位、在同学们当中的威望不会影响大家对待我弟弟的态度，是为了避免我弟弟获得其他新生没有的特权。他甚至还说了这正是他所期望的品格，对待竞争能公平公正、严肃认真。

慢慢地，开学第一天的午间高峰期过去了。早饭前，我在弟弟的宿舍外制止了几个大男孩之间的激烈争吵，从那时起直到学校放学前的一两分钟，我一直都没见到他。当然，那是开学的第一天，一个高年级的学生头头可以说有着充足且充分的理由陷身于诸多公共事物而无暇顾及个人私事。如果当时有人指责我这是在试图回避我的兄弟，那么我可能会振振有词，毫不费力地予以反驳。但到了今天，我已经愿意承认，我所作所为的结果就是我真实意图的充分证据，无论在当时它对我而言有多么隐蔽。在那喧闹的一整天，弟弟到底感受如何我一无所知，因为后来我们也从未讨论过这一点。在某种程度上，我可以凭借我自己第一天来到这所学校时的经验去想象它。毕竟，刚入校时我也没有兄弟的陪伴，就是独自忍受着过来的，而且这样的一段初始经历甚至可以说让我受益良多。显然，我撇下弟弟不管、让他独自面对陌生的一切的行为，有很多"说头"。没错，他有额外的东西要担心、要害怕，那些担心和害怕会使得他惶惶不可终日。可信不信由你，自打我在月台上装聋作哑，装作没领会他的意思的那一刻起，他"那个"问题就已经从我的记忆中"消失"，就仿佛我已经暗自下定决心再也不会想起它似的。

那天我最终见到他是在刚刚放学的时候。他靠着一根柱子，站在离高年级科学课实验室门口不远的地方，我那个年级的同学都正在里面做化学实验。他立在那儿一动不动，平日，当他脑子里只专注于某一个念头时就会那样。偶尔，他的眼睛会离开实验室门口，试图透过窗户往里看，但那窗玻璃是冷冷的淡紫色，闪烁着户外的光亮，玻璃里面的一切他都无法看见。显然，他这是在等我，想等里面的同学做完实验都出来了找个机会跟我说话，那些话他要在去参加那个"集训"之前说。"集训"地点就在实验室另外一侧的一个方形院内，根据从那里传来的声音判断，"集训"很快就要正式开始了。

刹那间，我心里涌起一阵令人绝望的怜悯。他看上去是那么的不协调，稚嫩的手臂紧紧搂着一根铁柱子以支撑自己，显得如此无助。我知道，他不会有机会见到我。因为就在几分钟前，我已经找过化学老师，主动提出课后要留下来，为大家第二天早上的实验课做准备。这个想法来得相当突然，我可以说这充其量是纯粹的一时冲动。然而，这次"冲动"的结果，实实在在地去除了"集训"前最后一次跟弟弟碰面的机会，它让我理由充分地留在实验室当值，可以一直留到那边的事情彻底结束。

实验室的门开了，全班同学都急急忙忙地往外跑。弟弟拼命地在他们中间四下搜寻，以确保不会从拥挤不堪的人流中把我漏掉。当最后一个人影从他的身边飞过却仍然不见我的踪影时，他又流露出那种眼神，那天下午在返家前即将跨过那段干涸的河床时那种彻底的、无可奈何的眼神。"他们是来找我的茬的，哥哥。"他当时就那个样子站在那里，凝望着周围的虚空，仿佛不敢相信自己的眼睛。我怀疑他是否也看到了化学老师最后走了出来，几乎当着他的面关上实验室的门。他只是站在那里，一脸的茫然，一副不知所措的模样，而我那时却正从里面偷偷地注视着他，故意否认他需要我，也不承认我有机会可以帮他。的确，突然之间，我发现自己的心肠对他而言变得又冷又硬。我巴不得他赶紧离开，去承受命运所强加给他的那点东西，那东西微不足道，我们每个人都曾面对过……

像是在呼应我的想法，附近传来一阵兴高采烈的喧嚣。到处都是奔跑着的学生，沉重的校靴踏出一片片急促的响声。一个个人头、一张张稚嫩的脸庞涌现在窗外。他们叫喊着，嘲笑着，尖叫着，推搡着，把我弟弟裹挟进人群。他一路磕磕绊绊，脸上的神情就像是一个不会游泳的人突然被一股意想不到的湍流卷进了大海。

我转过身，背对着窗户，心想："就这样吧。很快就会过去的。这样的经历对他来说不是什么坏事。"我开始整理实验室，但进展缓慢。

我发现自己站着没动，手里拿着一个蒸馏瓶，侧耳在听。方形院子和实验室只隔着一堵墙，那里传来的声音起先像是一片咆哮，而后又像是给闷住了一般。这并不是说动静正在消失，恰恰相反，它正以同样野蛮、凶猛的方式，在一起一伏中保持着自己的能量量级。这是一种群体性躁动的声音，当所有人都是一个想法，或者更确切地说，都没有任何想法时，就会那样。是的，这个汇成一股的声音存在于想法与理智之前，那喊叫声里充斥着嗷嗷待哺的食人族幼仔才会有的那种奇异的饥饿感。它出自不同的嘴巴，却基于同样的欲望；它出自年轻的喉咙，但调子本身却又十分古老，并随着时间的流逝而显得越发苍老。我甚至觉得，它比千百年来一直在俯瞰着学校的那座灰色大山还要古老。

我过去照管过很多次这样的"集训"场面，但像这样不得不远远地待在一旁独自听着，还是第一次。拿自己的骨肉同胞、我的亲兄弟去喂饱它，则更是头一回。这个念头一闪现，我浑身一哆嗦，差点把手里的蒸馏瓶给摔了。于是我便急切地想知道，弟弟在巴望着我做些什么？想见我又是为了什么？在一片茫茫的、陌生的人海之中，我这张熟悉的哥哥的面孔能使他在经历这些时感到不那么孤独吗？对于他自己最隐秘的那个恐惧，我俩总能心心相印，这一点会不会在某种程度上让他在面对一大群"暴民"的诸多"暴行"时增加些许安全感？这些推断似乎太过异想天开，我有点不胜其烦，于是便告诫自己："这对他大有好处。他必须经受、经历此事。我如果到场有可能让情况变得更糟。"

就这样，我完成了自己的背叛。对立的那个我如此自信，他不怕争辩，不怕引起关注和非议，就那么怡然自得地在我的内里驻扎了下来，这时，学校里突然变得鸦雀无声。我懂得那种寂静，很熟悉它意味着什么。那个被选定的受害者、至高无上的牺牲者、即将被群体仪式环绕的象征，马上就要公布了。尽管对立的那个我已经铁了心，但我还是不由自主地快步移到对着方形院落的那扇窗户旁。向外张望，我看见了，我的弟弟，没戴帽子，被那院子里的几个大男孩举到齐肩高。他头发散乱，衣裳凌乱，脸色比我以前见过的任何时候都要苍白。众人一看见他，又爆发出一阵喧嚣。然后，大家七嘴八舌、各显神通，纷纷开始贬斥和嘲笑他，直到某一瞬间，弟弟被几个人抬着穿过人群，所有的贬斥和羞辱合而为一，全体同学开始齐声嘲弄，他们高唱：

为什么他生来如此美丽，
究竟为什么他会出生？

方形院落远离我的另一端有两个长长的深水槽，那是很久以前的拓荒年代的遗迹。那个时候，这所学校的"男孩"都留着胡子，他们需要骑着马、挎着枪来上课。两个水槽之间有一堵矮墙，墙体两侧安装有水龙头，一个挨着一个连成排。按照传统，这里是折腾新生最理想的一处场所。两排水龙头可以充当展台，水槽便于玩"鸭子凫水"。我弟弟很快就被勒令站在水龙头上，被粗暴地推到墙边，面对着人群。

我离得太远，看不清他脸上的表情。我只知道，远远望去，他就像一个漫画里的小学童。那张原本黝黑的脸现在白得瘆人，与他那一头浓密的黑发形成了越发鲜明的对比。我看不见他的鼻子，但他的嘴巴和一双又大又黑的眼睛就像三个黑圆点，显露在他那如月亮般苍白的脸盘中央。他的头笨拙地歪向一边，看上去活像个傻傻愣愣的小丑。当他在水龙头上站稳后，一个大男孩爬上水槽，挤到他旁边，先举起手示意大家安静，然后喊道："伙计们，这个新来的家伙总得给我们表演点什么让我们乐呵乐呵。表演什么啊？"

片刻过后，几个人扯着嗓子叫道："让他唱歌。他说他喜欢唱歌。那就让他开唱！"

"说得对！"问话的大男孩立刻转向我弟弟，好像在期待他一张嘴就能开始唱。我猜，弟弟那会儿正紧张得连吞咽都困难，远没有做好唱歌的准备。于是，问话的男孩立即开始用拳头擂他的肩膀，边擂边叫："快唱快唱，丑小鬼，没听到指令吗？快唱快唱，大声地唱！"

前面我提到过，音乐是我弟弟所擅长的、特有的语言。一想到要歌唱，即使是在这般境遇之下，他的勇气似乎又恢复了。他立刻照做，开始唱道：

> 骑着马，骑着马穿过白昼，
> 骑着马穿过月光；
> 骑着马，骑着马穿过暗夜。
> 因为在那遥远……

开头的几个音符也许有一点儿飘，但在第一个乐句结束之前，他的音乐天赋就充分展现了出来。进入到第二乐句，他唱得很不错，算是真正开始正常发挥。但是可怜的家伙，他没有意识到，这种情形之下，表现完美恰恰是最糟糕的事情。在这场活动中，他所扮演的角色本质上是一只替罪羔羊。他不仅看起来要像，而且举止也要"得当"。任何超出这个"得当"范围的行为都会破坏他作为这个象征的价值，都会剥夺众人正当享受这份乐趣的权利。因此，孩子们很快就意识到，以如此清脆的嗓音和如此不同寻常的权威姿态歌唱，本身就是对这个仪式原本意图的亵渎，于是，众人开始起哄，发出一阵怪声怪气的号叫。

弟弟唱不下去了。即使我离现场这么远，他的沮丧也是一目了然。他还想接着再唱，但喧闹声彻底淹没了他。于是他只好停下来，两条长胳膊就像锯断的木头垂在身侧。他一脸茫然，从院子的这头望到那头，疯狂地找寻着什么。我的胃里突然感到一阵不适，我知道，他是在找我，找我的脸。直到此时，众人才又觉得他们掌握了这个场面的主动权。

于是，起哄、号叫变成了一阵如释重负、兴高采烈的欢呼，全体学生开始拥向水槽，欢快地唱道：

丑小鬼是个大话王、骗子手，

他一个音符也不会唱。

丑小鬼就是个大骗子——快淹死他，

快把他淹死在壕沟！

一时间，晚霞映照着红砖砌就的院墙，仿佛一片熊熊燃烧的火焰，衬托着弟弟苍白的脸庞。他的眼睛还在不停搜寻，一遍又一遍扫视着那群尖叫着、吹着口哨的男生。然后，他不见了，像一艘注定要沉没的船上的最后一片帆，消失在茫茫大海之中。我不知道你是否试过在独自一人且置身事外的时候侧耳倾听一群人的尖叫。任何一次这样的经历都会让人刻骨铭心。但是，当那尖叫直指你的亲骨肉，直指你的一母同胞——那一刻，我的灵，我的肉，我自己的一切一切，顷刻间仿佛全都枯萎了。

我看不到正在发生的事情。经验告诉我，弟弟正在被拖进水槽，正在被强按进水里。那就叫"鸭子凫水"，我们之前也都被那样折腾过。前面歌词里的"淹死"，其实指的就是这个，这些我都明白。尽管如此，我还是非常紧张。我目不转睛地盯着水槽边，那里人头攒动，一片挣扎、骚动的叫喊，混乱不堪。我一阵揪心，搞不清他们到底要折腾到什么时候。

突然，人群又安静了下来，那些人头和肩膀都一动不动。水槽边，几个大男孩的肩膀升了起来，一只胳膊高高举起，手里抓着一件湿漉漉的外套和衬衫，在高举着的胳膊后面，弟弟大口喘气的脸和赤裸的躯干被慢慢托起。

"伙计们快看！"挨着他的一个人忽然怪声怪调地高喊，"伙计们快看呐！丑小鬼背上有个鼓包！"

顷刻间，人群一片寂静。孩子们都伸长了脖子，盯着被托举着的、正在滴水的弟弟。然后，像是得到了个什么信号，他们齐声开始哄笑，一个个笑得浑身发抖，笑得前仰后合，笑得歇斯底里。

在这所学校，我以前从未见过这种阵势、这般景象。当孩子们的欢声笑语变成他们最喜爱的一支欢歌，我木然地站在窗前，双脚仿佛被钉在了地板上。他们唱道：

丑小鬼长了个大鼓包，

大鼓包呀大鼓包。

丑小鬼长了个大鼓包，

一、二、三，一起来：

丑小鬼长了个……

突然，歌声戛然而止。高涨的喧嚣像被刺破的皮球，"嘶嘶"着，渐渐地，但又很快瘪了下去。院子里的人群惶惑不安地静了下来。主楼二楼的一扇窗户"砰"的一声被推开。语文老师将头和肩膀从窗口探出老远。

"听着，我请问一下，"他一脸怒气，声音冰冷，"现在这里谁在负责？"

"是我，先生。"现场负责的那位学生头头懊恼地回答。

"你，立即让他们解散，然后马上到我办公室报告情况。"说完，又是"砰"的一声，那位老师关上了窗户。

然而，解散的口令已无须下达。不用说大家也明白，事情闹得太大了，太过火了。人群已经开始自动散开，连带着将我弟弟也带走了。

我依旧站在窗前，心绪好一阵子难以平复。我想冲出去，想做点什么，弥补刚刚发生的一切。我感到愤怒，觉得屈辱，我想把它们在学校一股脑地发泄出来，当然我的弟弟没有被我排除在外。对于弟弟，我现在想冲出去安慰安慰他。但现实的情况是，我在实验室还有工作没有做完。现实的责任战胜了一切。我又开始接着整理实验室，为第二天早上的实验准备好各种仪器和装置。在这一过程中，我得出了一个"方便快捷"的结论：帮助弟弟的最好办法，应该还是别把他的这次经历放在心上。

那天晚些时候，我又见到了他。他刚从宿舍女管家的房间里出来，胳膊上挎着一整套换洗的衣服。长长的宿舍走廊没有灯光，尽头是一个楼梯平台，只有落日从主楼梯口高高的窗户斜射进来，余晖在走廊里反射着、激荡着。弟弟从来人走路的样子认出是我，他站在敞开着房门的女管家的门口，一动不动。房间里透过来的光线映照着他脸庞的一侧，其余部分则沐浴在越发昏暗的暮色之中，模糊不清。他就那么纹丝不动地立着，脸看上去就像是一个古色古香的面具，就挂在他身后那扇敞开着的门上。我以为他会像往常一样叫我，但这次他只是立在那里，一声不吭。

"啊，"我只好先开腔，还在假定我意已决的那种冷处理方式对他有好处，"今天过得怎么样？"

"这么说，你不在那儿？"他问得直截了当。

"不在哪儿？"我佯装不解地反问，想通过闪烁其词来寻求喘息的机会。

"那个，集训现场。"他两眼一眨不眨，在沉沉的暮色中凝视着我。

"哦，那儿啊！"我故作轻松地回答，"整个下午我都在实验室。实验老师给我派了活，这不，才刚忙活完。"

我忽然说不下去了。他的脸上好像有个什么东西在俯视着我，那东西从过往中走来，从遗忘中现身，正是它阻止了我。我们俩面面相觑，谁都没再开口。走廊里静得太厉害了，我甚至都能听见女管家房间里的闹钟正在她的桌子上滴答作响。

"我明白了。"他终于开口说话，声音里有一种果决，那种腔调对于像他这样一个如此年少的人来说，显得好生奇怪，"行了，我得赶紧走了，否则就赶不上晚饭了。"

他径直从我身边走过，大步流星走向楼梯口。我自己也吃了一惊：我竟然没有叫住他。当然，要不是因为女管家听到我的声音，叫我进屋说了些鸡毛蒜皮的事，我也许会紧走几步跟上他的。

那天更晚的时候，我又一次见到他。他已经躺在了床上，要么真睡熟了，要么就是在假装睡着。二十四小时之前，我还会毫不犹豫地叫他的名字，轻轻地。可现在，说不清怎么回事，我忽然没有了信心这样做。因此，我可以与自己妥协的最后一个机会就这么从我的眼皮子底下溜走了。

然而，学校里的众人并没有轻易忘掉这件事。一连几天，我都会时不时被一群家伙拦住，他们面带羞愧，嘟嘟囔囔地表达某种歉意。

那件事过后的一个晚上，学校召开班长会议，会上，学生会主席在众人一片赞许的低语声中对我说："老伙计，我想我用不着告诉你今天下午大家伙的感受。让你失望了，我们都觉得非常羞愧，尤其是在看到你对我们如此信任之后。"

然而，没有任何人请求过我弟弟的原谅。此事一出，我似乎更受欢迎了，但对我弟弟而言，情况却恰恰相反。对他来说，众人的表现就好像他才应该是被责怪的对象，就好像正是他引发这次"暴行"，是他哄骗着、诱使着他们干的，否则，他们就是做梦也永远想不到要这么做。

至于我自己，那天晚上，回味着班长会议上大家的热情，品咂着学生会主席对我个人感受的关切，我倍感欣慰，昏昏欲睡。突然，弟弟的那句"我明白了"又在我耳边响起，他那种语调我以前从未听到过。

我一下子彻底清醒。他以前从没这样说过。以往，当我们之间有了什么不对劲，他总是会耸耸肩，然后说"没事儿的，哥哥"。但现在，我有了一个新的认识，它就像个幽灵，悄无声息地越过我蒙蒙眬眬的睡眠门槛。老天啊，难道关于我的所有真相总是非得建立在关于我兄弟的谎言之上不可吗？又或者，反之也必须亦然？难道这世间所有的背叛，本质上都非得隐含着类似的这种东西吗？

学年终了，我如愿以偿得到了那个奖项。颁奖那天，我的父母也来了，他们就挨着校长，亲耳听着他先作了一个简短的致辞，然后就宣布我被遴选为"年度综合最佳风云人物"。在老师和同学们雷鸣般的掌声中，我最后一次登上讲台接受颁奖。能获得这份殊荣我心满意足，一脸的陶醉。然而，当转身下台回到座位上时，我看到鼓掌欢呼的人群中有两张脸，一下子清醒了过来。一张脸是我弟弟的。他还在欢呼雀跃，就好像我所领受的是他自己的奖项，然而，他的眼睛里有一种东西却让我惴惴不安。另一张脸是那个语文老师的，在"集训"那天，为了弟弟的事他怒气冲冲地推开了那扇窗户。其后，他对我弟弟一直颇为关注。现在他正看着我，彬彬有礼地拍着手，那张平日里感知力十足的脸上此刻现出了一种高深莫测的表情。我突然意识到，他既在为我高兴，又几乎同时在为我难过。

那天晚上，平生第一次，我和几个最铁的"小哥们儿"去了镇上最气派的一家酒店里的私人酒吧。一通豪饮之后我们都开始信誓旦旦地说彼此要永远情同手足，不分你我，一人有难，八方支援。到了第二天早上，大多数人都开始离校，我也是其中之一，带着一种莫名的酸楚，永远地离开了那地方。

在月台上跟好友们依依惜别时，我禁不住喉咙哽咽，我还注意到，就连学生会主席的双眼也倏忽间变得异常明亮。我和弟弟、父母一起上了火车，这也是最后一次我们全家一起从学校返家。然而，即使是在这样一个全家人相互围聚着的亲密时刻，我们也从未提及弟弟来这所学校上学第一天发生的那件事情。他和我都没有向父母提及，我们俩也从未谈及。就好像我们俩都巴不得尽快忘掉那件事，除此之外别无他求。但我们错了，那件事本身没人可以忘记。

这是背叛的另一副面孔。背叛有自己的意志，这种意志以否认它自身就是背叛为其存在的前提。要不是这件事如此顽固地坚持要我记住它，我可能真已经把它给忘掉了。至于弟弟，我相信，他的状况也并不会比我强上多少。

比如，在"司当普"的事情上。

在父亲所拥有的那一大片辽阔的草原上，生活着成群的跳羚。与其他许多邻居家的做法不同，我家一连几代，直到父亲这一辈，都对生活在自家土地上的这种野生动物，这些"原住民"格外关心和喜爱，一直在尽力保护。从我们家白房子四周高高升起的屋前游廊望出去，几乎总能看到一群跳羚在它们认为相对安全的范围内安静地吃草。那景致，我一直都是百看不厌。它们少有完全静下来的时候，但也从未显得惊慌不安，因为它们的一举一动总是那么富有节奏感。在铺满大片青紫和金色的草原上，它们所组成的图案就像某种奇特的纹章装饰，在一些碧空如洗、连空气都晶莹剔透的日子里，远远地看过去，羚羊群的聚散就像是一朵骑士之花，开放了又闭合。夏日，当周边骄阳似火，当青草、灌木和仿佛点缀着亮片的热带稀树草原在流动的空气中反射出无尽的、噼啪作响的彩色火焰时，跳羚就位于那骚动着的色彩中心，一派淡雅柔和、精致细腻的模样。临到冬天，夏日之火燃尽，灰烬的纤尘高高扬起，在空中飘荡出一片蓝色，那时节，它们依然还会在那里，就在我故乡的土地之上，在那片仿佛已经破旧的炉膛里，保有一抹火焰般亮丽的光晕。

　　春天，羚羊群渴望着新的生命，一切都在这种渴望的冲击下变得躁动不安，甚至是危机四伏，令人心酸。首先，年轻力壮的公羚羊会开始挑战老一辈的首领。它们会从羚羊群中跳出来，跳到开阔地带，就像乘着时光之翼飞过来的芭蕾舞者。它们会弓起背部，让一圈雪白的、极富表现力的羊毛沿着颤动着的脊骨分开，像雪片一般披撒在活力四射的躯干两侧。它们会昂首跃起，用这种方式在老一辈的年事已高的公羚羊面前发起挑战。老首领对此会尽可能长时间不理不睬，但最终，眼睛睁得溜圆、一直在机警地等待结果的年轻力壮的公羚羊所喷射出的轻蔑气息总会刺痛它们，它们只得听从自身血液那春的召唤，义无反顾地起身迎战。接下来必然会是一番殊死搏斗。一老一少两只公羚羊的角会飞快地、剧烈地交叉撞击，就像暮色之中凯尔特英雄手里挥舞着的刀剑一样。于是，整个羚羊群会开始为之着迷，会充满激情地一拥而上，想尽量离得更近些，千方百计看得更清楚些。每当此时，我就会坐在马背上，和整个羚羊群一起观战。平常，它们一见人就躲得远远的，但这会儿，它们却不管不顾，紧紧围拢在我身边，都想近距离观察这场较量，时而激动，时而焦躁，一会儿呼哧呼哧地喘着粗气，一会儿发出一阵群体性的叹息。较量一结束，我曾亲眼看见挑战失败的年轻公羚羊又开始取悦胜利者，长长的睫毛下，灵动的大眼睛不停扑闪，映射出春的张力，也是在掩饰恐惧，因为内心深处它们并不服输，那里依然有一团火焰在熊熊燃烧。它们会夹着尾巴，低眉顺眼，目不斜视，眼睛只盯着地面，在胜利者面前一遍又一遍地走过来再走过去，极尽谦卑之能事。

但到了秋天，羚羊群就会聚拢在一起，老老少少都往中间挤，形成一个大圆。冬天就要到了，死神的脚步越来越近，那大圆的中心仿佛可以消弭它们对即将到来的死亡的恐惧。在它们之间，过往的一切分歧现在都消失殆尽。它们会离我们的房子越来越远，对我们的一举一动越来越警惕，它们仿佛能感知到，我们猎杀羚羊的季节很快就要开始了。

但在羚羊群的这种季节性聚散中，我注意到了一个奇怪的现象，那现象已经持续了很多年。有一只公羚羊，无论在什么季节、什么情况下，都不被允许加入羚羊群。每当它靠近它们的群体，羚羊群里的羊，无论老少，都会合力驱赶，直到把它赶走。它们驱赶它时的那种凶猛颇为罕见，因为平日它们都显得如此温顺可爱。头一两年，它一直在坚持靠近，一天之内常常会数次做出努力试图加入它们的群体。但它们的群体同样态度坚定，每次也都会同样凶猛地将其驱离。最后，它开始放弃努力，总是不声不响地跟在大部队后面并保持着一个安全距离。

起初，我以为那一定是一只老羚羊，是那个群体曾经的首领，但在统治地位上待的时间过长，招致了太多不同寻常的仇恨，所以才落得今天的境地。然而，我很快发现，我错了。

有一天，我匍匐在草原上某处准备伏击胡狼。胡狼特别狡猾，长期以来，它们既祸害绵羊也祸害跳羚，已经为祸不小。不一会儿，有一大群羚羊游荡到我匍匐的地方附近吃草，它们离我越来越近，近到我都能听见它们的嘴唇在快速地揽草，牙齿在切草，嘴巴在急不可耐地嚼草。于我而言，再没有比这更具吸引力的声音了，因为它总能让我很快回归至一种短暂的宁静，那宁静里有一种永恒的节奏，那宁静意味着对大自然充满信任。当那些声响渐渐远去，只剩下我一个人躺在闪亮摇曳的金雀花丛中，独自聆听午后微风的轻轻叹息时，我突然很奇怪地生出一种被遗弃的感觉。就在我打算放弃这次埋伏时，又传来一阵轻微的嘎吱声。是那只孤独的公羚羊，它正朝我靠近，离得比刚才的羚羊群还近。我这才惊奇地发现，它一点儿也不老。它还很年轻，全身的皮毛柔顺、闪亮，鼻口似黑色的天鹅绒一般亮晶晶的。每当它停止觅草、优雅地嗅着空气时，它首先会望向羚羊群，眼里透着绝望，然后才望向远方泛着微光的地平线。那里是南非东部高海拔草原的边缘，就像一潭碧水中不断扩大的涟漪，正在远方微微颤抖。它的怀旧之情仿佛已经溢于言表。它开始继续吃草，直到正好走到我的对面才停下脚步。它抬起头，转向我所在的方位。立刻，我明白了它会被羚羊群驱赶的原因：畸形。它的一只角皱皱巴巴，蜷缩在藏红花色的耳朵后面；另一只明显发育不良，歪歪扭扭地伸向空中。至于那双眼睛——那一天，我还没准备好让自己明白它们都提醒了我些什么。

弟弟对动物一向并不怎么上心，尤其是对猎物，但当我第一次告诉他这一切时，他表现出了浓厚的兴趣。打那儿开始，他便对这只雄羚羊念念不忘，开始接近它，开始怜爱地注视着它。他给它起了个名字，叫"司当普"，意思是"跛脚鬼"。没过多久，他便开始跟我讲述那只公羚羊的事，有不少都是我以前从未注意到的，这着实让我吃惊。举个例子，他告诉我，有一天他发现，尽管羚羊群不接纳司当普，但这种拒绝反而使它比这个羚羊群中的其他任何一只羚羊都更加紧密地与这个群体联系在一起。其他的羚羊都在这个群体中交配、打斗，跟随着这个群体云游四方，但在这场漫长的觅食聚会中，它们都相对自由。而司当普觉得必须要做的，却只是那些聚集到一起的羚羊们所要做的事情。为了便于狩猎，我们会把四散开的羚羊驱赶到一起，形成一个主群体，然后再把它们驱赶到埋伏好了的枪口前。尽管在这个过程中我们对司当普会不理不睬，故意把它留在一行骑着马驱赶羚羊的骑行者圈子之外，以保证它的安全，可它还是坚持对这个群体不离不弃，执意沿着羚羊群跑过的那条致命路线奔走，而且也并不会被前面响起的枪声吓倒，它会从后面猛冲上来，冲到最前面，以一种非凡的勇气，独自直面那些致命的枪口，冒死冲向那些枪林弹雨。要不是因为它的同类如此惹人注目地拒绝接纳它，大家从而都动了恻隐之心并达成一种默契，它早就不知道要被猎杀多少回了。于是它便总能得以幸免，过着一种像月球命中注定要围绕着地球一样的生活，它命中注定也要永远围绕着那个永远都会将其驱离的羚羊群打转。尽管它是这么一个角色，但对羚羊群而言，它的存在价值仍然不可小觑。因为常常独自面对猎人和其他天敌所带来的危险，司当普练就了一种非凡的智慧，对潜在的险情格外敏感。它总能最先有所感知，然后就会发出警报，不停地踢腾、跳跃，从而引起整个羚羊群的注目。每当此时，它淡雅柔和的皮毛，海泡状的腹部以及漆黑的四蹄就会在阳光下闪闪发亮、熠熠生辉。通常，某位枪手会因此而气急败坏，会拿枪威胁它，装出要射杀它的样子，因为如果它一直这样，整场狩猎都会泡汤，所有的猎人都将空手而归。但出于对这个畸形家伙的某种说不出来的怜悯，大家又总是只举枪做做样子，从来都隐忍不发。

中学毕业，我迎来了一段休整假期。第一天早晨，天刚蒙蒙亮，我就走出房间，极目远眺，我看见草原上隐隐约约有一大片亮点，那是一大群羚羊。我深吸了一口气。看到一切如常，那感觉真是太美妙了。就在那当口，第一缕霞光升起，映照出了司当普。它就像一尊雕像，四蹄下的土地就像一方金色的基座，远远地矗立在羚羊群主体的左边。那一刻，一种释然落入我的心田。对此我无法解释。我只知道在那一刻，对司当普，我生出了一种以前从未有过的感觉。不知为何，我感觉它破坏了眼前的如画美景。过去，我常常倾向于责备羚羊群无情无义，甚至对那只孤独的公羚羊生出了些许的感激，因为正是它，一次又一次地给了我们机会，让我们得以对生活表现出某种宽宏大量，某种怜悯和宽容。但现在，在我长久以来如此钟爱的大自然的如画美景中，它的存在却使我感到某种不安。当时，我还以为那只是某种一时的情绪，但这种一时的情绪所带来的反应并未像平素那样很快消退，它的气势和活力反而在与日俱增。

　　休整期结束，我开始了大学生活。接下来的六个月，我从未再想起过司当普。六个月之后，我又返乡度假，一如既往地准备接纳家乡那原本熟悉的一切，且恰遇我中学毕业后的第一个狩猎季。返乡的当晚就有人问我，第二天我可不可以和弟弟一起出去一试身手，打几只羚羊回来，因为冬季的饮食太单调了，品尝野羚羊肉是我们大家共同喜爱的一件乐事。第二天，我俩刚骑马来到一片开阔地，远远地，我就看到了一个孤零零的身影，那是司当普，正像个哨兵似的立在那儿。

　　"他看到我们了。"我朝弟弟嘟囔了一句，声音里带着一丝恼怒，引得他惊讶地看了我一眼，"那家伙一年比一年狡猾了。我敢打赌，今天我们会很难追上羚羊群的。不信等着瞧。"

　　我话音未落，司当普就突然开始飞奔，几乎瞬间就消失得无影无踪，然后又闪现在蔚蓝的天际。我们俩面面相觑，傻愣愣地看着。那一定是它一生中最蔚为壮观的跳跃之一，每一次腾空都几乎要转身一百八十度。它一遍又一遍地重复着这种惊心动魄的表演，直到引起星星点点散布在草原上的整个羚羊群的注意，直到它的一次次腾跃稳稳地化作一道防线，仿佛一团火焰，毫不动摇，坚不可摧。有那么一会儿，它就一直这样腾跃着，引得成百上千只娇柔的羚羊在我们和司当普之间那一大片空地来来回回地奔跑，而司当普的腾跃正表达出它对羚羊群安全的焦虑。接着，它的焦虑也传到了所有羚羊的心中。人的内心旋涡的最深处就是恐惧，恐惧注定要在人们的心中荡起一场灾难之舞。动物也一样，恐惧像一股旋风把它们的灵魂旋向一个空虚的中心，那般迅雷不及掩耳之势，总令我唏嘘不已。眼前的这群羚羊，即使是在刚刚经历了一个性命无虞、无忧无虑的季节循环之后，其被恐惧感染的速度，在我看来也是快得异乎寻常，简直令人心惊。它们像一团火旋风，在正在沉睡着的非洲大草原上沿着逆时针方向旋转，一圈又一圈，就仿佛它们相信，这种虔诚的旋动中存有一种强大的魔力，足以把太阳、把时光拉回到古希腊传说中那一处能获得不朽生命的乐园，能将眼前的凶险全抛之身后。

　　"我跟你说过的。"我仿佛有点幸灾乐祸，但又不无沮丧地对弟弟嘟囔道。他就在我身边，坐在马背上一言不发。"这样下去不会有结果，"我又顿了一下，"除非你一个人骑马过去，把羚羊群往咱们牧场的另一边赶。还记得那个蚁丘吗？就在牧场围栏附近，去年我们在那儿挖出了一只食蚁兽。我就卧在那儿静等，只要你能把羚羊群赶到那边，让它们从蚁丘和牧场围栏之间跑过去，剩下的就交给我了。"

我不担心弟弟会拒绝这个建议，因为他不喜欢在狩猎时不得不紧张兮兮地连续射击。然而，令我讶异的是，他现在却似乎有些举棋不定。

我只好直截了当地发问："喂，到底行还是不行？"

"对不起哥哥，我只是想知道——"他的声音一路弱了下去。

"知道什么？"

"我不确定——"

我故意不慌不忙地说："那你来开枪，我负责把它们赶过去，怎么样？"

他浑身一哆嗦，仿佛是被我的话给激的。"不不，还是照你先前说的试一试吧。"他一勒缰绳，策马而去。

看着他一颠一颠地离去，我禁不住为他感到难过。可怜的家伙，他的骑术可真糟糕！每颠一步，我都能从他的臀部和马鞍之间看到阳光。看了一阵儿，我拨转马头，马儿踏着轻快的碎步，奔向我和弟弟约定的那处蚁丘。

我和弟弟管前面的一长排小山丘叫"恐龙山"。之所以这样称呼它们，是因为在非洲"诸神的黄昏"的光照下，它们看起来就像是某种令人难以置信的史前动物的脊椎骨的化石。我飞快地穿过了它们，任由南非野橄榄和黑豹蕨类植物的香气刺激着我的鼻孔，马蹄在寂静中踏出仿佛在亵渎神明般的声响。当独自一人身处一望无际的大草原上时，草地就仿佛一大张丝滑柔软的羊皮纸，阵阵微风匆匆忙忙地在其上潦草地涂满阿拉伯文。那时的我就好像冲出了时光隧道，来到一个早已存在的、人类的言语根本无法企及的世界。极目四望，凡目之所及，皆是草原；草原之上，皆空空荡荡，连一缕迷行的动物所扬起的尘烟你都见不到。举头，天空满满当当充盈着蔚蓝，只有早晨的空气在耳畔微弱地抱怨我忽视了它的存在。

　　我骑着马稳稳当当地穿过那片平原，来到我和弟弟相约的那处蚁丘，蚁丘的旁边有一小片高高的野葡萄灌木丛。我在灌木丛中下马，把马藏好，然后就走到蚁丘后面我预想的埋伏位置。我到的时间可以说不早不晚，当我解开来复枪，小心翼翼地选了个位置把它安置好，不让它向羚羊群的方向反射太阳光，然后站起身最后再四下瞭望一眼时，羚羊群刚刚从前方山口里冒出来个头。那个山口就仿佛那一线山丘的一只黑眼睛，我一动不动地站着，观察了一会儿。高海拔草原上的跳羚打从一出生就患有幽闭恐惧症。现在，恐惧驱使它们排成一长列，慌里慌张、魂不守舍地快速穿过山口。从我所在的位置望过去，山丘呈烟紫色，羚羊则泛着珊瑚色和白光，但它们一个紧挨着一个，仿佛一小股亮闪闪的丝线正在穿过一根古老大针的针眼，穿行的速度异常迅捷，很快就来到摇曳生辉的大草原上。然而，一旦通过了山口，它们就开始放慢脚步，直至停了下来，又紧紧地围成一圈，面面相对。

羚羊群尚未完全聚拢，司当普就又现身了。它刚跳到开阔地带，紧跟着，弟弟的身影也出现了。孑然一身的司当普最先看到他。于是，它又开始了腾跃，一次又一次地跃向空中，亮出它那一身警告色，动作之大，简直让人惊叹。于是，无须多言，整个羚羊群又开始躁动不安。几乎同时，它们又都奔跑起来，不是那种全速奔跑，而是那种步伐轻快、优雅、适合长距离迁徙的小跑。时不时，它们又都停了下来，迅速地扭头看看，仿佛是要确定此时此刻的确有那么一匹马和一个带枪的人正沿着它们的足迹追击。然后，当瞥见弟弟还在紧追不舍，要来索取它们的性命时，天仿佛一下子又塌了，它们就又都惊慌失措地挤作一团，整个羊群漫无目标、不知所措地摇来荡去，仿佛在逼问那片空旷的天空和寂寥的草原，到底要怎么做才能逃过眼前这一劫。但这种情形下，不可避免地，某只天生的羚羊领袖总会冒出来，惹得整个羊群都开始跟着它逃，小跑着逃，逃向开阔的非洲大草原的深处，逃得离我越来越近。

于我而言，这永远都是一番最动人心魄的景象，充满了刺激，真正令人兴奋。不到最后一刻，我不敢确定羚羊群会怎么做。通常情况下，当接近合理的步枪射程时，它们会突然改变出自本能的奔逃方向，拐一个大直角，跳出猎捕它们的骑手所围成的圈子，沿着来时的路线又往回跑。弟弟只要出现某个失误，就会造成这样的后果。假如他把它们逼得太紧，或者表现得太急于把它们赶到某一边，它们就会心生疑窦，甚至能猜出他那不可告人的意图。真要那样，刹那间，它们就会齐刷刷地掉转方向，冲出我和弟弟的合围，奔向它们刚刚被驱赶过来的那个熟悉的地方。再者说了，弟弟对这类围猎总是不太上心，这种局面出现的概率就会更大。也许正是因为意识到这一点我才会过于焦虑，才会在密切关注事情进展时常常忍不住从掩护着我的蚁丘后面探出头来。突然，司当普开始以前所未有的速度奔跑，它从羚羊群离我较远的一侧快速绕过，而整个羚羊群仍在不慌不忙地朝我所在的方向小跑。风驰电掣一般，司当普在绕了一大圈后又出现在羚羊群的正前方，它最大限度地弓起自己的脊背，让浑身的皮毛在太阳下闪闪发亮，在所有羚羊的注目之下又一次开始腾跃，发出最强烈的警告。最前面的羚羊已经停下脚步，后面的羚羊还在继续往前跑，一长串现在乱作一大片。它们先瞪向眼前的司当普，然后又迅速扭头回望身后的我弟弟，仿佛在问：到底该怎么办？再一次，司当普又高高跃起。那一刻，它离我也就二百码远。当它那矫健的身形和拱成彩虹状的躯干在草地上高高跃起，它那淡雅柔和的皮毛上的流苏般的白色飞边也被连带着高高扬起。在落地之前，它那两条又细又尖的前腿会在空中急速地交叉，分开，再交叉，再分开。它这一系列动作我看得清清楚楚。做出那样的动作，既非易事又需要具备足够的勇气。它完成得非常漂亮，可以说相当精彩。也许，只有那些孤独的、被群体抛弃的弃儿，在拒绝了生活中其他的表达形式之后才有可能完成这样的动作。但不幸的是，那一天，当时，我所能感受到的，只有满腔的愤怒。

刚一落地，它紧接着又以一个令人难以置信的角度大幅跳开。羚羊群做出了反应。它们像一支正在接受检阅的皇家卫队一样齐刷刷地右转，然后又以令人难以置信的速度朝司当普所引导的方向冲去，直接拥向来时穿过的那一线山丘，奔向山丘背后那原本的家园。事实上，这一切变化来得如此之快，以至于整个羚羊群都被司当普挡在了它和我弟弟之间。司当普现在已经不再跳跃，它依然遵从它和那个群体之间的老习惯，跟在后面不紧不慢地走着，而整个羚羊群的奔逃声还在像密集的鼓点一样在草原上回荡。当再次与迅速撤离的羚羊群保持了一段合适的距离时，它没有像往常那样跟上它们，而是转过身，停下脚步，侧身对着我所站的位置。它先眺望了一下远方，那一线山丘镶着蔚蓝色的边框，框里涌动着粉红色的羚羊群，像翻滚的浪花。然后它偏过脑袋，直视掩护着我的蚁丘。我相信，那眼神里饱含着完胜的欢欣。终于，我再也按捺不住自己。

对司当普，我以及我们大家此前可以说一直都很善待它。然而，在知道自己要做什么之前，我已经举枪瞄准它，心想："你这可都是自找的！"然后，我扣动了扳机。在狩猎的过程中，我总是很享受子弹击中猎物的那一瞬，特别是在击中那些胆敢考验我的耐心、测试我的技能的猎物时。这一次也一样，我照例很享受，但只享受了枪声仍在我耳朵里回荡的那一会儿。司当普中了枪，但它既没有跳动，也没有踉跄。当我从蚁丘后面直起身，有那么一两秒钟，它纹丝不动地看着我，没有显露出一丝惊慌，仿佛一切都在预料之中。然后它的前腿开始变形，但却一直挣扎着让自己站直。整个羚羊群已经逃向远山，它朝着那里，投下最后的、狂野的一眼，然后轰然跪下。就像一艘大驱逐舰，舰首被穿了个洞，被流畅地吸进平滑的水面似的，它的身体迅速向前滑行，陡然沉入嘶嘶作响的草丛，从我的眼前消失了。

我立刻冲了过去，打算让它摆脱不必要的痛苦。然而等我走到它身边，它已经死了。它侧躺着，棕色的大眼睛还睁得溜圆，充满苦痛，渐渐变紫，那种色调处在它体外的蓝天和体内正在降临的夜幕之间。我一刀割断它的喉咙，直起身子擦手、拭刀。羚羊群的最后一点儿影子正在从山口消逝。我身后的那匹马喷着鼻息，缰绳上的链子叮当作响。我向弟弟挥了挥手，他还愣愣地骑坐在马背上，瞪着已经倒地的司当普，一脸煞白。

"还不过来帮忙？"我招呼着，对他的失态假装视而不见。以往这个时候，他早就下马过来帮我打扫战场了。"总算不会空手而归了，是不是？"

他没有搭腔，目光越过我，继续盯着我身后那一小片染血的土地。

这让我有些下不来台。"你怎么回事？"我悻悻地说，"不打算帮忙吗？"

他摇了摇他那沉沉的大脑袋，眼里噙着泪花，仿佛异常艰难地回答道："不，哥哥。我不会帮你这个忙的。"然后，他突然开始爆发，大声嚷嚷道："你怎么能这样？你怎么会做出这种事？"

"别犯傻了，"我抢着说道，心里不胜其烦，但又不愿意完全发作，"这都是司当普自找的。再说了，我可能还帮了它一个忙。它活得并不自在。没谁愿意看到它。"

我的话彻底激怒了弟弟，以前我从没见过他那样。"你怎么知道？"他哆嗦着嘴唇发问，"生活一定需要它，否则它就不可能降生。"

他不再强忍泪水。我心烦意乱，打发他自己先回家，以为这样我就可以安心地清理和收拾，把司当普拖带回去了。但其实不然，自始至终，活着时的痛楚依然在死去的司当普的眼里徘徊，我一直都在为它的那副神情心神不宁。那种神伤，我仿佛一直都懂得，尽管从未像现在这般深刻，从来没有离我这么近。比如，一年前在学校，我不就在弟弟的眼睛里看到过这种东西吗？这个问题一经提出就开始紧揪着我的心不放，像秋日里湿漉漉的太阳在背阴处投下的第一抹初霜。它让我不寒而栗，我试图把这种联想指斥为纯粹的瞎想。然而自那以后，尽管我依然还参加狩猎活动并持续了好几个年头，但我再也无法享受它了。该打枪的时候我照旧会扣动扳机，但欢喜之情在那个上午，在我们家白墙后面那一线史前山脊另一侧的广阔的大草原上，伴随着司当普生命的结束一同消失了。那么，我对于司当普的关爱呢？那份关爱是怎样，又是什么时候在我心中消亡的？也许是在那个下午，当我对弟弟不管不问，任由他在新生入会仪式上被折腾，自那时起，司当普就开始遭到唾弃？老实说，我更擅长提出质疑而不是给出回答。我唯一可以确定的是，正是靠着这些似是而非、仿佛都是鸡毛蒜皮的琐事，我所说的"虚无"才能得到滋养，并开始日益强大。

"虚无"的滋长

我和弟弟谁都没再提起过司当普。很自然地，这件事和另外一件同样难以启齿的陈年往事悄悄并到一起，形成了一对双生子，匍匐在我心里的某个阴暗角落，耐心等待它们那个世界的夜幕降临。甚至有很长一段时间，我几乎能把它俩忘得一干二净。在这一过程中，还有一个事实也在推波助澜。年轻人的生活总要饱受那些如此强烈又诱人的欲望和憧憬的折磨，以至于会让他们生出一种错觉：当下就是永远，满足就是一切。我得完成大学学业，然后在法律专业上深造，最后还要打造属于我自己的律师事务所。周围的人们对我总是抱有厚望，我不能辜负他们，必须不遗余力地做好这一切。的确，就在司法考试的末尾阶段我才第一次意识到，自己对这种学习机制的兴趣开始稍微减退。时不时我也会问自己，我正在为之努力的这些事情，是否真的就像它们看上去的那么重要、那么紧迫？这些疑虑甚至或多或少影响到了我的考试结果。然而，这些变化微不足道，我大可以列举很多理由，都正当合理，因为我有那么多的兴趣爱好，没工夫刨根问底。然而间或，在忙碌之中，在各种莫名其妙、意想不到的时刻，内心阴暗处会有东西在动：它们早被遗忘，但现在还在蠕动，仿佛是要提醒我它们仍在继续等待属于它们的那个夜幕降临。伴随这种意识而来的总会是一阵莫名的沮丧，一种能搅动我整个生命的战栗。对此，我接受不了，一直都不习惯。也许，我们平常所谓的"健忘"和"忽视"，正是我们自身某一部分最为欣赏、正好合口的一种"养分"。于是在某条车水马龙的大街上，我的脚步会突然开始颤抖，因为某一面白色墙壁上斑驳的光纹让我想起了那个早晨，那个我和弟弟从我们家白色的大门出来、骑马到山丘另一边的大草原上打猎的早晨。又比如，在某场复杂难缠的诉讼请求达到辩论高潮时，我会突然开始结结巴巴，不得不靠喝一杯水来拖延时间，当然，那会儿我并不口渴，只是因为那个戴着手铐、正在被告席上受审的非洲囚犯的眼神让我突然想起我和弟弟之间的过往，那双黑眼睛简直让我痛苦不堪。我宽慰自己说，别发神经了！这样的想法也太荒谬可笑了，而且也不公平，八竿子都打不着的事情，与眼下这个已经相当成熟的自我根本扯不上半毛钱的关系。但是，这些令人称道、无疑正确合理的考量，既没有影响到它们的行为方式，也没能影响到它们作用于我的效果。年复一年，它们依然故我，游离于我内里的生命主流意识之外，有它们自己独特的意志，有它们自己暗黑的理由。每隔一段时间，它们的信誓旦旦似乎还变得更加生动、更有气势。但是，相较于它们在我精神某一可辨识的维度上那些令人不安的反复再现，更糟糕的，是它们那种潜藏着的、无形的颠覆与破坏。

随着年龄的增长，我越来越害怕独处，还害怕闲着。我发现，我的闲暇时光总是会被一种奇怪的不安和凄凉所侵扰，尤其是在午后到下午的那一段时间，我根本无法独自一个人待着，因为那段时间似乎拥有自己阴郁、傲慢的意图，不屑与我为伍，离我很远很远。我一向喜欢风起时的声音，但在那段时间里，再要起风，我总能感到一阵无法忍受的悲伤，因为那时我的精神似乎已经无力做出正常的回应。至于雄鸡的啼鸣，即使是在大白天，也总让我觉得自己仿佛正半睡半醒，在蒙蒙眬眬中摸索，正被一种无以名状的恐惧笼罩，而且那种恐惧，你永远都叫不出它的名字。

当然，那时我并不理解这种破坏作用，它发生在我生命的一个无形维度之上。开始理解则是在多年以后。因此，在开始理解之前，我作为一位受害者、一个患者，甚至连受了谁的害、患的什么病都无从知晓，连这一丁点儿安慰都无法得到。那种不确定感，迅速在我心灵的大陆上开垦出了一块动荡不安的、只归属于那种不确定感自身的殖民地。如果你能接受，我可以说我变成了一个鬼迷心窍的人。没错，我知道鬼魂一词的含义。人们之所以会低估它，只是因为他们找错了地方，看错了维度。人们常常以为，鬼魂就是人在肉体死亡后的某种回归，是从埋葬尸体的坟墓里爬出来的东西。但是，亡者无须再生，因为鬼魂本身不死。在我看来，凡是曾经被赋予过生命的灵魂，在精神维度上都永远不死。所以，是我们自己弄错了，错把影子当成了实体，错把倒影当成了真实。鬼魂并不会跟随肉体消亡，它们反而是先于肉体的一种存在。在灵的维度上唯一能被认可的所谓"死亡"，就是对那些努力想要"出生"的东西的拒绝和否定：那些我们不接受其存身于我们自身的某类现实存在。一个真正的鬼魂，会是一个长得奇形怪状、一而再再而三地登门——一扇狭窄的小门——恳求"出生"的乞丐，它会一次又一次地恳请我们放行，允许其从那个门口进去；门里，就是我们的生命。我的身内，就走进了一个这样的鬼魂；因此，无须论理，也无理可论，我一直在"闹鬼"，一直在鬼迷心窍。

我怎么做都无法改变状态。我努力工作，处心积虑地从不闲着，且很少独处；我认认真真、尽心竭力地做好我认为应该做的一切，从各个方面来看都已经赢得了同事们的羡慕和敬重；我定期到海边度假，身边总有几个好伙伴……这种"虚无"的微妙寒意，这种冰冷、虚幻的存在总是悄无声息地登门，一再尝试拧开我的门把手，试图让我那忙碌、热闹的生活降温，从暖意融融变得温温吞吞。有好多年，我都在想同龄人当中是否有人能察觉出我的问题。偶尔，倒是会有某位女性能看出端倪。在一个非常开心的聚会场合，我就遇到这样一位女士。当时她一脸好奇，突然发问："怎么回事？你看上去好像经历了什么可怕的事情？"对此，我只能一笑置之，因为我又能怎么解释呢？说我自己对真相一无所知？说我以前也曾试图寻找答案，但结果却只是更加一头雾水？

靠着青春年少的闯劲儿和冲劲儿，靠着身边的人们对我的厚望所带来的有形或是无形的支持，我一路向前，从不动摇，直到我三十二岁那年。那一年，平生第一次，我不仅开始黯然神伤，而且时常感到害怕。争强好胜的心劲儿开始渐渐衰退。我越来越担心，自己所取得的那些成就实际上毫无意义，所谓的成功也只不过是昙花一现。下半夜我会突然醒来，不知道自己身在何处，也不知道自己究竟是谁。出庭或是参加公共活动时，我感觉自己好像根本就没在现场。看着教堂的钟表我会想："那根本就不是属于我的时间，也不是我需要遵守的时间。"抑或，一瞥见那个立在信杆最顶端的公鸡形风向标沾沾自喜地摇来摆去我就想哭，心说："看在上帝的分上，快教会你的那些同类就像你现在这样闭上它们的嘴巴吧。"

也是平生第一次，周遭的世界开始显现出对于我的某种担心和忧虑。一天，一位老熟人在俱乐部拉着我，半是讨好半是关切地对我说："哥们儿，你知道，大家都觉得你做得已经够可以的了，都有点过了。只会学习不会耍，聪明的小孩也变傻。跟我北上，到我的牧场去打一个月的猎，彻底放松一下，怎么样？"

我只能先礼貌地表示感谢，然后婉拒。我无法解释，为什么这么多年以来，除非真的必要，否则我不会开枪。因为在我看来，如果说还有什么事能让我的生活看上去简直就是一种毫无意义、永无休止的刻板重复，那便是它，这种机械的、年复一年的、须长途跋涉远赴北方的狩猎之旅。

再后来，有一两位年长些的女士出于对我的关心，开始催我结婚。"你看上去不大会照顾自己，需要有个人来做这些了。"然后，话语里会带着一丝调侃，"可别憋太久！"对此，我只能强颜欢笑，谢谢她们的好意，表示只要能遇见合适的，我一定不再犹豫。但每当此时，我的脑子里就会立刻跳出这样一个问题："一个连自己到底是谁都还搞不清楚的人，怎么可能让他的生活再走进一个别人？"

是的，一个似是而非但又最让我寝食难安的问题就是：那个熟悉的我自己现在成了一个陌生人。越深地感觉到这一点，我就越不愿意回家。父母还在世的时候，尽管有些勉强，我偶尔还是会去探望他们。他们离世后，我就卖掉了村庄里的房子，那是我出生的地方。弟弟继承了家里的农场，他那里我只去过一次。去看他的那个晚上，只有一件事我记得格外清楚。晚餐之后，我请弟弟亮亮他的歌喉。他还没来得及回答，当时还未过门的弟媳就惊讶地说道："大哥你不知道呀？他再也不唱了。"她的话让我一震，就像一把刀在暗夜里刺进了我的心房。

从那以后，我再也没去看望过他，尽管我一再觉得早该去了，而且也常常承诺这么做。结果，我总是"因为"工作压力大而没能成行，在那时节，这倒也算是一个颇为合理的借口。不过，这种推三阻四的过程折腾得我自己也痛苦不堪，为此，好几个早上我几乎无法鼓起勇气起床，或者勉强起床穿好了衣服，又一整天打不起精神。这样折腾一天下来，我常常连脱衣上床的力气都没有了，当然也就无法安睡。这种对于生活的厌恶，连带着我对这种厌恶的恐惧，在我心中不断延伸，就像黄昏时投射在我身后广袤、平坦的南非黄土地上的我自己的影子。当最终，那个九月，非洲之春来临的时候，那种厌恶和恐惧开始敲打我那已经支离破碎的感官，就像一个怀揣逮捕令的警察来到我家门口，敲门准备逮捕我。我只得束手就擒，因为我已是江郎才尽了——但其实呢？我的才智，正如我的事业所显现的，并非那么微不足道。

就在此时，战争爆发了。

战争是动物，不是植物也不是矿物。战争这头野兽应该如此昭告天下：由它自己来吹响世界末日的号角，打发身披猩红斗篷、骑着漆黑战马的传令官把末日即将降临的消息从一地传到另一地，这样天下人便都能知晓。

战争来了，走到了我们中间，然而，模样却又大相径庭。那个星期天，就在午饭前，我们一干人等，手里端着葡萄酒杯，围拢在俱乐部的电传打字机前，它的主要任务是及时向我们通报最新的市场行情，而这一次，它向我们通报了战争。屋里的人都惊呆了，吓傻了，我也一样，一时间满脸错愕。大家纷纷谴责这是在对上帝和人类犯罪，我也这么认为。一位俱乐部的老成员满脸涨红，涕泪横流，他请求上天作证，我们并没有追求战争，也已经尽了最大的努力来规避它，可它还是落到了我们的头上。对他的观点，我即刻报以热烈的支持，可就在他话音还未落的时候，我得承认，一丝几乎难以察觉的解脱感涌上心头，那种感觉，就仿佛原本有个什么东西堵住了我的生命源泉，而现在，它被冲开了，我的生命之水又开始汩汩流淌，汇成一条小溪，欢快地奔向大海。

我并不愿夸大其词。战争不是儿戏，关于战争的话题，我绝对不敢随随便便，但要想把它说得清楚明白也并非易事。为了做到这一点，我必须使用一种货币来完成这笔交易，这种货币在文明的基督徒眼里会被认为是假币；我必须认真思考那些正人君子不会有意涉足的事情。然而，那个星期天的早晨，我的印象是，电传打字机前的众人和我一样，都松了一口气。当然，这有其合理的一面。很长一段时间以来，对于战争的恐惧一直萦绕在我们的心头。现在，不确定性消除了，随之而来的自然就会是某种程度的解脱。然而，既然疑虑已被消除，既然那座关闭了这么久的古老剧院重新开放，另一部关于生与死的伟大戏剧即将上演，那么现在，即将在世界首映式中扮演一个确定角色的感觉，很快使房间里的许多人产生了一种新的重要感和克服分歧的情绪。我看到俱乐部里有两个多年没说过话的死对头，眼里噙着泪水，同时举起酒杯，发誓要再喝上一轮。我自己也感到身上那副最近压得我几乎喘不过气的毫无意义的重担，突然一下子就卸掉了；饭菜的香味儿又回来了；生活又有了新的目标；更有意义、更有希望的前景也将很快到来。

伫立在俱乐部的窗前，我独自沉思了一会儿。警报声和工厂的汽笛声打破了周末的宁静，昭示着战争的到来。它们那透着邪恶的、歇斯底里的嘶吼，扰动了整个周边。大街上平日里慢悠悠闲逛的人们现在突然都迈开了大步；正在行驶的汽车速度比平时快了一倍；原本总是不慌不忙的周末交通状况现在显得一片匆忙。我看到一名交警，对公然违反交通规则的行为竟然置若罔闻；阶层分明、以前从不可能走到一起的人们，现在自发地聚集到了街角，一起高谈阔论，且手势夸张，那种做派，大家以前都从未见识过。在我身后，俱乐部一片嗡嗡，像个蜂窝。那声音让我想起——想起什么来着？我只能想起"入会仪式"开始之前那个下午，学校那个方形院落里的那一片嘈杂。就在那无情的记忆之指触碰到我的那一刻，我感到自己的身体一下子变得僵硬。然后，我刻意强迫自己放松、放松。我不无残忍地对自己说，这场战争——一场真正的杀戮——将很快结束我已经忍受多年的"空拳练习"。是的，一想到这里，我甚至感到了一种可怕的、残忍的满足。

朋友们开始吆喝让我过去，我正要转身返回吧台，突然，窗外那仿佛动画一般快速移动和变换着的身影当中，一个不起眼的场景吸引了我的目光。熙熙攘攘的大街上，一个女人带着一个孩子，八成是在等她们家的男人，正远离人群坐在一条铁制的长凳上，长凳在皇家棕榈酒店下面，酒店就在俱乐部气派的大门对面。那女人伸出胳膊护着孩子。她的肩膀在颤抖。显然，她正在抽泣。我转身时，她仍然还在哭泣。我永远忘不了那一幕，它和我脑海中的其他暗影一起，奋力想让我把它们都辨认出来。

那整个星期天，我的大脑都在高速运转，活力四射。这样的状态，在我身上已经久违了。战事迫在眉睫，但我一点儿也不担心自己的安危。我心里有数，子弹不会找上我，杀敌我也不会手软。大战在即，有人活就得有人死，这么说很可怕，源自哪里我也不知道，所以我也就不再为生死问题费神。静如处子动如脱兔本来就是我的天分，现在，这份自信似乎顷刻间又回到了我的身上。匆匆吃过午饭，我离开俱乐部来到自己的律师事务所，把手头上的业务做了个了结。关于我离开之后有些事情该如何办我写了份书面材料，跟我的下级职员——做了交代。等我写完，时间已近午夜，然而多年来，这是我第一次没有那种疲倦感。回到住处，我仍然异常兴奋，毫无倦意。我叫醒了管家，又是一大通交代。直到凌晨四点我才上床睡觉。尽管如此，早上七点我还是翻身起床，带着一个小手提箱，里面塞了一些生活必需品，出了门。不一会儿，我就到了军部，内心满是一种新奇的渴望。我来早了将近一个小时，一个眼皮正在打架、急着要换班的中士生气地告诉我。不过，我装出一副很有派头的样子，坚持要见当值的军官，他别无选择，只好很不情愿地把当值军官叫来。结果，我成为我所在的城市第一个自告奋勇报名参军的人。整个过程我都表现得有条不紊，就好像多年前就已经制订好了这份计划，一旦出现眼下这样的紧急情况，就应该照此办理。每往前走出一步，我都没有想下一步应该怎么走；因为接下来的每一步都自动连贯，都顺理成章，斩钉截铁地呈现在我的面前，甚至入伍后是从列兵还是尉官做起对我来说都不是问题。[1] 我的确不认为我会在军队服役很长时间。真要那样认为的话，也许我会立刻选择当一名军官，我本来就有资格那么做，这在我国本土也不是什么难事。实际上，更为常见的做法可能是安安静静地申请军阶委任，然后和其他朋友一起耐心等待结果。但是，一场大戏的开场锣鼓已经敲响，一种使

---

[1] 按照规定，普通新兵入伍要从列兵做起，收入很低；而具备一定学历的人入伍可以从某一军阶做起，薪酬较高。

命感在我体内又得以复活，我的直觉和本能，我的渴望和向往，不允许我四平八稳、循规蹈矩。它迫使我做出这种鲁莽的举动，同时又劝诫我相信，一切本就应当如此。到了那天晚上，当我穿着崭新的制服坐在营房里，在晚报上读到"本市最年轻的皇家法律顾问（K. C.）[1] 在举国大潮中独领风骚：著名律师投笔从戎"的文字时，这种劝诫就越发显得理由十足。

第二天我就被送走了。当时，在那样一个非常时期，我本可以在师级副官部谋得一个很好的行政职位，他们就是那么告诉我的，因为在那里，我的所学、所能可以派上最大的用场。但我拒绝了他们给出的建议，态度非常坚决，坚称自己要上前线带兵打仗，否则宁可离开部队。我笑着问他们，难道不知道我参军的目的不是为了来舞文弄墨，而是要上阵杀敌的吗？结果我如愿以偿，几天之后，我就身着军官制服重回俱乐部，参加了一轮又一轮的告别酒会，一遍又一遍地听取各位对我所作所为的评判和赞许。

就连弟弟也写来了一封信，写于正式宣战的那一天。他平时很少提笔。"我们刚刚听到消息。等这封信到你手里，我想你已经开始参战，所以我要赶快祝你好运，愿上帝保佑你。当然，我没法和你们一起上前线，总得有人留在后方种粮食。我想，像我这样的人就应该是那些要被留下的，留就留吧。一想到成千上万像你这样优秀、勇敢的小伙子为留在家里的人做了

---

① 推测为 King's Counsel 的缩写。

些什么，我只会向你保证，一想到这一点，我就会比以往更加努力地工作。我已经想好了一种方法，能让新开垦的土地的产量，即使不增加三倍，至少也能增收一倍以上。这种时候，我不指望你会有时间大老远地来看望我们，而且我也知道，催你回来是不对的，但请永远记住，我们时时刻刻都在想着你，在为你祈祷。有空就多写信吧哥哥，愿上帝保佑你。"

你瞧，我这么做，甚至满足了弟弟对我的期许。难怪当时我会如此镇静，甚至是满足，尽管是暂且如此。不过我一直没有回信。今天推明天明天推后天，最后，只是在我出发的那天才给他拍了一封电报。

接下来的几个星期就是训练，然后是跟随步兵第一师出征，开赴北非战场，诸多细节，这里就不一一赘述。之所以这样并不是因为我对那段时期无话可说，而是因为那些与我所要说的事情关系不大。我只关心背叛，只关心自己内心那颗否定的种子，只关心属于我自己也同属人类精神家园的那一门特殊的植物学。在第一次尝到战场行动的滋味之前，那些东西都无足轻重，无须我在这里耗费笔墨。其实那场行动也算不得什么大事，除了对我和我所在的部队而言。我在那场行动中的角色也是我主动请缨的一种结果。那时一连数日，负责情报的长官都在抱怨没有足够的"活口"能为他们提供相关信息。我们初来乍到，对一切都格外认真，不像后来，慢慢就开始变得对一切都习以为常。我的上校似乎也对这种局面深感不安，于是一天晚上，我主动提出带一支特别行动队，抓几个"舌头"回来供情报部门使用。

提议被愉快地接受，我也再次为自己的计划和行动能力而感到骄傲。一切都轻而易举，不是吗？就好像这样的特别行动在我这儿早已是熟门熟路。再加上在老家的时候我没少追捕过猎物，那些狩猎经历使得眼前这项任务看起来的确没什么大不了，甚至可以说是唾手可得。接连几天我都在仔细观察敌方的一个前沿火力点，并且弄到它的几张航拍照片，晚间我又亲自勘察了一番双方之间的地形，然后在一个无月的子夜，我带着七位精挑细选的好手，悄无声息地开始向敌方的那个火力点匍匐行进。

不到半小时，我们就接近了目标，而且一直未被敌方发现。我的心跳开始加快，热血直往上涌，一股令人愉悦的兴奋感流遍周身。那种活力又回来了，那是差不多二十年前，我第一次追踪并猎杀一只非洲捻角羚时的感觉。我示意所有人停下，然后仰面朝天，稍事休息，先恢复体力，再找准机会出击，实施抓捕。火力点就在前面，一道低矮的护墙若隐若现，阴森森的，像一群正在静静反刍的母牛脊背的轮廓线。我留意到，星星们仿佛也参与了这次冒险，正激动得像是连脚趾都在发抖。在北方的天空，星星好像都变了模样，变得我几乎都认不出它们来，而且它们所出现的位置好像也都不对。好在，像是为了鼓励我，那里出现了我最喜欢的星座，茫茫寰宇中最伟大的"猎人"，猎户星座，正在他那"红印第安人"的伴随下平稳地滑行，摇摆着穿过银河系边缘黑色的羽翼，对他前面明亮的舞台上那些小星星清亮的歌声和欢快的啁啾充耳不闻。我想，我从来没有经历过比那更纯粹、更完整的一刻。之所以要提到它，是因为现在我认为，这一切都是一个更大的计划的一部分，其目的是为了让随之而来的嘲讽能更完善、更精炼。

周遭的一切出奇地寂寥。这样的荒漠与人类已经破败的精神家园很相称，很适合充作他们灵魂厮杀的战场。当我还躺着的时候，敌人阵地的后方飞来一架飞机，迎面而来的轰鸣声彻底打破了原有的寂静。

"等飞机一飞到头顶我们就冲过去，"我压低声音对我的那几个人说，"飞机会盖过我们行动的声音。但听好了，你们三个先过去，用刀；其他人跟进，用枪做掩护。不到万不得已，不许开枪。"

我翻过身，右手持刀，轻手轻脚地蹲起，就像赛道上一个已经就位的运动员，正在听候发令员的枪响。身旁的三个黑影也和我一个姿势。飞机飞得很低，正快速迎面飞来。就在它即将飞到我们的头顶之前，我低吼了声："冲！"然后一跃而出。敌人的火力点只是从坚硬的荒漠中挖出的一个大浅坑，里面配备有机关枪。我快跑几步，然后手搭护墙飞身而过，正落在一排还在酣睡的敌军士兵中间。我的脚刚碰到地面，飞机就在我的头顶上扔下了一颗着陆用照明弹。顷刻间，大浅坑、坑里那群蜷缩着的蓬头垢面的敌军士兵、周边一大片荒漠全都被刺目耀眼的镁光照亮了。斜倚在护墙内里坑边的那个岗哨正拼命挣扎着想从睡梦中醒来，满脸的恐惧。借助我们头顶飘飘忽忽、怪里怪气的磷光，我能看清那张不知多少天都没有刮剃过的脸上的每一条皱纹。他身材矮小，皮肤黝黑，脸很宽，眼睛现在因着内心巨大的恐惧睁得溜圆。一看到他的那副样子，我内心的某种东西立刻变得又冷又硬，就仿佛他并不是一个野外战场上真实存在的敌人，而是由我内心的灵性之光所映衬出的一个影子戏中的皮影。他举起了来复枪，也许是为了保护自己；他试图大声喊叫，也许是想说他这就缴械投降，但声音在他喉咙里哽住了。这种情况下，我的身手总是非常敏捷。说时迟那时快，我一个箭步扑向他，在他还没来得及从坑边起身之前，闪过他的来福枪，把他压在地上，再借助我整个人砸向他的全部冲力和我自身的全部重量，顺势挥刀猛插进他的肋下。这一切都在一个连贯、流畅、干脆利落的动作中完成。在那之后极短的一瞬，我俩之间只剩下一片可怕的寂静。毫无疑问，在那样的寂静里，上帝派驻在世界尽头负责监听人间的使者们能听到燕雀飘落的声音，甚至能听清恶魔启程时，在他那迷宫一般的往返道路上迈出的第一个极其细弱的脚步声。在那片寂静中，我听到他的皮肤在我的刀尖处吱吱作响，然后像橡皮筋一样弹开。他的表情就像是乌鸦翅膀正在掠过他的脸，刹那间，我想起了弟弟。

弟弟、司当普、那个在皇家棕榈酒店楼下哭泣的女人，这些形象在我的脑海中一一闪过，飘来又隐去，就像小孩子们傍晚在暮色中捉迷藏。他们隐去得正是时候，我的人紧随而至，照着我的样子，毫不留情地将刀挥向那些刚刚睁开睡眼、惊恐万状、忙不迭举起双手的敌人。我只得赶紧喝令他们住手。我更担心的是拿枪掩护我们的另外四个人，如此狂热的杀戮场面很容易让他们也起杀心。他们一开枪，不仅"舌头"没有了，我们平安撤返的几率也要大打折扣。就在我命令他们都停下的时候，着陆照明弹燃尽了，谢天谢地，我们大家重被一片漆黑完全笼罩。还活着的敌军士兵一共十七个，全部被我们缴了械。我们让他们脱下靴子只穿袜子，老老实实地排成一串，然后押着他们快速回撤。我的人跟在后面，初战告捷，他们都开心得像一只只异常兴奋的小猫，嘴里不停地轻声咕噜。我走得则像是一个虽全神贯注却又浑然不觉自己一脚踩的是人行道、另一脚却踩在阴沟里的人。这一刻，我对我的手下非常满意；下一会儿，绝望以及一种稀奇古怪的挫败感又涌上心头。在我自己的时间沟槽里，这一刻，我前面的俘虏是俘虏；下一会儿，他们似乎又比我更自由，因为我就是我自己的俘虏，是我自己这个狱卒的囚徒。难道我曾经热切期望的这场战争，其目的就是要在我第一次遭遇它时，就显示出自己并非我所寻求的那种战场？它并不能满足我所需要的那种杀戮需求，不是吗？难道它只是要把我骗到这儿来与我亲兄弟的敌人代理进行厮杀，只不过又让我上一回同样的、了无新意的当而已吗？

返回营地时，上校亲自出来迎接，并对我们这次冒险所取得的成功表示热烈的祝贺，但平生第一次，我居然觉得那种溢美之词难以接受。我表现得近乎失礼。当我那些军官弟兄们祝贺我在部队呈送给上级的报告中第一次被提及时，我几乎都不愿意和他们一起举杯共饮。

一切就这样继续着。我越来越擅长杀戮，而且特别擅长前述的那种突袭。结果，我脱颖而出被选调上去，专门负责策划和领导深入敌后的各类突袭行动。每次归来，我都不乐意接受上级给出的那些休假安排。我不想闲待着，只想立即投身下一次的行动，心甘情愿去迎接每一次突袭行动中各种艰难与险阻。一年多的时间里，我一直马不停蹄，几乎从未间断，要么在参加对敌作战，要么就在忙于准备下一次的行动。除了战事，我不让自己有时间做其他任何事情，希望能借此摆脱我内里的那个阴影，但那家伙在我看来也太机敏干练了。每次醒来，我都仿佛能看见它刚刚飘过，步态轻盈，身后的长裙簌簌作响，似羽翼在舞动，直接穿过我沉睡的大门，融进我最温柔的梦乡。是的，总是如此，无论我是在战场上，在藏身于沙丘后面正在摆弄刺刀的战友们中间，在他们冲锋陷阵时那声嘶力竭的呐喊声中，在中了我们的埋伏被隐蔽的火力打得像跳羚一样团团乱转的敌人面前，或者在看见一个农妇带着孩子坐在已经被烧毁

144

但还在缓缓燃着的她家的废墟旁时，我都能看见它。要不是我突然接到命令离开那片荒漠（尽管我再三推托），被派往巴勒斯坦执行一项特别任务的话，我真不知道这一切将会在哪里止住它的脚步。

"日已平西"

在辗转难眠之夜的寂寥中，一想到机遇和环境作用于人的生命历程中的那种精准度，我常常就会对其生出一种莫大的敬畏。举我认识的一个毛利人的例子来说吧，它会设法让他在三十年前准时降生在世界的另一边，然后正好赶上三十年后在利比亚的沙漠让他的前额挨上一颗德国人的子弹。而我，他的上司，同样也逃不脱它的精妙算计。我曾无数次见证这种精准度如何利用它的仪器精妙地作用于现实生活，但在这些为数众多且蔚为壮观的例子当中，没有一次能像带我去巴勒斯坦那回那样，如此令人赞叹、细微精妙、丝丝入扣。去的时候我其实有些不情不愿，可我又闲不住，总在千方百计地用各种忙碌填满时空，的确，那会儿再没有什么任务比走一趟巴勒斯坦更适合我的了。到了那儿我才发现，我们驻扎的地方是一个修道院，名叫伊姆瓦什。院里的修道士几天前才把这个地方腾出来，搬回到离此地大约一英里远的拉特伦，那里有他们的修道总院，伊姆瓦什是其一个分支。当我带着我那帮特训队员搬进去的时候，阴凉的廊道和用灰石砌就的厅堂里仍然弥漫着乳香和没药的气味，那是已经在此持续了若干世纪的修行活动所留下的。

我们要带着那帮特训队员在这里待上几个星期，负责教授、习演搏杀和突袭。队员们个个摩拳擦掌、跃跃欲试；教官有我，还有另外几位，他们虽然都比我年轻，但面相却更显老。这真是一群奇人，个个都特立独行，人人都有搏杀天赋。举个例子，他们当中最好的一个射手还是个孩子，斜视，身段极其柔软，父亲是犹太人，母亲是阿拉伯人，瞄准的时候他用右眼，枪却抵在左肩。在他身上，正常人的东西似乎都要来个颠倒，好像若非如此他便不能更好地完成他的死亡使命。其他人也是一样。清晨，我召集他们集合列队，教他们如何处理爆炸物，如何布置诱杀装置，如何安放和设置定时引信和延时起爆炸弹，以及徒手格斗和其他无声搏杀的战技。下午，我则结合我自己的经验教训给他们授课，并设法激发他们的想象力，让他们尽管自如地发挥，设想要是处在我那种情境之下他们将会如何完成任务。晚上，我会带他们到修道院后面的小山上，在沟壑中，在溪谷里，在斜坡上种满橄榄树和无花果树的园子里，玩人扮猎物的追踪游戏。通常，在下午的讲授和夜间的演练之间，我会在日落之前把他们带出去，观看我们在早上设定好的定时引信和延时炸弹的爆炸。爆炸掀起的尘埃在我们和正在西沉的太阳之间扬起一片金色，无风的日子，那些金色会静静地悬浮在空中。以前，我一直以为，非洲高海拔草原上的阳光是世界上最纯净的。现在我知道，我错了。巴勒斯坦秋日傍晚的落霞，比那还要更纯洁、更可爱，简直无与伦比。记得第一天晚上，我独自站在那里，身边没有一个士兵，透过纤尘望向漫山遍野的橄榄树、无花果树、葡萄园和修长的柏树，感觉那些爆炸所引起的眩晕感仍在我体内轻摇，心里想着，用这样的方式对待圣地不应该啊，简直是怪异。在看到一只孤独的瞪羚——那是巴勒斯坦群山中最可爱的一种小动物——被爆炸声惊得一跳，一路逃往紫色的山巅，我想起司当普当年在家乡恐龙山背后大草原上的那一跳，内心这种异样的感觉就变得更加尖锐，几乎令人难以忍受。噢，这份记忆的刺痛怎么再也忘不掉啊！曾经，它也在各种关于背叛的噩梦中得到了一些缓和，就像外科医生手里的钢针被回火、给变软了一样，但它始终还是根针，扎起来照样会让人痛。所以现在，对那些没能正常起爆的哑火装置我要心怀感激，职责迫使我必须撇下那份刺痛马上去检查它们。因为，作为指挥官，在整个训练过程当中，我必须自己去执行并完成最危险的引爆任务。

一个格外平静、清朗的晚上，月光似晶莹的水一般，充盈了周围群山之间的空隙，微风就像清澈的涧水潭里轻摇着的鱼尾，送出阵阵带着节奏和韵律的轻微颤动。我像往常一样数着爆炸声，快要数完，我几乎都要松上一口气时，我发现少了一次起爆。我赶紧跑过去，快接近时，它突然又炸了，一块橄榄球大小的石头差一丁点儿就砸中我的脑袋。当爆炸掀起的尘雾散开，我看见大约两百码开外的一块巨石上坐着一个人，是个平民，显然在那儿无所事事。我立即朝他走了过去。他是个修道士，一身神职人员的装扮，我不管三七二十一，声色俱厉地冲他发问，好像这样就能痛痛快快地把一肚子复杂的震惊和懊恼全发泄出来。他个子挺高，中年，有点驼背，头发是金黄色的，贴着头皮剪得很短，宽阔的前额下长着一双漂亮的蓝眼睛。他的胡子很浓密，所以，那张脸上唯一的光亮来自他的眉眼。

他耐心地听我呵斥完，末了，用带着德国口音的英语回答道："如果我做错了什么，那么我很抱歉，让你担心了先生。不过多少年来，在我们耶路撒冷的上级把这座修道院交给军方使用以换取那可悲的'三十枚银币'之前，我每天晚上都会来这里，来看看修道院，看看周围的景色。你不用担心我会做傻事。我懂火工品，懂炸药。我也曾当过军人。不过，如果你不允许，那么我不会再来。"

他边说边转过身，仿佛要说走就走，回到他那个大修道院。大修道院就坐落在一英里外的一座小山脚下，静谧地掩映在一片片摇曳的柏树影、闪耀的橄榄树林和一大片金色的秋葡萄园之中。然而，此人不凡的气度打消了我的戾气，于是我改用一种比较和缓的口吻问道："你说你也当过军人？怎么当的？什么时候？在哪儿？"

他立刻转回身，慢悠悠地说道："我曾经是一名德国潜艇军官，参加了一九一四到一九一八年的一战。"

"那怎么又到了这儿？"我紧接着问，又开始有点咄咄逼人的味道。

不过，他对我语气的改变无动于衷，依旧不紧不慢地回答："一九一九年我成了一名修道士，自那以后就一直住在圣地。"

他不再说话。我俩站在那里，一时间面面相觑。

他首先打破沉默，问："不知道你愿不愿意告诉我，你的战争进行得怎么样了？"

这我当然乐意。于是我开始告诉他最新的一些战况，却丝毫没有意识到我完全是在张冠李戴。

他又一次打断我，说："对不起，我说的不是那个战争，我说的是你的战争。"

"也是你们国家的战争。"我不客气地回敬道，心想他跟很多德国人没什么两样，都在声称自己与这场战事无关。

"请原谅，"他平静地回答，"如果我过分利用了牧师的特权，侵犯了你的私事的话。但我想，我认出了你脸上的表情，我好像记得，一九一七年，我自己就是那样……"他停顿了一下，"就在那时，我第一次意识到，我正在打的那些'仗'，战场就在我的内心，远早于外部世界那场战争的出现。我意识到我自己的战场就在——哦，我该怎么说呢！ ^①——就在现实的一个第二维度上。"

"哦，原来是这么回事，没关系。"我悻悻地答道，不想再聊下去。这个话题太敏感，不应该跟陌生人谈，即使他是个牧师。于是我话题一转，说："这样，既然你每天晚上都来这儿，那就不必打破原来的习惯。我可以安排我的人在安全距离之外从事这些爆破。不是什么难事。"

听完我的话，他原本已经黯然的眼睛里流露出一种新的神采。他向我表示感谢，说能得到这样的许可他将不胜感激，并请求我允许他解释，为什么他会如此重视傍晚来这儿这件事。他告诉我，二十年了，他天天来这儿。我们训练搏杀的那块洼地于他而言就是巴勒斯坦最神圣的一个地方。就是在那里，他缓缓地说，基督在复活后第一次向他的门徒们显现。他指了指我们脚下的土地。他的手由于多年一直拢在他修道士的长袖筒里，现在几乎白得透亮。太阳正在平西，阴影已经像流水一样铺满那片沟洼。他继续讲道，当时，那些门徒惊恐地聚集在一起，就待在现在伊姆瓦什修道院所在的地方。他们当中，有些人在基督被逮捕和钉死在十字架之间的关键时刻犹豫过、逃避过，他们对自己感到震惊，就像对耶稣被钉死在十字架上感到震惊一样，所有人都像身处暗夜里，都像是在没有牧羊人的狼的世界里的羊。然后，突然之间，基督降临了，从日落的天际，

---

① 此处原文为德语。

现身在他那些已痛苦不堪的追随者面前。

他们没有认出他来。但出于他们自己所遭受的深深伤痛，出于他们自己内心的极大恐惧，他们愿意人再多些，于是就欢迎他加入，说："跟我们同住罢，日头都已经偏西了。"

他止住了。停了一会儿，我这位同伴又接着说，至于他自己，每天傍晚都会到此，一遍又一遍地重温、体味那个时刻。他来此是要提醒自己，他本人也同样有过逃避主、认不出复活的主的日子。他在此等待着，直到他准备好跪下双膝，祈求主宽恕他那些日子里的不信行为。

"可你怎么知道这里就是那个地方？"我突然问。

问这话的时候，修道院的晚钟突然被敲响，但我还是宁愿把这个问题抛给他，因为我觉得，他的故事和他讲述的方式已经激荡起了我的某种情绪，如果我不赶紧打破砂锅问到底，我就会不得安宁。

"第一批朝圣者发现了它，并在上面做了标记，"他答道，"十字军随后在标定的地点上面建造了他们的第一座教堂和第一座修道院，也就是你们现在作训的地方。"

他的话又一次让我感到不舒服。他身上有种东西让我惴惴不安，而且一直如此，从不衰减，但我还是想听他多说几句。然而，他婉拒了，问我是否听到了钟鸣，说那是在召唤他，唤他去做他该做的事情，就像那边我的"召唤"一样。他边说边指给我看，原来，我的人正在斜坡上挤作一团，等得已经焦躁不安。临走前他最后说，如果我愿意，我们可以再见面，随便哪个晚上，还在这地方，因为既然我已经好意允许他再来，那他就会保持原来的习惯。他就这样走了，宽大的修道长袍里面仍然还挂着一个有明显标记的海员证，走进越来越暗的夜幕。钟声一直在响，一波比一波急，带动着褐色的空气一同震颤。

我没有再见到他。第二天早上醒来，我身上周期性发作的疟疾又一次发作，但这是我离开故乡的稀树大草原以来最严重的一次。我那队人马当中没有配备医生，因为我们只是一个临时挑选、拼凑出来的小群体，可以说是一帮杀手中的"贵族"。我也不会允许副官打电话到耶路撒冷让他们派个医生过来，因为我疟疾发作的次数太多了，我觉得自己比任何医生都清楚应该怎么办。我立即服了奎宁，让勤务兵在我的床上铺了厚厚一堆毯子和大衣，然后安心躺下，信心十足地等着寒战终止，开始发汗，然后退烧。但这次，一天都过了大半，病情也没一点儿好转，很明显，这次发作非同寻常。我颤抖得越来越厉害，体温一直在升高，汗一直发不出来，烧自然也就退不下去。

下午，我周身的血液似乎进入冰河时代，寒战已经让我浑身的骨头哆嗦得嘎嘎直响。当真的病倒时，我的本能就是生命自会眷顾我，我不希望被人照顾。真要到了快死的时候，我希望能待在露天，与天空和星星面对着面，这样我就能毫无保留地把我的灵魂托付给它的看守者——风。

所以现在，在勤务兵的帮助下，我挣扎着来到户外，正对着一个斜坡的背风面，也就是昨晚我和那个修道士碰面的地方，躺下。在那里，我终于感到我还没烧到头，热度还有展翅的空间，因为那就是发烧所需要的东西。发烧就是时间长出了奇异的翅膀，用那羽翼不停地撩扰人心，让他在眼下痛苦脆弱的时刻和他呱呱坠地之间来回游走、飘荡，跨越很长很长的一段距离。我刚在空旷中躺倒，这种飘游感就如期而至。我忘记了疼痛，寒战也开始消止，我只是身负一个压倒一切的想法在飞速后退，直退到我躺着的那片土地被一团巨大的黑暗完全笼罩的那一刻。那一刻，我能感觉到大地在我耳边痛苦地起伏，听到寺庙电鸣般破裂，随之而来的是可怕的寂静，只有流淌的血液在我耳边嘶嘶作响，就像岩石间愤怒的大海。寂静变得如此可怕，充满了我提到过的那种虚无。我再也忍受不下去了，飞扑到自己的床上，像是想要找个什么东西来把那虚无填满。

　　我看到太阳正在西沉，看到一小群悲痛欲绝的门徒正准备在一个地方过夜，那地方后来建了伊姆瓦什修道院，我未来会在那里训练杀手。这时我才意识到，发烧已经把我带离了我的躯体。然后，我烧得越来越厉害，在烧到突然失去感觉的时候，我先是看到了一群信众，然后看到了他正沿着一条蜿蜒的小径走下来，小路两旁高高低低的树上挂满了无花果和闪亮的橄榄，一切正如那个修道士所描述的一样。一轮落日就像一顶光冕环绕在他的头上。不过，他虽然已经来到，可那场合太过平常了，所以众人没有认出他来我也并不觉得奇怪。要知道，那短暂的一幕奇迹并不是发生在天堂，而是就展现在我们脚下的沙土地上；要知道，那一番神奇的景象并没有闪耀在星空中，而是就以我们日益萎缩的皮囊、败坏臃肿的血肉显现，所以可想而知，要认出他、懂他，何其难啊！身前身后与他同行的人们看不到眼前的奇迹，因为他们现在满心恐惧，他们看得太远，或是太高了。

这时，我听见他们中的一个人，如丧考妣，满面愁容简直如夜幕下的乌鸦，那人对他说："跟我们同住吧，兄弟，日头已经平西了。"

但说话人的语气表明，他根本没有认出他。

看到这一切，他的显现像一阵火，燎得我所有的感官噼啪作响，我开始更充分地理解他们为什么会认不出他来。他还是老样子，但已经转化过了。原来的那个他，被永远地留在了蒙难地；现在显现的他，还是他，但是转化以后的他；原来的他好似一份易腐烂的手稿，被永久封存在了客西马尼园①的某个档案馆；现在的他则是一个新出的译本。新译本用的是一种全新的语言，现在还无人能读、无人能懂。因此，他没有直接回答那人的邀请，而是突然问了一句："可你们为什么不都在这儿呢？"他这样问，对我来说并不奇怪。

"我们都在，真的，都在这儿。"其中一个答道。

---

① 相传耶稣被犹大出卖之地。

他摇摇头，肯定地回答："犹大就不在，他没在这里。"

众人皆满脸诧异。也许，部分是因为他的语气，因为那语气暗示他希望犹大出现；也许还有一个原因，那就是他显然还不知道犹大落得了一个什么样的下场，而那个下场在这片土地上早已妇孺皆知。

然后，烧得迷迷糊糊的，我看到其中一个人慢慢站起身并答道："可是大人……你肯定知道犹大已经死了啊。他上吊了。"

通过答话者的言行与口吻，我看出来了，提问者终于似有所悟。

复活的人转过身，背对着答话者，清楚而又痛苦地说："这不可能是真的。如果这一点我失败了，其他方面我也会失败。"他抬起头，仰面朝天，继续说道："父啊，你所赐予的我的这条性命超越人类，他需要犹大，正如他需要我一样。犹大的行为，也要在爱中得到救赎，那爱你已加在了他的身上。"

说着他又半转过身来，我能看出，他的眼睛里完全没有亮光。

当其他人还在乱作一团，仍然一头雾水、晕头转向的时候，我毫不犹豫地站出来，浑身发抖，跪到他脚边，说："在耶路撒冷和罗马有许多不真实的谣言。看，我是犹大……我还活着，我就在这里。"

我说话的时候，亮光又回到了他的脸上。他身子前倾握住我的双手，扶着我那烧得颤颤巍巍的身体站了起来。然后，他抬起头又一次仰面朝天，喊道："父啊，谢谢您。现在我们两个终于自由了。"

"可是，我还没自由，"我急忙补充道，"我有个弟弟，我曾经背叛过他——"

"到你弟弟那儿去，"他立刻说，"与他和好，正如我需要待你的那样。"

那话音刚落，汗水就开始从我的皮肤往外冒，像热带雨一样在我的全身流淌。我感觉浑身又慢慢暖和过来了，我能听到秋夜的凉风掠过山坡、在林叶间穿行的脚步声。长久以来，我一直害怕听到起风，但现在，我对风声开始心存感激。天几乎彻底黑了，星光像充满同情心的泪珠，星星点点地洒在暗夜的脸上。环顾四周，我突然一下子蒙了：一个人也没有。我完完全全就是孤身一人。但多年来，我却第一次感到像这样独处并不孤独。我抻好身上的毯子，静躺着观星，看着它们一一滑落到伊姆瓦什和伯利恒之间的小山后面。我觉着自己好像根本就没睡过觉，而且那是我所知道的最短的一夜。白天来得好快，那一夜简直就像一朵云彩掠过太阳时投下的一片影子。终于，我自己的黑暗被来的那个白天给彻底吞没了。

清晨到来时，我已经很清楚自己要做些什么了。我感觉自己就仿佛一艘在风雨中随波逐流了太久的船，现在终于找到了帆。我要立刻动身去找弟弟。去找弟弟是件小事，但与这件小事相比，眼前的这场战争以及各国军队之间的战事似乎更微不足道。平生第一次，我会因一件事还没来得及完成就战死而感到害怕。我现在明白了，"朝闻道，夕死可矣"所蕴含着的是一个什么样的道理。我开始祈祷，千万不要让我把这个秘密、这个关于我的背叛行径的谎言带进坟墓。

我一向足智多谋，只不过过去全用在了摧毁和破坏之类的事情上。现在，我开始反其道而行之。早饭前，我从耶路撒冷请来了一位医生。当天，我的口袋里就装着他签署的证明，允许我离队"疗养"一个月。尽管所有人都认为我的行程安排太过紧凑，根本不可能按期归队，但我还是想方设法从巴勒斯坦到了埃及，再在南非空军老朋友们的帮助下，分段从埃及赶回了老家。

差不多整整两周后的一个早上，我在弟弟家附近的一个小铁路专用线的站点下了火车。每个人都目不转睛地盯着我的制服，他们发现那身制服和我这个人一样，让人摸不着头脑。我设法租到一辆旧汽车，驱车前往弟弟的农场，因为如果我要想按期归队，那么我就只能在那一个白天的时间里办完所有该办的事并打个来回。一段时期以来，对外面的世界我几乎从不多看一眼，但现在，连我也不禁注意到这个世界已经旱成了个什么样子。南非的稀树大草原上已经没了草的影子，灌木丛在烈日的炙烤下扭曲成一簇簇的焦黑；牛羊都骨瘦如柴，肋条清晰可见，所有的骨头似乎都快要刺穿它们紧绷着的、干巴巴的毛皮。无论哪里都躺有快要渴死的动物，而秃鹫、乌鸦和各种秃鹰就会在它们上空不停盘旋；无论我在哪儿停车步入一户人家的院落，死亡的气味都会扑鼻而来。然而，尽管大地干裂、动物忍饥挨饿的悲剧正在上演，当早晨渐渐过去，当我穿过泛着微光的蓝色山丘之间那一大片灰色平原来到弟弟家附近时，我的心中却荡起一种奇异的兴奋感。老家的雨水来自西北部，我看到那里的天空有雷雨云堆成的雪峰，但当我快到弟弟家时，雪峰已经开始变黑。在那黑影之下，我驱车驶上一条林荫道，与我上次来访相比，道路两旁的白杨树现在长得又高又大。在弟弟宽大的屋前游廊大门前我猛地踩下刹车，跳下，跑上台阶。我还没来得及敲门，前门就开了，弟媳走了出来。

我和她认识，但不熟。我不禁注意到，终年的劳作以及生活的艰难已经把她折磨成一副什么样子。她立刻认出了我，但就在认出我的那一刹那，她的表情变得僵硬。不是好兆头。她没有侧过脸颊等我亲吻，只是冷冷地伸出一只手，强作镇定地解释道："这太意外了。进来吧，我去叫你弟弟。见到你他一定也会大吃一惊！你要来怎么也不提前告诉我们一声？"

"说来话长，"我语速急促，"我以后再解释。他在哪儿？我找他去。"

"也好。那我继续去准备晚餐，"她好像如释重负，"他就在后面的花园里，正把我们仅有的一些水引到果园和菜地。我估计你已经看到了，日子很糟。一年没下雨了。羊和牛都快渴死了。原来多可爱的花园，现在几乎都快枯光了。"她看着我，就好像我是刚从某个地方开心地旅游完回来，而不是一直在前线打仗。

"你们一定过得很不容易，"我立刻附和道，"不过，看上去雨好像终于要来了。"

"已经十几次了，每次都看着像是要来，可一到晚上就又被风给卷走了。"说这话的时候她一脸冷峻。

我没再接话，直接去找弟弟。我看见他正在花园中央给树浇水，水流极细，但他无比耐心，小心翼翼地从一棵浇到另一棵。那些树都已经干透，一片枯萎凋零的模样。当我看见他时，他还没看见我，他现在看上去越发显老，背驼得也更厉害，实际上，整个人几乎是扭曲着的，就像这片干旱土地上那些土生土长的荆棘树一样。的确，他现在似乎就是那土地的一部分，就像是从那土底下长出来的一样。我又看到他背上的那块隆起，比以前更明显了，但就在那一刻，他听到了我走过来的动静，转过身来。他的身体如此笨拙，转得却如此机敏，简直让人出乎意料。看见我，他惊得目瞪口呆。一双黑眼睛直勾勾地盯着我的蓝眼睛，我看出来了，那双眼里的光亮仍然被囚禁在很久以前的某个时刻。那光亮我多熟悉啊！它的含义我多么清楚啊！现在好了，我自由了。我最近不是才懂得，死亡并不只是发生在人们生命尽头的事情吗？精神被彻底禁锢在某一时刻，那是一种死亡。人被自己某种过激的、丝毫也不可能妥协的行为或认知彻底限制，那也是一种死亡。死亡是对今天的自我更新的全然排斥。天堂和地狱都不在此后。地狱是时间的禁锢，它拒绝加入风动与星移；天堂是劈开的巨石，新的生命跳将出来：它让人彻底恢复他的四季轮回，直到永恒。

我走到弟弟跟前，伸出双臂扶住他的肩膀，说："好兄弟，再见到你真高兴——还是那么爱种东西。"

他结结巴巴地说："哥哥，要是能提前知道你要来就好了。我会跑到小站上去接你的。快请进屋吧。你一定累得不轻。能待很长时间不？"

"不能，好兄弟，"我急匆匆地回答，然后又急匆匆地给出解释，"照常理，我根本不可能回来。我花了两个星期才赶到这里。如果返途不遇上大麻烦，我还能及时归队重返前线，那可就太幸运了。所以，几小时后我就得搭夜车去北方。这一路，我主要靠搭免费的飞机。回来就是为了看你，和你一起度过这几个小时。"

"真的吗哥哥？"他好像不相信自己的耳朵，又问，"真的吗？"

"当然。"我边答边紧紧攘了攘他的双肩，觉得这种情形之下自己甚至没有单独的时间去做这样一个兄弟俩见面时常有的动作。我紧接着就直奔主题，直截了当地告诉他我曾经对他犯下的大错，并请求得到他的原谅。

"噢哥哥，肯定原谅。"他让我别再说了，但我相信那只是出于习惯的客套，并非完全出于真情实感。所以我打断了他，请他听我说完，然后一口气，毫不犹豫、不带任何回避地讲完我那场背叛行径的全部。

他不再吭声，紧闭着嘴全神贯注地听着，神情仿佛越来越紧张。一阵寂静似乎完全笼罩了即将来临的暴风雨，甚至从远处低滚过来的闷雷声也没能打破干枯花园的静默。

我讲完后，他转过身盯着我。我看到，他眼里已噙满泪水。

"哥哥，"他轻唤了一声，那样的语气，自从有一次我们像孩子一样躺在星空下和好如初以后我就再也没听到过，"你的意思是，你——你这么大老远跑来，用掉自打开战以来唯一的一次休假，就为了要告诉我这件事？"

我点点头，心绪烦乱得一句话也说不出来。而且我突然开始担心，这么大、这么复杂的一桩事，我说的话似乎太少，三言两语不可能表达完整。我移开目光，越过干枯的果园望向远方的天际，乌云正在翻卷着越铺越开，蓝色则在逐渐消失。我心想，如果他也认为我词不达意，那该怎么办？

然后，我发现自己的手被一双粗糙的、农夫的大手紧紧握住。"哥哥，你做过很多很棒的事，"他的口气越发温和，"但都不及你今天所做的勇敢。"他停顿了一下，又继续说，"好长一段时间我一直在担心一件事，但直到你射杀司当普的那天我才知道我担心的是什么。"

他停住了，我愣愣地盯着他。

"你早就知道？"

他点点头。"但现在我们俩都彻底摆脱它了。多亏你了！"

在一阵愕然中，我意识到我们之间已无须更多的言语。接着，弟弟以他那种特有的关切语气催促道："你看上去累坏了，快进屋歇着吧。你先走，我还得把水关好。真是一滴也浪费不起了。"

听了他的话，我真的开始觉得浑身疲乏，几乎精疲力竭，然而，兄弟俩之间往日的温情又回来了，在我体内又催生出一片新的暖意。

弟媳正在门廊下等我，她不安的表情中夹杂有好奇和焦虑。但就在我和她还都没张口说话之前，我听到弟弟在花园里开始唱歌，长大以后我就再没听到过他那样歌唱。他唱的小曲我知道，那是他自己写就的：

　　骑着马，骑着马穿过白昼，

　　骑着马穿过月光；

　　骑着马，骑着马穿过暗夜，

　　因为在那遥远的地方，

　　你的火焰，正在为一个等待已久的人燃烧。

接着他又开始唱第二段，这部分我以前倒还没听过：

我骑过一整个白昼，

我穿越整晚的月光，

我骑出沉沉的暗夜，

来到远方正在熊熊燃烧着的火旁。

他就在火边，

已经等候了如此久长。

我被他这首歌深深打动了。站在我身边的弟媳同样也是反应强烈。"天哪，"她惊叫道，"你知道吗，自从我们结婚，他从来没有好好唱过一句。我真不敢相信他居然还能唱出那么好听的歌来！"

就在此时，雷声从远方群峦的那一边滚落到了大平原上，深沉而悠长，仿佛是上天对着人间在言说着什么。雷声渐消，随之而来的便是一片寂静，只有远处的风声在耳畔低低地幽吟。弟媳看着我，她的脸突然变得像少女一般柔和。"真高兴你回来，"她欢快地说，"快进屋休息吧！真开心，今天碰巧我做了一顿还算不错的饭菜。我相信是你给我们带来了好运，雨最终一定会下的。"

随着她话音落下，我们转身望向花园上方的天空。毫无疑问，雨真的要来了。乌云的前锋就像一支庞大军队的轻骑兵，正在围捕天空中最后的几抹蓝色。雷声开始一响接着一响，连绵不断；大平原尽头那几座孤零零的小山被暴风雨前的薄雾漂染成了白色。接着，我们看到雨了，它落得很急，来得飞快，呼啸着扑面而至，仿佛某种生命初始的精神飓风，再次前来探寻我们脚下这片曾被它长久遗弃的干枯大地。

播下种子

下午，当我和劳伦斯又单独在一起时，他对我说："这份手稿看得我心烦意乱，它让我一下子想起好多问题，弄得我都不知道该从哪儿开始问才好。先问这个吧：西利尔斯重返前线了吗？从他的叙述中我能看出来，他不愿透支假期，觉得自己应该按期归队。可是，这样一种，一种启示吧，必定会让他变得有所不同，甚至改弦更张，对吧？"

"是，但也不是，"我这样回答他，"在某种程度上，他似乎和以前也没什么两样。"

"这倒让我觉得奇怪了。简直就是一种妥协——你能解释一下吗？"劳伦斯看上去有些失望，于是，我赶紧把我所知道的都告诉了他。

其实我知道的也并不多。我确信，关于他自己的生活，西

166

利尔斯本打算要好好写一写，但由于接下来你就能弄明白的种种原因，他未能如愿。我无法确切描述他休假回来后是一种什么样的状态，因为他回到北非那会儿，日本人已经攻陷了东南亚，而我正在赶赴缅甸的路上。事实上，他回来后我就一直没再见到他，直到日本宪兵队（一个势力强大的日本秘密警察组织）把他押送到爪哇的战俘营——当时我正被关在那儿——我们才又相见。进来的那会儿，他几乎已是奄奄一息。

"就是那个臭名昭著的世野井所掌管的战俘营吗？"劳伦斯急忙问道。

没错，我告诉他，就是世野井所掌管的那个战俘营。一天下午，我碰巧站在战俘营大门附近，正好看见日本人把一个几乎快要不行了的战俘押进战俘营。没举行平常会有的那种仪式，也没发出任何警告。那个战俘其实就是西利尔斯。一看到朝鲜哨兵替代了原来的日本兵在站岗，还有他们那种为虎作伥的做派，我就知道，又出事了，而且非比寻常。劳伦斯很清楚，身陷囹圄时，你待在哪儿都不会舒服，但落到那个难以预测的世野井的手里，恐怕就真的再糟糕不过了。当然，当时我并不知道究竟出了什么事，但我对此一直保持警觉，因为我已经有过类似的体验，当一个人有了这种不妙的感觉时，在正确的时间点快速做出恰当的反应能帮你躲过灾祸。

"我明白这一点。看准时机非常重要，"劳伦斯立即对我的看法表示了赞同，"可那会儿，我们几个都还只是毛头小子，要让我们搞清楚这一点该多困难啊！"

我继续告诉劳伦斯，当时我一直就站在大门口，正东张西望，突然大门就开了。一开始我还以为一队日本兵要冲进来搜查，那种事在战俘营司空见惯，结果，进来的只有孤零零的一个人。他是被推进门的，身形高大，肩膀宽阔，身上的墨绿制服破烂不堪，满脸胡茬，长发蓬乱，当然，说长是跟我们这些被关在战俘营里的人所剃的寸头相比。他的头发的确太长，还很浓密，看上去简直有点放浪形骸。他单手拎着一个空背包，包晃晃悠悠，屁股上挂着一个野战手电筒，一左一右是两个日本宪兵，他一直在推挡他们的搀扶，试图直起身子自己行走。这一幕，连那些哨兵都看得目瞪口呆。他们看惯了日本宪兵来来往往都是坐车，眼前这一幕让他们得出一个结论：有什么比释放这个被秘密监禁的囚犯更重大的事情正在酝酿之中。某种意义上，他们也没猜错，因为后来我得知，那天我们这些战俘本来要被押往西利尔斯的处决现场列队陪斩，但很大程度上由于世野井的干预，在最后一刻，西利尔斯又被暂缓执行死刑。

"世野井的干预？"劳伦斯一脸疑惑地叫道。他吹了半声口哨，然后又问了一个似乎最不相干的问题："西利尔斯是个小白脸，是不是？"

我说"是的"，然后又问："为什么这么问？"

他有些苦涩地笑了笑，然后又向我保证："到时候我会解释

168

的。但我想，你已经给了我答案，那个神秘的世野井曾经让我帮忙所做的事情的答案。是的，我后来又见过世野井，可是那时你已经离开爪哇岛了——接着说你的吧！"

我接着告诉他，一开始我并没认出那人就是西利尔斯，他变化太大了。至于变的原因，部分应该是在秘密关押期间遭受了日本人的严刑拷打，一连几个月在黑牢中忍饥挨饿，得了急性痢疾还有疟疾又不给及时救治。再者，对他的内心世界，当时我一无所知，不像现在我们已经有所了解，所以那会儿，我就把所有的变化都归结于他所遭受的那些折磨。然而，我错了。还是接着说那天下午的事吧。尽管西利尔斯非常虚弱，但他还是认出了我，叫出了我的名字。我还没来得及回答，卫兵中的一个下士就不可一世地冲我摆手，粗声吆喝道："库拉！你给我滚过来！你！快点！"

当然，我马上起身过去，接着就被那个下士左右开弓扇了几个耳光。朝鲜守卫在日本宪兵面前总是要表现得比日本人还要日本人。但就在此时，我身后突然传来一声断喝。世野井来了，他是从一个很不显眼的侧门进来的，看到所发生的事，他高声喝止。

"我能想象得到他会怎么做，"劳伦斯说，"他一向遵章守纪，不允许虐待战俘，除非是他自己下的令。"

"不过这次他走得似乎更远，"我接过劳伦斯的话，"他先是喝令那个下士立正站好，然后就开始用手里的藤杖劈头盖脸一顿猛打，他随身一直带着一根藤杖，就是那种爪哇当地的粗藤条，你还记得吗？"

话到此时，我确信，世野井的那张脸已经鲜明地呈现在我和劳伦斯的眼前。我们俩都认为，他是一个引人注目的人，也许，还是我们所见过的最英俊的日本人。他有一张可以说是清心寡欲的脸，像个苦行僧，头型偏圆，鼻子呈鹰钩状。他的两眼分得有点开，由于种族的关系有些上挑，但却十分引人注目。他也比大多数日本人都高，身材笔直。他还是我所见过的最爱整洁的一位日本军官，制服总是很合身，干净挺括，长筒靴也总是擦得锃亮。他总爱摆出一副高贵的派头，我们大多数人都认为这是虚荣心在作祟，但现在，我对劳伦斯说，他那种派头也许与某种我们所不能理解的、特殊的荣誉观念有关？

劳伦斯即刻点头表示赞同，随后又说道，一个人，如果不能或多或少对深植于日本人内心的那种"拜月情节"有所了解的话，就无法理解世野井和他那个民族的所作所为。围绕在他们那个拥挤不堪的小世界周围的只有无尽的黑暗，他们的月亮神一直在茫茫的暗夜里向他们招手。战俘的生活之所以如此艰难，这便是缘由之一。我们和俘获我们的人之间存在诸多差异，其中最重要的，就是关于荣誉的概念，彼此可以说是大相径庭。在世野井的法典中，一名军人被活捉，就意味着他已经丧失了所有的荣誉感——但劳伦斯接着又笑说他跑题了，并请求我继续讲下去。

世野井把那个守卫暴打一顿之后，过了好一阵，他才重新恢复了自制。他的脸变得惨白，站在那里不住地喃喃自语，但那些音节并不是由他的舌头或喉咙发出的，而是像腹语术表演者那样直接用他的肚子在"说话"。尽管那个朝鲜守卫的鼻子、耳朵和前额都在流血，但显然他也十分清楚，殴打随时会再次发生，只能努力站直了身子，等着再挨。终于，世野井转过身冲我开了口。他是我所知道的唯一愿意试着说英语的战俘营指挥官。

　　"你！军官！"他凛然道，但吐字很费劲，一字一停，好像说一个就得想一下。他边说边挥手朝西利尔斯的方位指了指，头也不回地说："那个，也是军官……那个军官，很虚弱……照顾好他！让他快好！要快！快！"此时，西利尔斯还在摇摇晃晃，拼命想让自己站直些。

　　他瞪起他那双细窄的眼睛，看着我走向西利尔斯，盯着我紧紧抓住西利尔斯的胳膊，然后才转过身，直奔警卫室，冲着所有的警卫开始大声训斥。当我搀扶着西利尔斯往改造成医院的一处拥挤不堪的营房挪动时，他还在那儿吼着。像往常一样，当情况不妙，有了"仇恨"的迹象，狱友们就会默默离开，缩头躲进四下漏风的营房。我能听见他们正在薄薄的竹墙后面紧张兮兮地窃窃私语，都在揣测大门口的呵斥可能会引发什么样的情况。大门那里，世野井还正在像一头怒不可遏的动物一样，咆哮不止。

"喂，'硬汉'。"我叫了声西利尔斯的外号，试图掩饰住自己的震惊——他的外貌变化太大，简直判若两人，"真太意外了！你看上去简直要——不过我们很快就会让你康复的。这鬼地方还有一两个很不错的医生，药嘛，也不算太缺。时不时地，我们还可以从外面的中国小贩那里买些食物给病号。你很快就会好的！"

一丝微笑掠过他那张被太阳晒得皱巴巴、异常憔悴的脸。"能到这儿真是万幸。我以为我今天就要被砍头了——事实上，今天早上我原本就是要被拉出去当众处决的。但不知怎么回事，他们原本的想法没实现，我的那个'以为'也落了空。"

说这番话的时候，他的表情既自由又快乐，那种神态，在任何时候都会引人注目。我记得当时我突然在想：不对啊，我在西部沙漠所认识的那个"硬汉"，那个西利尔斯，应该不会做出跟现在相同的反应。原来那个他的某一部分，甚至可能会憎恨像这样被释放。

然而，当时我并不清楚他的变化到底有多大，所以我惊讶地问："你是怎么逃过这一劫的？他们最近处决了我们很多人，你怎么就能被免于一死呢？"

"我什么也没做，"他答道，然后又笑了，"我想，他们之所以会放过我，大概是因为他们喜欢我的长相。"

"他当时这么说的？"劳伦斯脱口喊道。

"没错，而且不带一丝苦涩。"我回答。

"噢，原来是这样。鉴于此，"劳伦斯用一根长长的手指轻敲着膝盖上那一摞发黄的手稿，"你一定觉得这很有趣吧？"

"但那时我还没读到这份手稿，"我说，"当时我所能想到的——如果那时我真能有什么想法的话，那就是这位新来的'硬汉'，说一千道一万，和我们所有人一样，终归是又逃过了一劫。"

最后我告诉西利尔斯，总有一天，他必须告诉我这到底是怎么回事，都发生了些什么，因为他那会儿的身体状况还暂不允许他这么做。经过长时期的监禁和折磨，西利尔斯的身体状况究竟怎样，劳伦斯会从他自己的经历中切身体会到这一点，所以，诸多细节我就不再赘述。但令医生们惊讶的是，他不仅能活下来，而且居然还能不留下永久性的身体伤害。不过话说回来，身体健康似乎本来就是西利尔斯的一项特有专长。

有了细心的照料，加上医院的饮食配给也还算宽裕，而且早先的时候，我们还可以从营区外的中国人那里买到些吃的，看守们那会儿还不管，于是，西利尔斯康复了。那段时间我经常见到他，因为我每天要去世野井的指挥部报到，那人总要问起他。一个战俘营的最高长官，如此密切地关注一个囚犯，这在以前从未有过，所以这事也给我留下了深刻的印象，尽管我怎么也搞不懂。当医生告诉我说世野井会时不时地、毫无征兆地出现在医院营地完全敞开着的入口时，我就越发摸不着头脑了。他会不声不响地站在那儿，只望向"硬汉"躺着的那个角落，其他地方看也不看。他就那么立着，目不转睛地盯着"硬汉"，就像——一位澳大利亚医生这样对我说——"他俩是一丘之貉"。末了，那位医生又补充道："那让人很不舒服。那肯定不是什么健康的东西。"

奇怪的是，世野井明明对"硬汉"这么有兴趣，却从未向"硬汉"问过话，在任何场合都如此。在那儿站够了之后他会招手让当值的医生过去，说："那个军官，你要好好治！"最后会加带一句极富表现力的马来语："拉卡斯！（要快！）快！"

似乎世野井的灵魂也正在匆匆忙忙地赶着路。

还是接着说西利尔斯吧……随后几天，我从他那里慢慢得知，他有了一次非同寻常的经历，那次经历促使他匆匆忙忙地告假并赶回了南非老家。西利尔斯告诉我，一度，他一直在苦苦挣扎，搞不清自己在这场战争中到底该如何做。他设想了很多计划，甚至想到过转入红十字会工作。但最后，他还是否决了所有的解决方案。他觉着，一个有着像他那样的过往的人，不可能一下子从自己作茧自缚所造成的局面中抽离，寻找到某种特有的让精神获得解脱的方案。他确信，我们每个人都是战争这台机器上的一个零件，一旦机器开动，谁也无法逃避自己在其中所扮演的角色。我想起他在住院期间和我讨论这个话题时经常重复的一句话：我们当中没有一个人能纯粹到只出于"自己的本性和过往境遇"为自己寻得一个特殊的解决方案。生命本身有其注定要经历的各种阶段，如果没有一种超凡的精神力量，我们谁也无法绕过去。生命历程上的灵魂之战是如此重要，无论它呈现在哪个层面，是崇高还是低下，甚或是凶险、恐怖，你都必须接受。在某些事关生死的问题上，一个人甚至不得不尊重灵魂对于死亡的需求，在杀戮一事上尽量做到体面与适度。西利尔斯坦率地声称他并不认为这就是最后的答案，但他也说了，这是目前他所能承受的一种极限。

"我的上帝！"劳伦斯打断了我的话，难过地摇摇头，"我们自己不也都这样？难道所有人还都得殊途同归不可吗？"

我接着告诉他，西利尔斯重返北非的时候，日本人已经占领了缅甸和马来亚，新加坡也已经沦陷，爪哇和苏门答腊几乎一仗没打就投降了。前途一片黑暗。因为西利尔斯会说荷兰语，所以当时，开罗总部的一位司令官一脸沮丧地问他，是否愿意率领一支精选出来的小分队跳伞进入爪哇岛，对日本人展开"滋扰"式游击战。他同意了。几个月后，他和四位同伴空降到班塔姆的一个偏远山谷。接下来所发生的事情，他三缄其口。当然，我们那阵子也没有太多机会交谈，因为他和我们在一起的时间并不长，而且我怀疑，那段经历异常凶险和痛苦，正是他遭受长期秘密监禁和严刑拷打的原因。苦痛刚刚过去，记忆的伤口才结上痂，我不能碰，一碰都会让它再次流血。话虽如此，他还是对我卸下防备，通过他的只言片语我得出了一个判断：他所执行的任务完全失败。

他的任务自始至终都建立在一个假设之上：爪哇岛上的異他族人会与他合作共同对抗日本人。事实上，他们不仅不愿意让他靠近，甚至残忍地杀害了他的两个强手。总参谋部关于动用潜艇为其运送给养的承诺也从未兑现；就连西利尔斯发出的无线电讯号也从未得到过应答，尽管两个月来他一直在约定的时间按预先安排的波长试图呼叫科伦坡和德里。他承认这些的时候不带任何异样的情感，仿佛早已看淡往事，内心毫无波澜。至于和日本人，他们只发生过一次严重的摩擦。

有一天，他与一群正在丛林深处东躲西藏的安汶人步兵取得了联系。劳伦斯对那些强健彪悍的来自安汶岛的土著士兵印象深刻，因为他们当中有许多人和我们一同被关进了战俘营。他们是先前荷属东印度群岛军队中最优秀的士兵，都是虔诚的基督徒，从最好的意义上说他们天生就适合当雇佣兵。他们和万鸦老人极其相似，两者几乎是当地仅有的投身战场的殖民地军队。当这一小支安汶部队还在西班塔姆巡逻时，不战而降已形成一股洪流。他们的荷兰长官把他们甩给一个上士负责，自己跑出去说要打探投降的消息。他再也没有回来，而安汶人也毫不隐瞒自己的想法，认定他就是怕当俘虏所以换上平民的衣裳开了小差，抛弃了他们。他们并不清楚自己接下来的命运，但还是本能地聚拢在一起并尽可能避开日本人。他们径直朝班塔姆最荒凉的地方走去，从农民那里讨些米吃。每当夜幕降临，他们就开始吟唱他们那忧郁的荷兰语赞美诗。能遇见西利尔斯这样一位虽身着英国军装但却能讲得一口荷兰语的军官，在他们看来，就如同是上帝对其虔诚子民的一种直接回应。他们立即心甘情愿地把自己与这个人绑定在一起，惹得西利尔斯大为感动。他们的给养几乎已消耗殆尽，没钱，急救药品也用光了。西利尔斯带领的那一小部分人，境况则更加糟糕。

西利尔斯明白，照这样下去他们撑不了多久，于是便提议伏击一个日本车队。该车队定期会从位于帕拉博汉拉托的一处基地向地处索卡波米的一个公路交通枢纽站点运送补给。他们很快就付诸行动，但结果却是喜忧参半。他们得到了所需的补给、金钱和弹药，但日本护卫队也表现不俗，他们拼死抵抗，导致三名安汶人和西利尔斯带来的两位军官中的一位当即阵亡。两位军官中的另外一位伤势严重，西利尔斯没有把他留给敌人，而是用一剂致命的吗啡直接结束了他的痛苦。

因为知道日本人肯定会迅速反扑大力报复，西利尔斯只得带着其余的人继续西撤。现在，原来空降过来的五人特遣小组只剩下他自己，再就是身边那一群意志坚定、爱唱赞美诗的黄皮肤土著士兵。他们深入南部巽他地区稠密寂静的丛林，周围都是巨大的火山，一个个火山口就像是一张张叼着雪茄的大嘴，懒洋洋地把烟雾吐向各自头顶正大步游走的一片片硕大、雪白的雷雨云朵的脸上，终日臭气熏天，却构筑成一道极佳的天然屏障。敌机的空袭活动每天都在增加，农民一碰上他们就躲躲闪闪，甚至连孩子一见到他们走近也会迅速跑开，消失在那些细长的、用竹子和稻草搭成的、就像是踩着高跷站在波光粼粼的稻田上的房子里。这些都在警告西利尔斯，强大的敌人正动用各种力量准备报复，危险已经迫在眉睫。

一天晚上，他们在一个山顶扎营，营地的一侧就是峡谷，景色秀丽。周边任何一个已知的巽他人村寨离此都不近，而且还有至少几英里的部分因为无路可走来时还不得不披荆斩棘。这座山当地人称"Djaja Sempoer"，意为"箭峰山"；那个峡谷人称"Lebaksem-bada"，意为"好地方"。西利尔斯相信，他们可以在这里和日本人玩捉迷藏，因为丛林无边无际，大都还处于原始状态，它们连绵不断，仿佛台风来袭前绿色的海水翻起的巨浪，穿过峡谷，越过火山顶。安汶士兵围拢在一个老准尉身边，他是一位非神职布道者，算是他们的晚祷牧师。太阳正在西沉，西利尔斯还记得，遥远的西部就是巽他海峡，令人生畏的喀拉喀托火山依稀可辨，火山断裂带上泼洒着的那一抹残阳何其柔美啊！看着看着，他开始陷入沉思。这时，安汶士兵又开始用荷兰语唱诵赞美诗："主啊，请与我同在！"

赞美诗立刻就把西利尔斯带回遥远的巴勒斯坦山区的记忆中，带回启示到来的那一刻，也就是他洞察自己所谓"背叛"的那一瞬。他当时所说的话我至今仍记忆犹新，正如我告诉劳伦斯的，可以说一字不差。他说："听着那些纯朴、虔诚的基督徒在异教的丛林中歌唱，于是我知道，以往，我一直没有听从自己生命意识的召唤。"

"我的上帝！"劳伦斯惊呼了一声。他听得太过投入，这一下，倒像是大梦方醒一般。

　　没错，我强调说，他当时就是这么说的。而且后来在医院，西利尔斯还向我解释说，他现在已经幡然醒悟。他说活着本没有什么意义，除非你能在活着时顺从自己的"意识"。战前，这种行尸走肉般的无意义感一直在折磨着他，充斥了他的世界，他将其归因于一个简单的事实：因为那时的生活违背了自己对于生的某种更大的"意识"。我问他，当日落时分他坐在箭峰山上那个当下，他说的那个"意识"对他而言又意味着什么。他答道，这东西，说它不是什么比说它是什么要更容易些！他所说的那个"意识"，当然不仅仅是人脑活动的一种结果或达到的某种境界。它也不是我们平常所说的某种知识或学问，因为，在他看来，知识倾向于束缚人们，充其量也不过是把你禁锢在一个相对前沿的位置而已。他所说的那个"意识"，也许是一种人们至今尚无法想象的关于生命整体性的一种感觉。也许还是一种认知——一个人只能自由地生活在其所依存的边界之内，在那里，已知仍然包裹在无限的未知之中；在那里，你可以持续不断地跨越、再跨越那些暂时的边界，就像大森林里孤独的猎人，一次次踏上危险的外出又一次次归来。他还说，如果再描绘得形象些，那可以不仅是一种依存于阳光或月光之下的生活方式，也可以是一种置身于星光下的生活方式。他满怀深情地说，当他的那些安汶士兵在山顶上一直唱着赞美诗时，他意识到从今往后他的首要任务，就是务必找寻并拥抱这种更大的生命整体性。就像他同时代的许多人一样，他的悲剧就在于没有人帮助他们从真正的英雄意义上来思考爱。他因而也就和他们一样，因他所谓的"背叛生命中的同胞手足"而遭到责难，在他们周围的世界里，除了因他们自己的拒绝和排斥所引起的仇恨之外，几乎再看不到其他任何的东西。

说到这里，劳伦斯又再三催促，让我努力回忆关于那场谈话我所能想起的一切，这让我感到相当尴尬。当时，西利尔斯所谈及的内容有不少我听不大懂，即使到现在也还是稀里糊涂。所以劳伦斯想把一切都听个明白，实在是强人所难，这让我感到很不自在。无论是出于我的教养还是所遵从的传统，我都非常抵触如此赤裸裸的对话。我想，到最后，西利尔斯本人也感觉到了我身上某种含蓄的保留，因为他在结束时相当突然地说，正如他所看到的，他感到生活中首要的一件事就是把普遍的东西具体化，让一般的东西特殊化，使集体性的东西个性化，把我们的潜意识、下意识变得明确。

然后他又调转话头继续他的故事。他告诉我，就是在那座山上、那个晚上、那一刻，他觉得自己开始跨越自身认知范围的边界。然后，他说，他突然注意到安汶士兵们停止了歌唱。

他们已经迅速起身操起各自的卡宾枪，因为这时，下面的山谷里冒出来了一个人。那人站在长满巨大蕨类植物的空地边缘，正浑身战栗。那只是个普通农民，是一群从未离开过山谷的村民当中的一员，几天前，他把一些大米卖给了西利尔斯。

现在他的样子惨不忍睹，因为已经被打得遍体鳞伤。他的胸脯剧烈起伏，几乎说不出话来；因为身心都太过用力，他身上的伤口又开裂了，汗水和血水混在一起，顺着他那咖啡色的皮肤流淌下来。他倒在西利尔斯的脚边，一遍又一遍地用断断续续的马来语呜咽着："大老爷，大王爷，别开枪，别杀我！大老王爷，我实在没办法啊！各位大老爷啊，求求你们千万不要杀我！"直到觉得没危险了，来人才哆哆嗦嗦地把攥在手里的一封信递了过来。

西利尔斯开始大声读信，那些安汶士兵则紧紧围拢过来，都在竖起耳朵听。信是驻守山下的日军指挥官，一名陆军上校，发来的。信上简略地告诉西利尔斯，日本人勒令他在第二天中午之前投降。如果他不照做，山下那个村庄的所有村民就会被统统枪毙，因为他们向西利尔斯和他的队伍提供了大米，这就是通敌。但如果他投降，这个村子将得到赦免，他本人也将可以在军事法庭上接受"公正"的审判。就这些。西利尔斯很了解日本人的处事之道，知道他们不是在虚张声势，他们真下得了这个狠手。

他立刻就做出了决定。这反倒令他松了一口气：眼下，至少有一个颇具普遍性的东西被他给具体化了。他尽可能和颜悦色地告诉他的那些安汶士兵，他要和这个村民一起下山，去投降。他手下有些人哭着喊着恳求他不要走，但他不为所动，依然坚持自己的决定。此外，他还要求他的那些手下脱掉军装，埋好武器，不被发现地混入当地土著居民（他们无疑可以很容易地做到这一点），直到战争结束。西利尔斯告诉我，当时他们大失所望，仿佛所有的梦想都在瞬间幻灭。他说那天晚上让他最受不了的就是他身边那一小队黄皮肤的士兵，他们最忠诚、最坚强，但此刻眼中流露出的全是责备。尽管如此，他还是收拾起自己仅有的几件东西，转身下山，头也不回，直到进入山谷。山下已经布满了敌军，一切都笼罩在夜色之中。

就在他离开之后，那些安汶士兵又开始唱诵赞美诗。这一回，他们唱得比以往任何时候都更富深情，更有激情，无疑是为了努力克服当时那种失落和被遗弃的感觉。他说，当他沿着山坡往下走的时候，那首赞美诗的最后一段曲调带着深重的绝望在他身后追了上来，仿佛不仅是黑夜正在无声坍塌，而是整个辉煌时代的所有宏大建筑都在山顶轰然倒下。那种印象太铭心刻骨了，以至于当歌声最终渐远，被寂静所取代，而寂静又被周遭高大林木上紧张不安的猿类歇斯底里的尖叫所取代时，这些新的响动听起来就像是地狱里的魔鬼在欢迎某个新来乍到的人一般。

至此，关于他被捕一事也就没什么可说的了。村民们没有被屠杀，他被投进了大牢。

逮捕他的那些日本人确信他是一场更大规模入侵行动的先遣人员，肯定知道该行动的具体时间和地点，因此在审判开始前的那几个星期，他备受折磨，但幸运的是，日本人想要的那些情报信息他的确一无所知。最后，他以"任性"的罪名受审，劳伦斯明白，那是日本人眼中一个士兵所可能犯下的最严重的罪行——"精神上的放肆、任性、倔强"。在审判西利尔斯的军事法庭上，坐着五名法官，其中一个就是世野井。

当世野井的目光落在他身上的那一刻，西利尔斯注意到，他英俊帅气的脸上露出一阵饶有兴趣的表情，但很快，那表情就变成了某种类似惊恐、慌张的神态。其他几名法官也狠狠盯着他看了一阵儿，不过模样显然都不似世野井那么奇怪。西利尔斯确信，他们已经各自在脑海里形成了一幅关于他的画像，他很反感那些东西。他们其实都已经在脑海里给他定了罪，因为宪兵队有他在丛林和关押期间的行为记录，那些记录显示，他就是一个外国来的恶魔，邪恶到在精神上竟如此放肆、任性和倔强，居然敢违抗他们这些天照大神尊贵高尚的后裔组成的军队。但从一开始，因为他的外表立刻让他们心念一动，这些法官们就显得有些仓皇失措，特别是世野井。

"这我倒不觉得奇怪，"劳伦斯此时插话道，"在与语言不通的人打交道时，外表极其重要。日本人天生对各种各样的美都有一种独到的眼光。我能清楚地想象西利尔斯这样一个'硬汉'式的白人男子会如何激荡起他们的想象力。"

那一天当中，随着时间的推移，西利尔斯能看出他面前这几位法官的脑子里一直在打架，冲突的迹象越来越明显。在第一次直勾勾地瞪了他好一阵之后，他们都不敢再正视他。他们提出一个个问题，听他一个个回答，眼睛只盯着他肩膀上方的某一处。一整天，他都在观看这种无形的挣扎，他们在看与不看之间犹疑，都在挣扎着努力控制住自己的想象力。

西利尔斯所说的这些我完全能够理解。我自己有过类似的苦难经历，也亲身体会到了这一点。在我们和日本人的日常接触中，只要他们突然间开始不愿正视我们的眼睛，我们就明白，他们是在采取预防措施，以确保我们这些手无寸铁的人身上显而易见的人性，哪怕是一丝一毫，都不能越过他们的防线，与他们心中关于我们这些人的某类妖魔鬼怪的先入之见相矛盾。离冲突的风暴越近，这种机制的作用就显现得越发强烈。有一次，我在一个日本军官的眼睛里看到过这种机制最为显著的表现。当时，他站在一名已判死罪的安汶士兵面前，在他拔出军刀砍下这个跪着的士兵的头颅之前，他不得不身子前倾，把那个士兵脖子后面长长的黑发撩起来，撩过他的头顶以遮住他的眼睛。在那一劈之前，他一直强迫自己双眼平视，越过那颗注定要死、马上就掉的脑袋，既不看它，也不看我们这些近在咫尺、衣衫褴褛、列队陪斩的人。但一俟那一劈落下，他就可以自由自在地收回目光又开始正视我们大家（如果这样的情境之下也可以用"自由自在"这种词语的话），而这时的正视则不会有看清我们本来面目的危险，因为只有在这一刻，他才能从我们身上找到那种关于我们青面獠牙、面目狰狞的形象佐证，正是那种狰狞面目也才能激起他内心深处对于我们的仇恨。

　　虽然我有过上述经历，但对西利尔斯能如此敏感、体察得如此细致入微我还是颇感惊讶。他和日本人是第一次打交道，且过程又如此残酷。但当我告诉他我的讶异时，他的回答立刻又让我茅塞顿开。他说自己在非洲当了多年的律师，经常能看到这般景象，特别是在与一个对法院的法典、习俗、法律和语言压根一无所知的黑人罪犯打交道时。说不清有多少次，法官们会以完全相同的眼神盯着眼前受审的这个人，目光却会越过去，仿佛这样他们就能把注意力全集中在托付给他们守护的冰冷的司法正义概念上，而不会受到眼前这一具虚弱的血肉之躯的干扰，那具躯体正在用自己无声的雄辩来反对他们即将做出的宣判。噢，没错，西利尔斯向我保证，他太熟悉那副表情了！但颇具讽刺意味的是，他说他从来没有真正理解过那副表情，直到他自己也站到了被告席上且生死攸关的那一天。他说，也正是在那个时候，他平生第一次意识到在非洲，许多黑人原住民在路上相遇一定会互相打个招呼这件事情的重要性。一般情况下他们彼此并不认识，但其中一个老远就会喊："我看见你了，一个黑人母亲的孩子，我看见你了。"另一个则会回答："是啊，我也看见你了，一个黑人父亲的儿子，我看见你了。"他意识到，他们之所以要以这种方式相互招呼，是因为生命的本能告诉过他们，对于我们这些有着血肉之躯的生灵而言，只有真正看到和被看到，彼此才会觉得安心和放心。在那生死攸关的一天，仅仅是回忆起相互打招呼的这一幕，于他而言便已足够甜蜜和温馨，一股辛酸泪夺眶而出，直蜇得他两眼刺痛。

在那样的情绪之下他注意到，世野井的大多数同事都能成功避开他的眼睛，但还好，世野井并没能做到。我问西利尔斯，为什么他会认为世野井的努力付诸东流，而其他人却能全身而退。他沉吟许久才慢条斯理地回答："物以类聚，人以群分。我想，世野井和我同属一类，都是那种为自己明亮的羽毛所困的鸟儿。他也是一个逃犯、一个试图逃避自己内心律法的人——跟我一模一样。"他勉强笑了笑。"说到忠诚于所谓的'校友情结'，要是和少年犯教育感化院里结下的那种'少年犯情结'相比，简直就是小巫见大巫。"

审判的日子一天天过去，西利尔斯察觉到，英俊帅气的世野井越来越难以抗拒自己的内心，一不留神就又开始两眼直勾勾地盯上西利尔斯。到该判决的时候（西利尔斯毫不怀疑自己将被判死刑，只是死法会有所不同而已），世野井终于鼓足了勇气，揪住一些可谓吹毛求疵的合法性问题不放，强词夺理，甚至是在狡辩，力主对西利尔斯从轻发落。说到这里西利尔斯向我解释，对他所犯"任性"一罪的指控基于的一个事实是，在驻爪哇的中央盟军司令部的高级官员们都已经同意无条件投降之后，他仍然还在继续从事敌对活动。然而，世野井运用辩护技巧指出了一个关键点，以至于主审法官还为此特许他向犯人提问。于是，西利尔斯第一次听到了他那短促、缓慢、语气生硬的英语：

"你！"世野井问，"你说你接到了空降到爪哇的命令，谁命令你的？"

"驻印度总司令，我接到的是他的命令。"西利尔斯回答。

世野井停顿了一下，等他的法官同行们将回答译为日语，然后紧接着又问："你接到的不是驻爪哇的将军的命令？"

"这怎么可能？"西利尔斯反问道，"他们投降两个月之后，我才从开罗抵达科伦坡，又从科伦坡飞到爪哇上空。我连驻爪哇总司令的影子也没见过，也从未与他的下属军官有过任何形式的交流。"

在西利尔斯答话的时候，他从世野井那双明亮的眼睛里看到了一丝一闪而过的得意。世野井转向他的法官同行们，态度鲜明但又不失圆滑地提议，"任性"一罪的指控不能成立。因为西利尔斯所遵照的是他自己在印度的总司令的命令，服从命令是军人的天职，他自己的总司令并未投降，仍在战斗，而且他也没有接到过在爪哇已经投降的将军们的任何指令。他这套说辞让在座的其他法官一点儿也高兴不起来，但又确实对他们产生了某种程度的影响。他们驳斥了世野井的说法，依然认定西利尔斯有罪，但又承认他的观点也并非全无道理，于是他们推迟了判决，大概是为了向上级提出咨询。

审判结束后，西利尔斯在潮湿阴冷的牢房里独自躺了几个星期，但他有一种感觉，世野井提出的质疑以及由此所带来的延期判决，在某种程度上已经让那副原本牢牢套在他脖颈上的枷锁开始松动。我自己在被关押期间也曾注意到，如果负责看管我们的狱卒哪天突然心血来潮决定做件什么事情，结果还没开始行动就被突如其来的另一件事情横插一杠子，那么很长一段时间之内他们就很难再像当初那样兴冲冲地要着手行动，而一旦他们开始犹豫不决，原来的决定往往也就会不了了之。西利尔斯一次又一次地被告知他即将被处决，并被带出牢房陪斩，看其他不知姓甚名谁、或男或女的死刑犯被处死，然而，直到他被释放的那天晚上，他从未真正相信死刑会落到他的身上。

那天，日本宪兵粗暴地把他押出牢房带进了警卫室，负责监斩的宪兵队军曹和世野井并排坐在那里。这回，世野井再次用那种奇怪而又紧张的眼神盯着他，但什么话也没说。那个军曹打开文件，通过翻译向他提了一些问题。问完之后，军曹合上文件，看向世野井。世野井仿佛有些走神，但还是微微点了点头，依旧一言不发，一脸阴沉地盯着西利尔斯。西利尔斯说，他的表情当中增添了一种新的东西，但当看守又把他押回牢房并怪笑着用马来语说："明天就处死你！"他当即就信以为真。

他告诉我，他当时的反应真的可以说就是一种解脱：总是生死未卜的那种不确定状态现在终于结束了；肉体上的折磨和痛苦很快也将随之结束；而且最让人欣慰的一点是，在抵达终点之前，再也不可能有新的背叛。不过他发现，他微笑着说，虽说终归是一死，但在选择死法的问题上，人心自有它最偏爱的选项。他发现自己最偏爱的死法只有一种。他见过那么多人被处决、勒死、绞死、斩首、生生被打死、活活给饿死，还有淹死、刺死等等，这些死法他都见过，但他都不想要。怀着一种从未有过的激情，他现在渴望能被枪毙，临死前能睁大双眼，欣赏着这个世界留给他的最后一抹自然而美丽的景致死去。一旦得出了这样的结论，那么眼下他就只关心一件事：如何能让刽子手满足他最后这一个愿望。

他忽然想到了世野井。很明显，西利尔斯要想达成自己的愿望，世野井可谓举足轻重。死刑犯可以提一个最后的要求，他会提出见世野井，然后恳请他相帮。不知为何，他相信自己的恳请不会落空。于是他的心也就放下了，归于平静。

夜半，在牢房潮湿的地板上，他醒着躺了好一会儿，静静地聆听每晚都会到来的电闪雷鸣和暴雨的脚步。时不时，他的牢房会被闪电照得通亮，在爪哇紫色的夜幕下，它就像一个用金子打造出来的立方体。他觉得自己从来没有见过比这更绚烂的光亮，从未听到过比这更美妙的声音。当最后暴雨和狂风开始和鸣，那种音效带给他一种莫大的安慰，仿佛是在提醒他，这最后的高潮就是永恒的答案，它从来都不只针对人类，而关乎所有生命；真正的"力量和荣耀"远超人类所有的古往今来，无论那去来有多么专横、傲慢，又是多么令人景仰、刻骨铭心。然后他睡着了，直到被看守摇醒，那时，天刚刚亮。

然而，看守的态度却比以往任何时候都温和，这更加证实了他的猜测：他要死了。于是他决定，即便是最后一次洗漱他也要好好对待。行刑前，他请求允许他洗洗脸、刮刮胡子。一个看守给他端来一碗温水，又给了他一块少得可怜的肥皂。洗毕，他觉得自己仿佛焕然一新，然后又被押解至宪兵队警卫室。头天晚上见过的那个行刑官已经到了，旁边还有警卫和翻译。他迅速打量了一下西利尔斯，一副很专业的做派，最后，目光停留在犯人的脖子上。

　　"你知道吗，"通过还是睡眼惺忪的翻译他问西利尔斯，"看着你，你知道我在想什么吗？"

　　"很抱歉我不知道。"西利尔斯回答。

　　"我在看你的脖颈，掂量它的长度和强度，还有它跟你脑袋和肩膀的连接方式……我在想，要一刀两断，用哪种刀法最好！"他说的时候很开心，最后还乐不可支地笑了起来，仿佛讲了个很棒的笑话。

　　令西利尔斯错愕不已的是，这个无端的残酷笑话居然引得他浑身一激灵，自己昨夜那一派宁静祥和的心境被一锤捣毁。原来的那个"硬汉"又闪回到他身上，快言快语地回敬道："看着你的时候你知道我在想什么吗？我在想，等你们战败的时候，套到你脖子上的那根绞索该多么漂亮啊！"

　　但这话刚出口，他又为自己已然不再平静祥和的心态感到深深的悲哀。

与此同时，因为没料到会有反击，而且反击还来得如此之快，原本挂在行刑官嘴上的灿烂笑容立刻全掉到了地上。他倒吸了一口凉气，然后狂叫着扑过去把西利尔斯打倒在地。倒下时西利尔斯在想："毁了毁了！想被一枪毙掉的最后一个希望也要彻底破灭了。"

按照日本人的行事模式，此时房间里的其他所有人都应该加入殴打行列。但恰在此时，监狱长进来了。每个人都只得规规矩矩地赶紧立正、鞠躬，而西利尔斯则挣扎着试图自己站直。他就这样被撇在了那儿，摇摇晃晃了好几个钟头，其他各色人等自顾自地照例进进出出。某一刻，对他的行刑似乎马上就要开始；下一秒，终点似乎又离得还远。大约十一点，世野井出现了，他匆匆穿过警卫室，向西利尔斯投去同样阴沉的一瞥，然后消失在司令官的办公室里。接着，又是一轮仿佛没完没了的等待。再然后，给他肥皂的那个看守悄悄告诉西利尔斯，世野井已经正式提出释放西利尔斯的请求，要将其带到世野井所掌管的那个战俘营看押，并打算让西利尔斯当战俘的头儿，接管营地里战俘的日常组织指挥权。世野井声称，现在营地里那些原来当过军官的战俘当中没有一个懂得如何正确管控自己的手下。他认为，只有西利尔斯这样的人才能让那些战俘变得开始遵章守纪。

当西利尔斯告诉我这些时，我立刻提出也许这就可以解释世野井为什么会对他产生兴趣。但劳伦斯马上说道，在他看来，这只不过是一种托词，能使他对西利尔斯的某种认同听上去更加合理、更有说服力。话虽如此，世野井确实也曾三番五次地向我们表明，我们在监狱里的表现是多么令人不齿。我自己也意识到，我们的确需要一个品行优秀的人来带领，而且就在西利尔斯出现以前，世野井的指责已经变得越来越严苛，越来越让人难以忍受。即便现在回想起来我也毫不怀疑，他原本就打算在审讯西利尔斯的关键时刻，也就是那个上午，提出自己的主张，让西利尔斯来管理我们所有战俘。况且，宪兵队在这个问题上已经犹豫很久了，已经不愿再为西利尔斯的案子劳神费力，所以立刻同意放人。世野井从司令官的办公室里出来，匆匆走过西利尔斯身旁，没有投下他正巴望着的那种眼神。

这非但不能使西利尔斯安心，反而让他彻底绝望。但他错了。几个小时后他被释放，来到我们中间，正如我前面已经描述的，被宪兵粗暴无礼地从监狱大门给推搡了进来。

刚来的几天，在那个简陋不堪的营地医院，西利尔斯大部分时间都在睡觉，就连服药、吃东西还有打针的时候似乎也一直在睡。但一旦醒来，他好像立即就踏上了康复的快速通道。他本想马上出院回到我们中间，但医生们坚持要他至少再待两个星期。他只好乖乖地谨遵医嘱，把此后住院期间的大部分时间都花在我们提供给他的用于书写的黄厕纸上。

就在那期间，世野井在问及西利尔斯的病情时变得越来越不耐烦。一开始他还只是显得有些急不可耐，会说："病的那军官，情况怎么样？好了没？"没过几天，一问起来就开始大为光火："病的那军官怎么还没好？为什么？究竟怎么了？拉卡斯！快点！拉卡斯！"西利尔斯就快出院前有一晚，当我跟他报告说西利尔斯现在的健康状况还不能胜任战俘管理工作时，他气得暴跳如雷，搞得我以为又得挨揍。他猛地倒吸一口长气，咬牙切齿地发出一阵嘶嘶声，脑袋左右摇晃着站到我面前。一阵奇怪的、腹语式的咆哮开始在他的肚子里上升，直升到喉咙处时他便爆发出一通歇斯底里的尖叫："那军官一直好不了是因为你们的精神已经彻底败坏！所有囚犯的精神都已经彻底败坏！败坏到让监狱里的花园什么也长不出来！通通、通通，彻底、彻底败坏了！"

他就这样气冲冲地嚎了好一阵，但一直没有动手打我。他谁也没打，转而下了一道命令：全体战俘必须老老实实待在各自的营房，待二十四小时，不给食物，也不给水，以便他们好好反省自己邪恶、败坏的灵魂，好好净化自己的思想。

二十四小时之后，全体性的禁闭结束，整个营地的气氛急剧恶化。一般而言，这种情况下我们会被转移到另外一个战俘营，转营一事也总是会让我们的东道主焦躁不安，因为它会连带引发上级部门的各种检查以及其他一大堆额外的、让人不胜其烦的行政琐事。由于转营之前通常都要对营地进行一番彻底搜查，所以我们也采取了惯常的对策和预防措施，到了晚上黑灯瞎火的时候，把各自的一些重要记录埋藏在营地的铺路石下面。西利尔斯的自传手稿，也就是劳伦斯现在搁在膝盖上的那一摞东西，就是这样和医院的记录混在一起被医生们给埋起来的。两天后，西利尔斯从监狱医院出院，但在他出来之前我就清楚地看到，比从一个集中营转到另一个集中营更阴险的事情已经初露端倪。

让人忐忑不安的是那天早上，当我照例去世野井的总部汇报时，我发现即使是平日还算友好的那个下士也无法直视我的眼睛。世野井在听报告时自始至终都没看我们一眼，对我们提出的一些很卑微的请求他甚至也懒得搭理。很快，"视而不见"的毛病也传到了朝鲜守卫的身上。那一天以及随后几天，这种奇怪的"视而不见"的病症愈演愈烈，直到有一天达到高潮，那时，我感觉世野井就像一个陷入恍惚的灵媒一样在移动；哨兵们踏着正步走在营房区大门和住处之间的模样，则仿佛是在噩梦中游荡。

战俘都是阶下囚，喜怒哀乐必定要被那些完全掌控着我们生杀大权的人的心理状态所左右。我注意到，营地里我原来的战友中最年轻的一个，总是要挽着他最好的朋友的胳膊不放，好像只有这样他才能让自己确信，战俘营里所发生的一切不是他精神错乱后的幻觉，而都是实实在在的现实。的确，突然之间，一切都变得如此不真实，令人心惊；每天周而复始、如出一辙的监禁生活也变得毫无意义，甚至需要痛下决心并付诸努力才能让我们的人保持清洁、行事谨慎但又不失活力。尽管大家都是饥肠辘辘，但许多人突然发现他们的胃口全没了，就连围墙之上的半空那原本如此明亮、深邃的空气，现在似乎也被新的电闪雷鸣压得惴惴不安，阴沉了下来。

就在那天晚上，医生通知西利尔斯出院，因为他们觉得，世野井已经越来越不耐烦，西利尔斯的身体情况已构不成充足的理由，再拖下去他们就会有风险。但我也毫不怀疑，即将发生的事情很快就会到来，无论医生和我们怎么做也都无济于事。持这种看法的人并非只我一个，从各层级营房死沉沉的、非同寻常的寂静中就可以明显看出众人的感受。每个人都会压低了嗓门说话，仿佛都知晓我们正在进入某个精神世界的雪崩地带，在那里，哪怕只稍微多发出一丁点儿声响，就会使头顶上的冰雪和岩石瞬间崩塌，铺天盖地砸向我们这些身陷漆黑山谷里的人。

那天晚饭后，我陪着西利尔斯在营区里散步，转了一圈又一圈。爪哇岛的夜色之美我以往没少领略，但从未有哪一次能比那一晚更美丽。太阳刚刚下山，我们的目光越过战俘营的围墙，远眺营地下方大平原的中央地带，紫色的晚霞就像深海里的潮汐被月亮缓缓拉起，顺着马拉巴尔山的斜坡一点点地爬升。马拉巴尔山的峰顶闪耀着金光，像极了西利尔斯在圣地边缘所看到的骑士城堡，那里曾是十字军最伟大的一处要塞。天空则仿佛一片深不可测的碧海汪洋，在它的"海面"上，一片巨大的雷雨云正压向山顶，仿佛一艘坚不可摧的无畏战舰，风帆正满。推动那船帆的，是爪哇岛平静的土地上高高卷起的阵阵香风，那风的香气来自本岛的檀香，裹挟着外岛各种香料的芬芳，像丝绸一样光滑，飘荡出流线型一样的光。云层乌黑的底部被雷电震得簌簌战栗，就像一艘战舰的船身正在被冲破船头的海浪抽打得震颤不已一样。闪电在金色的船帆间闪烁，就像舰上的信号兵在打一种恒常不变的灯语。监狱的墙外，在那些我们无法看见的道路两旁，火焰树的花开得正旺，像一簇簇猩红的火焰，在树冠上闪烁，摇曳着将远处我们听不见的电闪雷鸣的声浪传入敏感的空气中。

在这样一个傍晚时分，西下的夕阳、赶路的云团、幽暗林叶间摇曳的花朵，这一切都让那个黄昏充满了一种铺天盖地的多事之秋感，但又以某种方式在向我们强调，我们这些身陷囹圄之人已经被严格地排斥在世间万物的正常节奏之外。夜幕越垂越低，蝙蝠接连从幽暗的林影里飞出，那里即使在昼间也是暗无天日，它们原本都头朝下吊挂在那一片密林深处的树干上。现在它们如鱼得水，在夜幕下横冲直撞，上下翻转，从一个密林黑洞飞入另外一个。很快，它们那个世界里的"巨人"果蝠（也有人叫它们狐蝠或飞狐）也加入它们的行列，两股力量合到一起共同发出的那种次声波尖叫警报，就像绷紧的丝绸在悸动的寂静中发出的细细的开裂声。它们的出现，难免让人觉得有些煞风景，还平添了几分蛊惑和苍老感。但当西利尔斯把我的注意力引向璀璨的星空时，我不禁又长舒一口气。太阳退隐之后的苍穹像一大块褪色的幕布，上面现在缀满了星星，个个又大又亮，仿佛只需轻轻一抖天幕，它们就会噼里啪啦地纷纷坠下。

"真奇怪，"西利尔斯说，"那颗星星怎么好像一直跟着我。要是咱俩一直待在一起，你的感觉肯定也会跟我一样。我曾在冬天非洲高海拔草原的夜空中看到它，有一晚在伯利恒群山之巅的上空我再次看到了它。甚至有一次大白天，从班塔姆的丛林深处向上看时我又发现了它——但我从未见过它像现在这样漂亮。你看它多亮，不信托起你的双手，看像不像有星光在流淌。"他停下来低头看了看我们脚下的地面。地面还很湿，下午有一阵倾盆大雨，留下的片片积水在星光下闪闪发光。"看！"他叫道，声音因为惊讶而显得格外年轻，"它也会投下阴影。快看你身后的水洼。你的星影在忠实地跟随着你。多奇妙啊，连星星也拥有影子。"

"喂，硬汉，"我突然岔开了话题，因为最近西利尔斯的话语在我听来似乎含有太多宿命的意味，"当然，你也知道，我们这些人的头儿可不是好当的，这个包袱现在随时都可能压到你的身上。"

"我猜也是，"他答道，"但我还是要设法摆脱这个包袱，你们不会都这么希望吧？如果世野井坚持让我接手，那其他军衔更高的人怎么办？"

"我不知道，"我坦承道，"你可能已经注意到，我们这些人其实是一盘散沙。你来得正是时候，可以说非常关键。我敢断定，可怕的事情很快就要发生，这种情况下，大家很可能会忘记这些差异，愿意接受一个新的头儿。"

"你说可怕的事情很快就要发生？"西利尔斯猛地停下脚步，迅速转身冲着我问道，"什么事情？为什么要发生？"

"我不知道，"我告诉他，"我一点儿也摸不着头绪。就是一种感觉。我甚至也不确定我所害怕的事情是否一定会发生。我能知道的只是，我们无法阻止它的到来，再就是真要遇上了，你也许会发现自己也脱不掉干系，尽管那对你来说可能并不公平。"

至少这一次吧，我对他可说是直言不讳，一点儿也没有拐弯抹角。让我吃惊的是，他的表现反倒让我觉得自从认识他以来，我们第一次那么亲近。他亲切地挽起我的胳膊，目不转睛地打量我半天。

"当然，"劳伦斯打断了我，"我能猜到他这是为什么，你还猜不出来吗？"

我摇摇头。他紧接着说："毫无疑问是因为你在讲述你自己的经历、你自己的苦难，也就是他已经习以为常的那类'肺腑之言'，没错吧？如果人人都能做到以诚相待，坦率表达出大家彼此共通的苦难和需求，我们同样也会惊讶地发现，人与人之间有多么相近。"

劳伦斯的这番话让我忽觉茅塞顿开。那天晚上，当我和西利尔斯手挽着手站在营地里，两个星影就伴随在我们身边时，我原本感觉五味杂陈、心乱如麻。至今，他当时轻柔的话语仿佛犹在耳边："我非常感激你的关心！真要事到临头，该我做的事情我不会在乎公不公平。总会有一些时候，当做就做，跟你个人觉得公平与否全不搭界。这次可能就是那种时候。不过，如果你能原谅我这个'不知天高地厚'的问题，还是请告诉我，为什么你这么肯定会发生不好的事情呢？"

他说到"不知天高地厚"这个词的时候语气中带有一种亲密的戏谑。我告诉他，日本人那种"视而不见"的把戏又开始在我们之间上演。我刚解释完，大门口那边就有人冲哨兵厉声喊出一连串的口令。

"你听到了吗？"我问西利尔斯，"如果你也和我一样熟悉那些口令声，你就会知道那不正常。每天晚上这个时候哨兵都会换岗，但今晚的口令声明显与以往不同。你听那声音绷得多紧，显然是被他们所有人马上要干的什么事儿给闹的，就像山那边的雷雨一样。"

"我听出来了，"他平静地说，"而且恐怕我也只能同意你的看法。那就跟行刑前的气氛差不多。我们只能干等。如果它来了，我也只能选择面对，我保证我会毫不犹豫地这么做。此后，我们可以再考虑……"

我们静静地站在那里。萤火虫正从一排树篱中飞出，就像一阵被地底深处的火焰溅出来的小火花。那天晚上，那种奇怪的像是从人的腹腔神经丛里发出来的口令声又一次在大门口的卫兵那里响起。最后一抹晚霞也不见了，只剩下星光和远方时不时扫掠过来的闪电还在撩扰着沉沉夜幕。脚下湿泥土的水在往上泛，我俩现在仿佛站到了一面古老的镜子之上，四只脚被镜中的星星拥在中间。

西利尔斯又一次平静地说："你知道，我无法超越暗夜里的一颗星星，就像那边那颗投下影子的星星一样。"

说完，我们继续手挽着手，慢慢走完那晚在营地里的最后一圈。

麻烦第二天就到，喝完早餐的木薯稀粥之后不久就开始了。此前我刚送给西利尔斯一顶帽子，那是一个月前被处决的一位军官的遗物。那顶帽子我又多费了点儿心思，给它缀上一枚徽章，那徽章原本属于一名澳大利亚士兵，是他从西部沙漠弄到的纪念物，南非士兵的帽子上就缀着这种跳羚头图案的金属徽章，我好说歹说他才同意把它给我。徽章有轻微的破损，跳羚头上一只角的角尖折断了，但破损程度很轻微，几乎看不出来。然而，西利尔斯眼尖，立刻就发现了。当时我还以为那只不过是他反应敏锐的又一个证明，而现在我意识到事情远非那么简单。他盯着徽章那会儿，毫无疑问在想司当普。的确，我依稀还记得他在开心地谢过我之后，嘴里咕哝着"好奇怪……"之类的话。就在那一刻，当值的传令兵出现在我面前，急急地说道，世野井要求营地所有的军官立即到他的指挥部。

很快，英国人、美国人、澳大利亚人、荷兰人、中国人、安汶人和万鸦老人的战俘领队在世野井的办公桌前一排站好。靠墙角的一张小桌旁坐着他的一个文员，门口有哨兵把守，一名准尉带班。我们站定之后，他们谁也没看我们一眼。世野井站在窗前，背对着我们一言不发，沉默了近十五分钟。办公室里的时钟滴答作响，在那种诡异的寂静中动静显得格外大，听起来就像牙医在用锤子敲打你的牙齿，能震得人脑仁疼。终于，世野井打破了沉默，但依旧还是背对着我们，通过翻译问我们话。这不是好兆头，因为这意味着在已经上演的"视而不见"的把戏之上还要再叠加一个"充耳不闻"。

"行啊！"他说，"大日本皇军一直宽待、善待的四千名战俘当中，居然没有一个军械士，没有一个枪械手，也没有一个武器方面的能工巧匠。你们自己信吗？"

他提到的事情起源于几星期前从日本陆军司令部转来的一份命令，该命令要求提供战俘营上述几类官兵的全部名单。这道指令在战俘营里引起了恐慌，因为那只会意味着日本人想把具备上述几方面能力的人送上前线为他们打仗。依照国际法，他们并没有权利提出这样的要求。然而，过往的痛苦经历让每个人都清楚，直截了当地拒绝必将带来可怕的后果，各位战俘领队会首当其冲。我们当中有些人寄希望于能心平气和但又态度鲜明地告诉世野井，这道命令非法，我们无法遵从；另一些人则认为我们可以说谎，只需坚称在我们中间没有他要的那类人就是。不同国家、种族的战俘中的高级军官们就此问题辩论了好几个小时，但自始至终大家都各执一词，直到对通过协商达成一致都不再抱希望为止。最后，通过投票，决定还是统一口径，都说"没有"。现在，谎已经撒出去了，已是覆水难收，怎么收场的问题，又转回到我们头上来了。

　　前面我已经提到过，我们这个群体其实是一盘散沙，缺乏实质意义上的组织和领导。看着身旁那一排军官沉默、焦虑、茫然的面孔，这种感觉前所未有地强烈。但说句公道话，希思礼－艾利斯似乎还是已经准备好了行动。劳伦斯曾说他长得就是一副外国漫画家心目中那种典型英国人的模样，没有下巴，龅牙，一撮杂乱的小胡子，一张粉红色的脸，一双大而凸的金鱼眼。我知道他只要一张口就能激怒世野井，似乎那就是他的一项绝活，所以我打算抢在他前面发声回答世野井的发问。但世野井几乎已经无法控制自己，在厉声重复了一遍他的问题之后，不等我们接腔就下令全体战俘五分钟之内到营地的操场列队集合。我们明白，最坏的情况就要发生了，大难临头之际，唯有迅速行动且不折不扣地执行命令，才有可能让糟透的局面得以缓和。我听到一位安汶人军官在小声对他旁边的一位万鸦老难友嘀咕："快祈祷吧兄弟，今天怕是只有上帝才能帮到我们了。"

　　我们几个还未能站进各自的队列，就听见警铃声在世野井指挥部门口的墙上疯狂作响。监狱围墙外的几幢建筑里驻扎着守卫和日本步兵，现在，那些奇怪的、像是从腹部吼出来的口令声又开始回荡。大家刚刚在操场站定，站在前排的军官还没各自整完队，所有营地的大门就忽然全都被打开，日本兵从四面八方冲了进来。除了没有携带迫击炮，他们一个个都全副武装，一副马上就要投入战斗的架势。很快，他们在操场的四角架起了黑黢黢的重型机关枪，枪手、送弹手全都匍匐在地做好了射击准备，其他的士兵喊哩咔嚓地上好了刺刀。一时间，阵阵不祥的金属枪械部件就位的撞击声，令人后背发凉的各机关枪小组测试武器机件和弹匣的声音响遍四周。但这一切一结束，营地里又蓦然变得鸦雀无声。

我们就这样头顶炎炎烈日，眼瞅一言不发的日军摆好射击姿势，黑洞洞的枪口瞄准密集的战俘队列，所有步枪、机关枪的瞄准线时不时地随着队列中人群密集程度的变化而摇摆，站立了一个小时。世野井的身影没有出现，事实上，也没见其他任何一名指挥官到场。很显然，每一步行动事先都已有周密的部署和安排，站着的、趴着的通通由在场的士官负责指挥，准备就绪后报告即可。

再一次，我有了一种不真实感，而且这次的感觉比以往任何时候都要强烈。白昼像一张亮得刺目的大网罩在我们四周，雷雨云从海面上升起，如同一场大爆炸，越过雾气腾腾的火山顶向我们扑来，宣示着宇宙的无穷力量和正常秩序。周围的小鸟还像平日一样，清脆、响亮、急迫地展示着歌喉。外面波光粼粼的稻田上方，空气被映射得熠熠生辉，仿佛吉他弦在轻轻震颤，蜻蜓和各种水虫被映照得如火焰一般的翅膀也跟着嗡嗡作响。甚至还出现了这样一幕：监狱大门旁边的一棵大树上，就在一挺重型机关枪的背后，飞蜥优雅地从它们栖息着的树枝上滑翔下来，到地上寻找食物。只有我们似乎要永远被困在这块巴掌大的地方，与外部汹涌澎湃的生活浪潮彻底隔绝。我心里蓦地一阵难过，因为周遭的一切对我们的厄运竟然都显得如此漠不关心。

就这样，整整一个小时过去了。我们不敢说话，因为过去的经验告诉我们，这种情况下还是老实为妙，任何言语或动作都很容易激怒周围那些如狼似虎的日本兵。

然而，站在我旁边的西利尔斯还是压低了嗓门问道："这是什么阵仗？他们经常这么干吗？为什么要这样？"

我设法轻声告诉他，如此大动干戈似乎要赶尽杀绝的场面以前还从没有过，接着我又简单解释了这起事件表面的起因，最后补充说："我很抱歉你才出院第一天就赶上这样的事情，但都到了现在已没必要自欺欺人。我还是实话实说吧，他们可能已经准备好要屠杀我们所有人了。"

从余光里我惊奇地看到他脸上有一种近乎是微笑的表情。他低声说："无稽之谈。我不会让他们屠杀任何人。我想我知道要如何阻止他们。"他的话音量很小，语气却信心十足，我感到自己那颗濒死的心忽地又暖和起来。

"你知道？"我诧异地问，自己的声音现在听起来完全就像一个陌生人的。

"知道。不过要小心行事，"他低声回答，一字一顿，"我不喜欢那边那个负责机关枪的家伙盯着我们的样子。他已经那样盯着我的脸瞅了好几分钟。"

说完我们俩都没再吭声。第一个小时刚过，西利尔斯忽然又问我："你是不是也听到了？"

"听到什么？"我被他急切的语气吓了一跳，赶紧回问道。

"音乐。"他答。

我一愣，但随即还是竖起耳朵仔仔细细地听了一阵。除了热带岛屿常见的那种像电波杂音似的"嘶嘶"声，还有火山悸动在这座岛薄薄的地表上所引发的类似太阳穴上的脉动一样的声音外，我听不到其他任何响动。

我告诉他我的结果，但他坚持说："我听到了最迷人的音乐。就围绕在我们身边。非常动听，到处都是。"

虽然他依旧是在耳语，但低低的嗓音里却充满了一种奇妙的欣喜。我偷偷瞥了他一眼，他脸上的表情根本不像是正身处这个世界，简直就像正置身天外。我当时还在猜想，他被日本宪兵折磨了那么久，才出虎穴，紧接着又入狼窝，而且又突遭眼前这场大祸，他的神经可能已经错乱。而且直到最近我去了趟西利尔斯的老家跟他弟媳谈及这件事之前，我也一直这么以为。但现在，我已经不那么确定了。他弟媳告诉我，在比较了时间和日期之后——劳伦斯也应该知道，爪哇和南非有很大一个时差——就是在那个时间点，她从睡梦中醒来，发现丈夫没在身边，四周漆黑一片。她突然害怕起来，想起身点支蜡烛，这时，她听见丈夫在黑暗中对她说："对不起，我不是故意弄醒你的。我在这儿，就在窗边。"

借助他身后从窗户淌进来的水一般微微发亮的星光，她只能依稀辨认出他的一个剪影。听出他的话音微微发颤，明显透着一种不安，她赶紧问："出了什么事？你怎么站在那儿？"

"我不知道，"他回答道，"睡着睡着我就被一阵音乐声给吵醒了。你没听到吗？音乐声还在呢，像是从星星之外的某个地方传来的一样。"

她摇了摇头。但一想到丈夫有的那种奇异禀赋，她无端感到更害怕了。

她还没来得及说什么，他又说："亲爱的上帝，在天的父啊，你难道听不见吗？那到底是什么音乐啊？"停了一下，他又转过身来，"啊！我突然很担心哥哥，突然地……第一次，我第一次这么为他担心。"

说完，他垂下头，无声无息地哭了。她说，他哭的时候一点儿动静也没有，只有眼泪在不断地流。她还说，她丈夫的泪水淌得那个快啊，就像他是一艘装满水的船。她不知道该怎么安慰他，但那天晚上他俩谁都没能再睡。接下来将近一个星期，不管走到哪儿，他都一直在哼唱三十年前他在他父亲的花园里自己作词作曲谱就的那支小曲。有一次，他扭过身平静而又肯定地对她说："我想，哥哥遇到大麻烦了，他需要我，我在为他歌唱。"就这样持续了将近一个星期之后，他突然打住了，从此再没唱过那首歌。

然而，当时我对她所说的这些还一无所知。所以就在那个大难临头的上午，当我头顶烈日站在西利尔斯的身边，听到他坚称自己的耳边响起如潮汐般和谐美妙的乐声时，我只觉得不可思议，甚至为他感到难过。当时我什么也没说，因为我觉得他受的罪已经够多的了，如果能像圣女贞德那样，从天国的声音中获得某种安慰，那就让他尽情安享这份慰藉好了，那是他应得的。再说了，当时我就是想说点什么也已经来不及了，因为紧接着大门口就响起一连串的口令声，站岗的卫兵都急忙举枪敬礼。世野井来了，身后跟着他的准尉，一名参加过侵华战争的老兵，还有一名翻译。他几乎没理会大门口哨兵的敬礼，径直走到操场前方中央，既不向左看，也不向右看。一到那儿，他就转过身来，面对着我们的队伍稳稳地站定，两腿分开，脚上的长筒靴晃着亮光，双手背在身后。他和我们几乎脸对着脸，隔着大约五十码。但从他头的角度我可以断定，虽然是正脸冲着我们，他的目光却越过了我们的头顶。看明这一点，我不禁越发忧心忡忡。

"我命令过你们，"他通过翻译告诉我们，声音又紧又细，像鞭子在抽，"S"音在他的舌尖像蛇芯子一样嘶嘶作响，"让你们所有人都到操场列队集合。可你们不仅对我撒谎，竟还敢故意违抗命令。把所有人都集合起来！"

我还没来得及阻止，希思礼－艾利斯就向前跨出一步，立定，说："我们已经都在这儿了。"

没等翻译开口，世野井那张英俊的脸就已经因为对眼前所有人的憎恨及积怨已久所引发的愤懑而涨得发紫，他咬牙切齿地喝道："过来！"

我们都目不转睛地盯着那个又瘦又高、八字脚的军官笨拙地走到离世野井约一码的距离，然后立定，面对着他。

"恐怕要动手了。"我悄悄嘀咕了一句，心一下子提到了嗓子眼。

我的嘀咕还未落音，就听见世野井失声尖叫："你！还撒谎！我说的是所有人！这是所有人吗？医院里的人在哪儿？"

我以为他会抽出腰上挎着的军刀刺向希思礼－艾利斯，但他只是挥起手里的藤杖狠狠地朝希思礼－艾利斯的头上和颈部打去，然后喝令："快去！去把所有人都叫来！"

翻译立即高声重复了一遍他的命令。于是，我们这些领队被迫去通知医生，把病患全部从那所条件简陋的医院转移到操场的毒日头之下。医生们不敢抗命，但转移的时候还是试图对病患尽量做到体贴和小心，护理人员用担架把那些已经动弹不得的病人抬了出来。但世野井可不愿意他们这样。他觉得自己被我们还有战俘营里的一切给愚弄了，一种很受伤的感觉让他现在已经怒不可遏，他快步走向医生，喝令他们和护理人员都退到一边，让所有病人自己站起来行走。一位高级医务官提出异议，当即被抽打得昏死过去。世野井狂喊道："你们根本没病，你们都在撒谎！你们，你们通通都是骗子。你们的良心通通坏了，彻底坏了。你们通通根本没病！"

幸运的是，那天营地医院里没有人动手术。即便如此，情况还是相当凄惨。有几个人正在高烧，体温已经超过四十摄氏度。由于我们这些战俘长期营养不良，身体都非常虚弱，这种高烧已经要了很多人的性命。起初，他们几个还摇摇晃晃地试图站稳，没过多久，有几个就晕倒了，躺在地上抽搐、呻吟。一开始，世野井用藤杖一顿猛戳，试图刺激他们再站起来；当眼见他们一个个已经没了任何反应时，他干脆一脸厌恶地用脚踩，拿靴子踢。最后，他任由那几个人横七竖八地躺在那儿，因为他已经铁了心要让眼下这出大戏进入高潮。

在这段时间，西利尔斯一直站在我身边，但他人在魂不在，脸上完全是一副轻松自在、容光焕发的神情。我猜想，他仍然还沉浸在幻觉之中，正在聆听那天外来音，那如潮汐般美妙动听的音乐。但当世野井转过身面对着我们准备开始算总账时，我发现西利尔斯又回过神来了，毕竟他还是和我们同站在一起。他仿佛是喃喃自语又像是在对我低语，世野井也只是按照他本来的方式在行事，因为他所做的正是人们期望他要做的。我们每个人都是这样。接着他又说，让世野井单独面对一个他无论如何也想不到的人，也许能拯救世野井和他的手下，也拯救我们自己。一味走向他的反面，与本来的那个他完全针锋相对，对所有人都没有好处。那样做的结果只有一个，所有人都身陷自己的精神泥潭不能自拔，大家同归于尽，就像一群游泳的人相互掣肘、谁都不放手，最后只能一起溺亡一样。

"眼下的情形，可远比你说的什么身陷精神泥潭要严酷得多。"我阴沉着脸反驳道，心想，性命攸关的事情，你说得也太过委婉、太不知轻重了。"留神！祸到临头了！"

世野井命令希思礼－艾利斯走到操场前方中央。"问他！"世野井对翻译说，"他的队伍里有多少军械士和枪械手？"

当然，按照大家事先的约定，希思礼－艾利斯的回答只能是"没有"。

这下，世野井的内心彻底崩溃，开始露出自己的真面目。他下令把希思礼－艾利斯双手反剪绑在背后，压跪在地上。紧接着，世野井摘掉头上的帽子，后退半步，"唰"地一把抽出腰上挎着的军刀，双手紧握着举起，用自己的嘴唇对着那把在太阳下寒光闪闪、光秃秃、赤裸裸的钢刀嘀咕着什么，仿佛是在祈祷，就跟我以前看到的其他日本军官在处决犯人前的动作一模一样。重型机关枪枪手哗啦啦打开了各自的扳机保险，又将弹排里的第一颗子弹压入后膛，四挺机枪几乎同时发出了清脆、响亮的"咔嗒"声。一切都已经箭在弦上，任何东西怕是也阻挡不了眼前这场惨剧了，当时我这样想。人头将一颗接一颗地落地，直到有人打破约定开始招供——即便那样，估计这场杀戮也不会到此为止。嗜血者对血的渴望必须得到满足，否则，世野井以及眼前这些如狼似虎的日本人各自内里的饕餮心魔不会喊停。从现在开始，无论我们做什么都肯定不对，只会让事态更加恶化，只会让幸存者——如果还能有幸存者的话——越发生不如死。

绝望之下，我转向了西利尔斯，堂而皇之地。

我还没来得及张口，他倒先用一种低低的、宽慰感十足的语调对我说："我马上就出面制止。不会有大问题的。但不管发生什么，都别管我。不要为我做任何事情。记住，别管。再见。"他说这话时的表情，就仿佛那天外之音仍在他的耳畔飘荡。

"再见"二字还没有说完，他已经走出了队列。他头上戴的是我刚送给他的那顶帽子，戴的角度有点俏皮，有一处残损的徽章在骄阳下闪耀。我当时既没时间也没心思去琢磨"再见"二字在此情此境中的含意，更想不到那竟是他明知自己将会走向哪里、明知最后的结果将会如何的一种清晰表达。劳伦斯曾经说过，他走路的姿势非常优雅。现在，他就是那样子，不慌不忙地走向世野井，仿佛要做的事情只不过是穿过自家的围场，去牵出一匹正尥蹶子的烈性种马罢了。

他这个样子出列，让所有的战俘一下子都愣住了。没有人发出一丝响动，但气氛已经开始改变，变得有所松动，不再那么凝重。我没有四下张望，但不用看我就知道是这样。西利尔斯的大名已经传遍了整个战俘营，希望之光仿佛重新点亮了操场的各队列。即使我自己也发现一种喜从天降的兴奋和甜蜜感倏然之间流遍全身，虽然我根本不知道他能做什么、会怎么做，但好像只要一看到他那种轻松自在、若无其事的步态，我就觉得足以说明问题。他的步态真是太奇妙了，一切都恰到好处，简直堪称完美。再快一点儿就会立即引起日本人的警觉，惹得他们开始惊慌；再慢一点儿就会让日本人完全醒过神来，出手干预。他要是出列再早一点儿也不行，因为在那之前，世野井和他的手下都能腾出手冲上去阻止他。但现在，那些日本兵原以为一切只是按部就班的事情骤然生变，他们一下子不知道该怎么办了，只能傻愣愣地望着西利尔斯，等着世野井发话。

当世野井对着他的刀神短暂祈祷完毕并再次睁开眼时，西利尔斯已经款步走到离他只有十几码远的地方。他浑身一震，像跟谁猛地迎头相撞了似的，一下子错愕不已。他一脸茫然，仿佛不相信自己的眼睛似的紧盯着西利尔斯，脸色慢慢开始变白。这么多天以来，他还是第一次被迫去正视一个"身外的自己"，之所以这么说，是因为他对西利尔斯有着一种深不可测、难以言表的认同感。

错愕不已很快就让位于惊慌失措。他结结巴巴地用英语命令道："你——军官，回——去，回去，回去！"说是命令，可听口气倒有几分像是在乞求。

但西利尔斯依旧镇定自若地走到希思礼－艾利斯和世野井中间，语气平和且不慌不忙地对世野井说了些什么。

世野井似乎根本不愿意理会他的话，又一次开始尖叫："你——回去，回去，回去回去！"就像是在试图吓唬某个鬼魂一样。

西利尔斯轻轻摇了摇头，继续目不转睛地盯着他，仿佛一个被解除武装的猎人在紧紧直视着一头咆哮的狮子。也许，世野井现在与其说是在愤怒倒不如说是在恐惧，他举起刀，用刀背将西利尔斯砸倒在地。当头的那一重击，声音脆得像是一声枪响，接着又是一声嘶吼，喝令西利尔斯归队。西利尔斯被砸得头晕目眩，挣扎着站起来，身体摇晃了几下，然后半转过身，像是要服从命令似的——顷刻间，他突然完全转身，三两步走到世野井跟前，双手紧握世野井的双臂，一拉，一拥抱，一左、一右行了个贴面礼，就像一位法国将军在授勋后对获得荣誉的英雄将士所做的那样。

所有人都被这一奇怪的举动给彻底惊住了，都不敢相信自己的眼睛。除了世野井，我不知道到底谁会觉得最震惊：是日本人，还是我们自己？

"我的上帝，真是个混蛋！"我身后的一名澳大利亚步兵军官痛苦地叫道。

听到这里，劳伦斯脸色煞白，打断了我的话："'硬汉'走得，也太远了，居然能——"

我点点头。接着又跟他描述了西利尔斯如何后退一步，又一次默默地站立在世野井的面前。当然，我们谁也无法猜出那会儿世野井的脑子里究竟在想些什么，但他显然手足无措，不知道该怎么办才好，这可是我以前从未见到过的。他一向反应敏捷，从不拖泥带水，总是能掌控一切。现在他惨了，看上去就好像刚遭了雷劈，面无血色，焦头烂额，仿佛就是个死人。他浑身筛糠，眼看着就要倒下，得亏他身后的那个准尉及时伸手搀扶住了他。那个准尉不愧是历经战场厮杀的老兵，现在他突然发出一声杀猪般的嚎叫，就是日本人要开始冲锋陷阵、准备拼刺刀之前的那种号令，然后他自己冲上前去，开始痛打西利尔斯。其他那些分头负责指挥各机关枪小组和各警卫小队的士官，自然也都要以他为榜样，纷纷一跃而起，加入痛殴的行列。正午时分，骄阳正当头，但此时它却显得如此平静和冷漠；群殴西利尔斯的喧嚣充满了整个营地，我只在丛林深处听到过那种喧嚣，那是丛林为消除对夜幕降临的恐惧而撕扯起的一种嘈杂。最奇怪的是，西利尔斯已经被打得半死，他们每个人却还在拳脚相加，似乎都想在这场殴打赛中胜过对方一筹。

劳伦斯在这里插话道，没什么好奇怪的，因为整件事情的性质立即发生了转变，演变成一个事关荣誉和体面的问题。他问我，难道没意识到，西利尔斯当着世野井手下的面这么做等于就是当众侮辱他吗？难道你忘了在日本人眼里，男女之间的接吻，即使是以最自然的形式展现出来，也会被他们视为一种最下流淫秽的动作吗？你还记得原是怎样审查我们这些战俘手里仅存的那几本小说的吗？他下令把所有提到接吻一事和写有接吻一词的书页都撕下来，否则那些书就不能看，看了就是违规。劳伦斯提到的这些我当然都清楚，所以如今我也才明白世野井当时是何等丢人，何等颜面尽失，以至于连对这种侮辱进行报复的权利都一并丧失殆尽。现在，只有他的手下可以为他这样做，为他出这口恶气，何况按照他们日本人自己的规矩，如果他们不想被连带着一同失去荣誉、颜面扫地的话，他们也必须这么做。但更重要的一点，劳伦斯继续说道，不知你能否理解，通过如此给世野井一拥、一吻，西利尔斯打开了一个致命的死扣，让双方的灵魂都能得以解脱。我们曾一直是同一事物的两半，是两个截然相反却又彼此暗相依存的东西，是一副平等地相互感应的电极的两端，直到西利尔斯扑上去用自己的躯体连接起那两极，填补了缺口，释放掉那些致命的高压电荷为止。

事实上，我完全同意劳伦斯的观点。其中，最引人注目的一点就是，整个事件立刻演变成了西利尔斯和其他人之间的问题。把所有战俘召集到操场的原本的那个危机，那根正"嘶嘶"冒着青烟的导火索，现在就像一团废物一样被抛到了船尾之外，在我们身后迅速远去的尾流中消失不见了。只有一件事还在困扰着双方，让日本人和我们自己同样困惑不已：西利尔斯对世野井所做出的那个离奇的、出乎所有人意料的举动。

在这一点上我们和日本人其实并无二致。前面我已经提到过一名澳大利亚军官在目睹西利尔斯拥抱世野井时所说的话。而现在，当日本人还在对西利尔斯拳脚相加、乱棍相向时，即使是我周围那些最熟悉、平时最善解人意的面孔，也掩饰不住两方面的厌恶：一方面是对日本人的暴行，另一方面则是对导致这种暴行的原因。

回想起那一刻，我不禁心如刀绞，难过得说不下去了。

劳伦斯赶忙说："可怜的'硬汉'呐！他是在试图用一种简单明了的行为来涵盖一种铺天盖地的黑暗。用他自己的话说，他这就是终于顺从了自己的人生意识，把一种集体的境遇演变成一种个人的结果。别忘了还有世野井！我想说的是，与其说这场危机演变成了西利尔斯与其他人之间的事情，倒不如说成了西利尔斯与世野井两者之间的问题。他强迫世野井和他一道直面自己的身份认同问题。这种认同已不再是种族之间的事，而是两个人之间的事……唉，不管怎么样吧，后来呢？后来又发生了什么？"

事情很快就结束了。尽管世野井还在恍惚，像是得了脑震荡，但他还是制止了殴打，并命令卫兵把西利尔斯拖到警卫室。当然，西利尔斯那时已经没了知觉，我们只能通过他那一头黄褐色的长发认出他来。之后，世野井仿佛已是精疲力竭，转身，垂首，一步一顿，缓慢地走出了营地大门。再不久，我们四周的步兵也撤离了。我们就那么孤零零地站在寂静的操场上，谁也不敢开口说话。夜幕降临，世野井的准尉来了，命令我们解散，回到各自的营房。

我们再也没在正式场合见过世野井。关于引发一抱一吻那件事的源头，也就是军械士和枪械手名单的事，我们再也没有听到任何消息。但第二天晚上，营地里出现了一位新的指挥官。那时，战俘中几个会日语的翻译还在传言，说世野井已经或正在考虑要切腹自杀。套用劳伦斯前面已经说过的那句话，那也没什么好奇怪的，只是（正如他已经知道的）世野井其实并没有像他们所传的那样。

那场危机之后的第三天早上，我们接到命令，到操场的中间挖一个洞。立刻，一个可怕的念头冒了出来：该不会是让我们给西利尔斯挖坟墓吧？挖完之后，能干木匠活的战俘又受命赶制出一排非常结实的木栅栏，围着那个洞摆置成一个直径约三十码的圆形围栏，并绕着围栏的外围又拉上一圈丹纳特式铁丝网。我立刻意识到我那个念头错了，那个洞不可能是坟墓。但除此之外，又能是什么呢？

下午我们接到命令，像以前一样到操场集合，这时，真相大白。西利尔斯被押出来了，他浑身上下多多少少算是清洗了一下，但满脸的瘀紫已经变黑，身子佝偻着，几乎无法自己行走。日本人半拖半拽地把他从牢房里弄出来，左右都是卫兵，他被夹在两列明晃晃的刺刀中间，他们推推搡搡、拉拉扯扯地把他带到那个由一圈铁丝网再加一圈木栅栏围着的圆洞边上。

随后，他的手被松绑了。就在那一刻，他竟然令人难以置信地抓住机会挺直了身子，向我们颤颤巍巍地挥动起一只手，同时，还在试图微笑。但他那只挥动起来的手立即被一名卫兵抓住，猛地拉下，然后他们把他的双手反剪到背后用绳子紧紧绑起来。他的双脚也同样被绑上了。两名卫兵抓住他，把他竖着移到洞边，然后再抱起他，就像两个园丁在移植树苗一样，把他直直地下进洞里。其他卫兵见状则赶紧把手里的步枪摆架在一边，拿起铁锹，把挖出来的泥土再填回到洞中。爪哇中部高原的泥土非常肥沃，黑油油的泛着亮光。他们做这事的时候显得小心翼翼的，带着一种装模作样、仪式感十足的热忱，不时停下手里的铁锹，用脚一点点踩实填埋在西利尔斯周身的泥土，直到他脖子以下全部被埋好，一点儿也动弹不得。现在，只有他那无遮无挡的脑袋、下巴和脖子还露在地面之上，但显而易见的是，他的头是昂着的，脸上尽管到处都是瘀黑但看上去却出奇地镇定，仿佛他看到了什么远超那一刻之外的东西，而且那东西还在让他不时地尝试着想微笑一下。

活坟终于完工。两名上好刺刀的卫兵分列左右把守着围栏的入口。接着，新来的营地指挥官向我们宣读了一篇讲稿，规劝大家好好看看西利尔斯，并据此深刻反思自己，再不安分守己，再这么精神败坏、胡思乱想，将会招致什么样的后果。然后，他一脸轻蔑地打发我们解散。在那个可怕的下午，他们弄出了许多阴毒的花招，其中之一就是放了会让人脊背发凉的音乐。当营地的大门依据新指挥官的指令关闭的时候，警卫室的无线电扩音器突然响起一阵音乐声。他们播放的是一张老旧的唱片，雷内·克莱尔的怀旧风格的手风琴音乐《巴黎屋檐下》。他们把扩音器开得很大，音乐声能响彻整个营区。为了对付已经饱受重创的西利尔斯，这种处心积虑、阴损险恶的"雅致"几乎令我崩溃。

接下来的几天，我对劳伦斯说，可想而知，像我们这些亲眼看见西利尔斯的惨状却又明知自己完全无能为力的人，在情感上要付出何等惨重、可怕的代价。所有战俘在所从事的日常活动中，都不可能看不到西利尔斯那刚露出地皮、整天暴露在热带骄阳下的黄毛脑袋和满是乌紫青黑的脸。尽管我说的是"黄毛脑袋"，但更准确的说法应该是"白毛脑袋"，因为在西利尔斯最后的几天里，阳光如此暴烈，他的头发全被烤得发白，就像沙漠里的枯骨一样。幸运但也不幸的是，我们再也到不了他的近前，也就看不到他脸上的表情。卫兵们很清楚，西利尔斯的惨状的确已经到了惨绝人寰的程度，担心我们见了会被激怒，会不顾一切地冲过去，他们因此必须要让地上的那颗脑袋与我们之间始终保持一定的安全距离。即便如此，第一天过去之后，我们从西利尔斯的脑袋耷拉的角度也可以看出，这种情况下，他不可能再坚持很长时间。他被那样活埋的第二天晚上，战俘当中来自各国的神职人员为他举行了一个特别的仪式，全体战俘都参加了。仪式最后，大家用各自的语言齐唱圣歌《与我同在》，安汶人和万鸦老人直唱得激情澎湃、声泪俱下。到仪式结束时，在场的人几乎没一个不是泪眼婆娑的。

从那个特别仪式的现场，我直接跑到营区指挥官的指挥部去为西利尔斯求情，尽管我明知这么做可能为狱友们带来危险后果。得到的反应却是百般愤怒（甚至请求给西利尔斯一口水也引得他勃然大怒），以至于我差点要重新上演西利尔斯拯救我们时的那一幕。我还记得在操场上那生死攸关的时刻，他曾恳请"别管我"，"不要为我做任何事情"，于是我只好强迫自己不再去求见那个新来的指挥官。如此一来，我们也就只能眼睁睁看着他慢慢地死去，那恐怕是人世间最痛苦的一种死法。然而，他自己似乎还并不急于死，或者说，他那一副坚韧不拔、神通广大的躯体暂时还不急于就这样离去。从他那一动不动、微微垂首的姿态，我觉得他的灵魂仿佛根本就不在此处，我满心希望那会是一个远离痛苦的地方。除了特别仪式结束后的那个晚上，他没有发出过任何声音，更别提呻吟、抱怨或哭泣之类。那晚，趁着卫兵到大门口去交班换岗的当口，几个荷兰战俘忍不住悄悄溜到西利尔斯附近，他们说，他们听到了他在吟唱。让他们吃惊的是，尽管他的声音嘶哑，又时断时续，但他们还是听出了他唱的是荷兰语，有几句他们还听得很清楚：

骑着马，骑着马穿过暗夜，

因为在那遥远的地方，

你的火焰，正在为一个等待已久的人燃烧……

　　他们本想再凑近一些，可大门口换班的卫兵已经在往这边过来了，他们只得赶紧抽身离开。

　　同样不得不提的是，在最后的一段时间，就连卫兵们对待西利尔斯的态度也起了变化。起初，他们临上岗见到他时完全无动于衷，然后转身背对着他站岗。然而，过了第一天，我惊讶地看到，每一个卫兵到这个活人的坟前值守时，都要先面对被埋者立正，垂首，以此向其表达敬意。最后，第三天那晚的后半夜，在离西利尔斯最近的一个营房里负责夜间值守的人还发现了一件令人称奇的怪事。

　　那晚正值满月，整个操场铺满了一层银灰色的冷光。凌晨三时许，守更人突然吃惊地发现世野井那优雅的身影出现了，他打发卫兵到大门口那边待着，然后独自进了围栏。有那么一会儿，守更人还以为自己撞见了鬼，因为跟许多人一样，他也以为世野井几天前就已经切腹自杀。他又定了定睛，这才确定来人就是世野井，那步态、那体格他一眼就能认出，不会有错。

　　世野井在西利尔斯的脑袋前站定后，默默低头看了很久。之后，他把手伸进自己的口袋，摸出一样东西，月辉下，那东西还闪烁着银光。它看上去很奇怪，守更人琢磨了半天后似乎

221

确信那就是一把剪刀，因为世野井像是弯腰、蹲下，轻轻捏起西利尔斯头上的一撮长发，剪掉了一些……

听到这里，劳伦斯已经变得越来越激动，我只得恳请他先不要打断我，然后强调说，守更人确信他明白无误地听到了金属剪刀在月夜的死寂中所发出的那一声"咔嚓"。此后很长一段时间，世野井一直伫立在原地，面向西利尔斯垂首、沉思，纹丝不动，就像守更人以前见到过的世野井在天皇生日那天面向初升的太阳所做的那样。过后，他慢慢地走到大门口，对卫兵摆摆手，示意他们回去继续站岗。那是我们最后一次见到世野井。

到了早上，西利尔斯死了。稀粥早餐过后，我们被叫到营地指挥部，说可以把尸体拉出去葬掉。新指挥官在跟我们当面做交代的时候简直再周到体贴不过。他直视着我们的眼睛，脸上的表情就像一个人突然之间从过去所有的罪孽里解脱，重新恢复了对美好生活的憧憬和向往。是啊，他已经为他的神奉上了其想要的牺牲，此刻当然心满意足，兴高采烈得像个马上要赶赴宴会的孩子。他带点卖弄地告诉我们："现在，我要向你们展示一下典型的日本美德，让你们见识见识我们是怎样对待逝者的。"一名号手和一列步兵行刑队的枪手奉命在葬礼上奏乐、鸣枪行礼。葬礼在塔纳阿邦公墓举行，爪哇人称那地方为"死土"。于是那天下午，在西利尔斯最喜欢的、响彻马拉巴尔紫色城堡顶峰的隆隆雷声中，我们埋葬了他。

很遗憾，我得承认自那以后我一直在试图遗忘那时发生的一切。现在再回望这一过程，我意识到并非只有我一人如此。大家都彼此彼此，我们似乎都在刻意避免在营地里再谈论起这个人。那人就像颗流星，突然闪耀着划入我们暗无天日的监狱生活，把我们眼前照得通亮，而他自己却迅速燃烧殆尽，转瞬即逝。我想，这整起事件太令人痛苦，在我们这些还苟活着的人心上蒙了一层巨大的阴影，并且它时不时还会突然发力，搅得人心绪不宁，几乎要令人窒息。常年的监禁生活已经让我们的心理承受能力变得异常脆弱，所以我们大家都在本能地、在不知不觉中回避它。那起事件的几个月后，我遇见了劳伦斯，彼时，我相信这件事已经被我牢牢地压在了心底，所以没有向他提及此事。获释出狱后，返家的激动、能重新过上平静生活的欣喜，又助推了一把那种"镇压"。但我自己也清楚，我其实从未能忘记西利尔斯。在各种意想不到的时刻，他总会突然现身于我的脑海，鲜活、生动得就仿佛他根本没死过，而是一直伴随在我们的左右。他还是原来那副模样，又开始向我提出他一直在问自己的那些意味深长、发人深省的问题。当收到了他的手稿，我觉得自己再也按捺不住，必须马上出发去找他的弟弟，必须要告诉他我所知晓的关于西利尔斯的一切。

我去得太晚了。弟弟死了。他的遗孀独自一人在经营农场，身边还有一个小儿子。据她说，她是老来得子，跟撒拉① 一

---

① 《圣经》中的人物，亚伯拉罕之妻，以撒之母。

样。那个儿子就在西利尔斯突然造访一年之后出生。丈夫的离去对她的打击并不真的很大，事实上，她说他走了比不走好，因为他的生命在西利尔斯死后已经自然走向了完结。他们夫妇当然已经得知他的死讯，但并不知道具体详情。我的追述让她深受感动。在我俩的会面即将结束时，她的小儿子手里拿着枪从外面的草原回屋，他那酷似西利尔斯的长相真把我吓了一大跳。

回到家中之后我开始深感不安，总觉得再也不能继续压抑自己内心的真情实感，刻意忽视西利尔斯那场惨剧给我的生活所带来的那种挥之不去的影响。直到前一晚劳伦斯对我谈起原时，我才意识到这份不安到底能有多严重。但现在，在我刻骨铭心的记忆中除了西利尔斯和他的兄弟，又加上了原和世野井，两个变成了四个？我对他们和他们对我，又都意味着什么？我又能为此再做些什么呢？

劳伦斯没有直接回答我的这些问题。相反，他告诉了我一些别的事情，很显然，他本就一直想着要告诉我那些事情。他说，在战俘营大门口与我分手后，他直接返回了自己的部队，一天，他受命前往一所专门关押涉嫌犯下种种暴行的日本军官的监狱，为一名战争罪调查员担任翻译。就是在那儿，他又见到了世野井。当然，那一过程当中还有诸多细节，但他说咱们还是闲言少叙直奔主题吧。世野井应该是被劳伦斯一口流利的日语及其对待日本战犯的态度所吸引，自己走到近前，请求与劳伦斯单独谈谈。劳伦斯听说过世野井的大名，但接触后却惊讶地发现，此人居然如此克制和压抑，一副心事重重的样子，仿佛就快要被压垮了。更让他感到困惑的是世野井想托他办的事情，他一直也是疑窦丛生，直到我告诉了他关于西利尔斯的事，他这才恍然大悟。

他俩单独交谈时世野井向劳伦斯吐露，战争结束后，他曾一度奉命执掌一个女子监狱。这显然是一种羞辱，是西利尔斯对他那一抱一吻所引发的一种后果。之后他被逮捕，在狱中的一次搜身时，我们的人在他身上发现并没收了他一直藏着掖着的一样东西，那东西他看得比世上其他任何东西都珍贵。他请劳伦斯帮忙，希望能拿回那东西，劳伦斯自然就问："什么东西？"

他没有正面回答，而是直视着劳伦斯的眼睛，婉转地恳求道："我本是一名军官，随时准备赴死。您可不可以格外开恩如实相告，我会像其他人一样被绞死吗？"

"我不知道，"劳伦斯回答，"但恐怕你得做好这个准备。"

"要是那样的话，"世野井恳切地说道，"你懂得我们日本人，所以也就清楚那东西对我来说有多重要。作为临终遗愿，拜托你能帮我把那东西找回来，寄送到我家里，我的家人会把它供奉在祭祀先祖神灵的神社里，拜托！"

"我希望能如你所愿，但在此之前，我必须明明白白地知道那东西是什么，否则我无法给出保证。"劳伦斯回答。

世野井停顿了一下。他已经清醒地意识到，要想完成如此重大的一个心愿，这可能是他最后的一次机会。于是，沉吟了一下，他一口气将来龙去脉和盘托出。那东西只是一缕黄色的头发。从他身上发现那东西的英国士兵，或许听信了不少关于世野井对女囚如何残暴狠毒的传言，还以为那是世野井从一个女囚头上割下来的，一把将其从他的手中夺走，并怒不可遏地给了他几拳。说到这里，世野井称自己并没有要抱怨的意思，只是需要强调并指出，那个士兵错了，误会他了。那是男人的头发，不是女人的。那是他平生遇见过的最了不起的一个男人头上的一缕头发。那个人曾经是他的敌人，现在已经死了，死了也依然是他心目中最了不起的一个人，他永远不会忘记他。

他声称，从死者的头上剪下那缕头发，纯粹是为了让后人能对先者的灵魂表达一种敬仰，并让先者的灵魂在来世能得到一个安身之所。他原本打算在战后把那缕头发供奉在祭祀自己先祖的那个厅堂的最深处。可如今，唉，劳伦斯刚才回答他提问的话已经表明，原本的打算八成要落空了。不得已，他转而想拜托劳伦斯代他完成这件事，只有这样，真要到了该走的时候，他世野井才能走得安心。

劳伦斯答应了。从审判世野井所出示的一系列证据中他找到了那缕头发，并一直替他保存着。但最终，世野井被判了七年监禁而非预期的死刑，且四年之后，世野井被特赦并释放，于是，劳伦斯就把那缕头发寄给了已经返回日本的他。世野井立即回信，表示了自己由衷的、巨大的感激之情。那缕头发被供奉在一个神社，那里终日香火不断。世野井还写道，那是一个景色秀美的地方，位于一条柳杉林荫道的尽头，两边都是峻峭的山峰，那漫山遍野的枫树，到了秋日庆典的时候，红得像是森林大火在燃烧。一条长长的、飘逸的瀑布仿佛从云层之上飞流直下，注满了神社脚下的小溪和池塘，池塘里满是鲤鱼和梭鱼。那里的空气中充满了树叶和松木的芳香，因着四周充沛的水源而净化得沁人心脾。他希望劳伦斯能同意，这里，对于如此高尚的那一个灵魂，应该是再适合不过的一处安身之所。最后，他，世野井，借此机会写就了一首小诗，并亲自前往神社，低低地鞠躬，使劲地拍手，以确保各位神灵知道他到了那里，然后恭恭敬敬地奉上他写的诗，供祖先们品鉴：

　　那个春天，

　　奉我神的旨意

　　我前去与敌拼杀。

　　这个秋日，

　　我回来了，并祈求我神，

　　把敌人也接纳下吧。

"你看，"劳伦斯对我说，声音因激动而显得格外低沉，"弟弟在遥远的故乡在哥哥心里播下的种子，现在又传播到了更多的地方。那天，它就被播种到了你们在爪哇的战俘营。是的，甚至日本人杀死西利尔斯的方式，也无意中上演了播种他行为种子的一幕，因为他们不仅是将他鲜活的躯体活埋，而且是在将他直立着'种'下，就像在那片沃土之上新栽下一棵正待茁壮成长的小树一样。甚至连他们否定西利尔斯所作所为的那种方式，也反倒成为对其的一种变相肯定。更何况他又被世野井'种'回了他的故乡，'种'到了山巅之上，'种'在了他的众神当中，而在我们这里，种子依然还活着，正在你我的身上生根、发芽、成长。"

我想，当时如果不是我妻子恰巧进来让我去检查一下门窗的话，劳伦斯根本刹不住车，很可能会一直说下去。她从收音机里听到了警报，说有一场大风正在迅速向我们逼近。当检查到楼上房间最后一扇窗户时，我在那儿站了一会儿，凝望着窗外那即将逝去的又一个白昼。看呐，圣诞节那冷灰色调的巨大宁静正在被迅速扯破。西南方向淡黄色的天幕下，云朵正蓬头垢面、参差不齐地向着我们奔来。风裹着雨，雨带着风，风时缓时急，雨时紧时松。能再一次在动态中与它们相遇相知是多么难得的一种美好。我伫立在窗前，心中充满了对暴风骤雨的渴望和欢呼，就仿佛它们是西利尔斯的一片片化身，正从他出生、活着、死亡、被埋葬和被供奉的许多地方重新归来，汇聚之后再现出一个焕然一新的他，就站在我的身后，附在我的耳边清晰地对我说："风与灵魂、地与生长、雨与行动、闪电与急迫的意识、雷鸣与言语的表达、种子与播种人，一切都是同一。人只需祈求他的种子被拣选，祈求其内在的播种人以自身的所作所为来播种，到了收获季节，自将金华遍地。"

第三部

The Sword and the Doll

刀剑与布偶

—— 圣诞之夜 ——

圣诞节的那个晚上，我和约翰·劳伦斯共同缅怀雅克·西利尔斯，尽最大可能忆及他的诸多往事，一阵狂风袭来，是我记忆中最猛烈的一次。我还没来得及从楼上回到客厅，狂风就呼啸而至，厚重的窗帘和百叶窗把白昼的最后一线光亮全挡在了户外。劳伦斯独自坐在开放式的壁炉旁，火光中他的身影半明半暗。我俩就那样静静地待了很久，谁也没说话，一心倾听着屋外暴风雨搅动起的声响。此时，言语似乎已属多余，狂风正为原、为西利尔斯、为世野井、为他、为我和所有人诉说。的确，在我听来，没有哪场暴风雨比这一次更擅于雄辩。我因季节变换中大自然所需的暴力沉思良久，我也很想知道，在这个一代人要遭受两次大战血雨腥风的世界里，暴力在多大程度上是此种骇人听闻的必然中不可或缺的一部分。当意识攀升到这一层面时，我发现眼前的这场风暴蕴含着此前从未有过的领悟：风暴中心蕴含一种奇异的和谐。在天南地北的各种时刻，无论是起自低压风槽中轻微的叹息，还是起自巍峨的珠穆朗玛峰顶，于是每一阵响动都被活活撕扯成飞旋的碎片，尖厉地呼啸着掠过温柔、哀婉的英格兰土地上那连绵起伏、波涛一般的巨大丛林，一旦到了风暴的中心，各种声响总会突然交融，于是总有那么一瞬，纯净的乐音开始浮上黑暗、混乱的潮水。那曲调有时像教堂中竖琴流淌出的协奏，有时又像罗兰德将军饱满圆润的号角，在召唤着兵士的灵魂回身站起，还有时则像在某一调式的音阶上攀升又坠落。但在最温柔的时刻，那声音如同原的民族用尺八吹出的主弦，不仅吟唱着奏者的希冀，更伴有本性中的嘤嘤和鸣，那是在笋尖尚未成竹时涌出的嫩绿泉水。

我们静静坐着，聆听如此惨烈的暴力所带来的圆融之音（也许正如西利尔斯在爪哇战俘营里的风暴中所听见的乐章），这时我妻子走进房间，开灯问道："要不要上楼去看看孩子们？我答应过他俩，你们会去道晚安的。"

我们立刻上楼，但还是晚了些。当然，谁都知道，孩子们过圣诞节都得玩到筋疲力尽才肯作罢，而这对小双胞胎在头天晚上就几乎整夜没睡，今天又早早醒来，所以现在都彻底睡熟了。小女孩在临睡前还在拼尽最后一点儿体力，想从不大的娃娃屋里翻出祖母送给她的荷兰布偶。一头乌黑的秀发披散在她的小床边上，在晚灯的映照下呈现出微妙的夜色。手臂伸展，紧紧地抓着布娃娃，小脸深深埋进雪白的枕头。我把她安顿成更舒服些的睡姿，没有弄醒她，也松不开她抓着布偶的手。我一尝试，她便立即扭动、反抗，在睡梦中嘤嘤咛咛。我怕吵醒她，就把仍紧紧抓在她小手里的布偶挪到她身边，塞进鸭绒被里。等我做完这些，她发出长长一声心满意足的叹息，脸上的睡意瞬时更沉了，长长的黑睫毛齐刷刷地贴在白嫩的皮肤上。

男孩彻底抵挡不住睡意的时刻则相对较有秩序。他或多或少还算是按照妈妈要求的睡姿躺下的，但也从被子里伸出了一只手，紧握着从剑鞘中抽出的玩具剑。他的头发是黄色的，有点长，散乱地铺在枕头上。几个玩具兵落在被褥上，看样子，睡前他还在一次又一次与敌人搏斗，直到睡神一把将其拽进梦乡的大门。

"多美的景象啊，"我们踮起脚走到门口关上灯时，劳伦斯说，"你生了一对双胞胎，长相差异却这么大，真是不可思议。一个长得这么黑，另一个这么白。不过在某种程度上，这比长得一模一样更令他们完整。"

他的语气里藏有一种深深的嫉妒。我们试图重新找到一种亲密，那种亲密在过去的战争中经受住了各种生死考验，可现在还十分脆弱且不稳定。他的这番话让我比以往任何时候都更加清晰地意识到，他的生活方式强加给他的那种茕茕孑立的孤独感。

不过此时我能想到的回答只是："希望你能把刚才的话告诉孩子们的妈妈，说不定她会开心，我猜她一直想要两个孩子都长得白白净净的。"

然而，他没抓住机会这么做，因为我妻子显然正怀着一肚子好奇在等我们回来，一碰面就问："我想知道，看见孩子们那样，你们是不是和我想到了同一件事？"

　　"我在想他俩看上去都累坏了，可怜的小东西，"我答道，"幸亏圣诞节一年只有一次！"

　　"他们当然会很累，"她对我的答案有点无可奈何，"但我不是这个意思。"

　　"他们看着挺开心，真是可爱，"当她又用探询的目光望向劳伦斯时他回答道，随后又补充道，"而且……"

　　"也不对。"她直接打断了他，但笑了，显然是因为他夸赞了双胞胎；但她又没法真正高兴起来，因为他同样也没能理解她在意的地方。这也证实了她的成见，即只有女人才能真正看懂、看透自己的孩子，无论表面上观察到了什么。"你们注意到了吗，女孩子从头到尾念念不忘的就是她的娃娃，男孩子呢，则是他的剑。"她停顿了一下，"如果由女性来管理这个世界，世界将变得多么美好啊！人类将不再会有战争，男性的攻击性也都会消失，"她转向我，"你知道，我的确觉得你不应该再给儿子添置刀剑和士兵之类的玩具了。我确信麻烦就是从这里开始的。"

　　"你真的相信那样的论断吗？"我还没来得及回答，劳伦斯就率先发问，"我知道有很多人会赞同你的观点，不过我个人认为，他们也许不对。"说到这里，他也停顿了一下，"你说，如果孩子们不玩剑、不碰玩具兵，将来就不会有战争，那么按照这样的逻辑推理下去，是不是也可以得出一个结论，如果不让女孩子玩娃娃，她们将来就不会要孩子了？"

"你真让我吃惊，"我妻子不由自主地提高了嗓门，开始为自己辩护，"这是典型的男性逻辑，强词夺理，这不像是你。"

"我不认为我在诡辩，"劳伦斯笑着回敬道，"我的依据是自己的过往。尽管我也清楚不少人会赞同你，但我还是相信，男孩的刀剑、女孩的布偶不会诱导出你所指称的那种精神状态。"

他停了下来，因为此时狂风吹得房子晃动，仿佛要将四周厚实的墙壁也连根拔起似的。一时间，阵阵呼啸响起，似千军万马的呐喊声、马蹄声纷至沓来，仿佛日耳曼所有的女武神都正在屋外集结，斗志昂扬，准备迎战。壁炉里的火舌被风压低，不知所措似的左摇右摆。劳伦斯接着说，在他看来，刀剑和布偶只不过是对固有的生活模式的具象表达，是非人为制造的客体，表达了男人和女人作为主体的隐性需求。只有像学徒一样顺从需求，男人与女人的生活才有意义。因此刀剑和布偶并不截然分开，而其实是同一整体的两个部分。这就是为什么两个孩子在他看来如此完整，不仅仅因为一个长得黑另一个长得白，他们所选择的玩具也充分体现出了这种完整。没错！刀剑和布偶彼此相依：没有了刀剑的护佑，娃娃可能会失去生命；没有了娃娃的存在，刀剑本身也就失去了意义。

我注意到妻子越听越入迷，但对于概括和抽象的东西仍持怀疑态度。她直奔她真正的兴趣点：人，这才是劳伦斯的发言和天底下所有事物中最核心的内容。

"你刚才提到，你的依据是自己的过往，"她紧盯着劳伦斯，急于追问，"那是一种什么样的经历？是对于生活、战争和人的普遍体会，还是你有什么与众不同的独特经历？"

劳伦斯没有立即回答。像我这么了解他的人一眼就能看出，妻子的提问触动了他不愿示人的敏感点。我们在静默中等待着。风暴还在滔滔不绝地诉说，又蓦地开始像一群狼在嚎叫，突然间将一小段天使之歌高高地抛进狂野深邃的天际，而炉火则勇敢地顶着倒灌进来的气流，从壁炉烟囱里猛往上蹿。

"两者都有，"他终于开口，字斟句酌地，显得非常慎重，"我必须承认，促使你提出问题的那种直觉出奇准确，简直不可思议。我的确有一段与众不同的独特经历，只是我不确定我能不能、该不该把它说出来。我也不确定是否真的已经和自己达成充分的妥协，愿意把它拿出来与人分享，即使是最亲近的人。"他停顿了一下，"不过，我想，今晚看到这对双胞胎让我对这段经历有了更清晰的认知，也和我们一直在谈论的关于原、世野井、西利尔斯和我们自己的诸多事情联系在一起了。"

"可不可以请你告诉我们呢？"我妻子迫不及待地恳求道。

劳伦斯犹豫了："我的叙述难免主观，而且会比我本人的修养和本能所允许的更加直白。"

"那就太好了。"妻子望了他一眼，眼神格外温暖，意思是他不必再多解释了。

我很清楚妻子那一眼的含义，它总能让我重新振作起来。于我而言那是一个信号，表明女人的内心深处有多么渴望让男人敞开心扉，把他们原本深藏不露的那些犹疑、恐惧和隐秘晾晒到阳光下。这种本能深植于她们体内，因而她们往往不会像我们男人这样害怕直面人性中令人不快的事实，同时只对我们当中那些始终回避真理之光的人极度不信任。无论我们的秘密有多么令人不快，无论自我揭露的后果有多么可怕，获得信任、吐露秘密这一行为本身令女人产生胜利感。所以现在，当我留意到她投向劳伦斯的那种坦率温暖的眼神（昨天她才第一次见到劳伦斯），我确信今后他们完全能很好地相处。

至于劳伦斯，也没再提出异议。看到我妻子已经稳稳地坐进沙发，他不再迟疑，马上开始了他的故事。

劳伦斯娓娓道来，他深藏于心底的那段独特经历发生在战争期间，在一座闪烁着绿色和紫色的印苏林达小岛之上。当然，这段经历早在战前便有预兆。如果说有什么让他越来越难以准确界定，那就是事物的开端。他意识到，为了道明原委，说清真相，尽可能精准地界定一件事的起点至关重要。话虽如此，确立起点又注定摆脱不了武断，因为其界定必定要建立在对生命连续性的某种抽象上，而我妻子在这次对话的早些时候已经本能地对此提出了反对。理解了这一点后，他更愿意把讲述的起点定位在其他时刻，比如我们刚刚离开那对孪生兄妹的时候。在他的过往中无时无刻不浮现出一幅画面，那是一把宝剑，光芒比太阳灿烂十倍。在读到马洛礼描述的亚瑟王得到"王者之剑"时所经历的那种震撼，他至今无法忘怀。从那一刻起，对于亚瑟王一生的传奇，以及结尾处"那把神剑被极不情愿地投进湖水，一只胳膊上套有白色锦缎的手一把将其抓住，扯入湖底的深渊"，他总是怀有无穷的兴趣。到现在他仍猜想这传说中蕴含更多东西，他永远也无法真正理解和把握。早些时候他并未被这些想法困扰，尽管他认为整个传说是他精神进化过程中的决定性事件，甚至连那把剑的命名他也觉得实至名归，因为对他来说那从来就不只是一件金属制品，更是生命体验的个性化产物。为此，他觉得也有必要给自己的第一把木剑起个名字，说到这里他笑了，叫"光耀"。现在回想起来他不得不承认，正是因为全盘接受了这把剑所蕴含的现实意义，他成为他们那个原本只出学者、立法者和牧师的家庭中第一个投笔从戎之人。

当他开始被远派国外服役时，他认知中剑的象征意义的重要性又在各处得以证实。他注意到，不同国家往往拥有各自特色鲜明的刀剑形制，演化至今，其背后都存在着某种必然与逻辑。他不会在这个问题上啰唆太多，但还是想列举几个令他印象深刻的例证，以便理解。不知大家是否曾经留意，人类精神的两大对立群体，基督徒和穆斯林，其各自偏爱的刀剑形状就很不一样：前者为十字形，后者为新月形，是不是？如果你留心了，一定会注意到欧洲的刀剑多么像十字架，也即十字军标志的原型；而弯刀的形状又多么像一轮新月，那是划破夜幕、透向背面白昼的一弯缺口。几天前，在他乘飞机来和我们一起过圣诞节的途中，航班在大马士革停留几个小时，于是他便到那个城市狭窄的街道上走了走，看见身着紫袍的阿拉伯贵族们随身佩带着匕首那么大的小弯刀，黄金打造的刀鞘恰似新月，在他们的腰摆下方晃悠。劳伦斯以为，那种弯刀的形状毫无疑问源自月亮对他们的启发，和其他穆斯林习俗一样，这显现出月亮在伊斯兰教精神中激荡起的思想浪潮何其巨大。还有一个例子也很能说明问题，月亮意识同样浓厚的日本民族所佩带的刀剑，也总是略微弯曲。当然在他看来，没有哪个地方的刀剑跟欧洲的一样，欧洲剑的形象最为完整：外形如同十字架，在他的心目中象征精神的完全体，并生动地传递出一个真理，即生命不仅要在水平方向上拓展，还要在垂直方向上有高度、有深度。他推测，欧洲剑的形状应该是太阳启发的结果，这样说是因为他从小就观察到了太阳射出的剑状光芒。在印度远征时的一次假期中，他在一个异常平静、清朗的傍晚爬上海拔一万五千英尺的喜马拉雅山。天空一片纯净的银蓝，与地平线之间点缀着层峦叠嶂的剪影，像从古老的镜子中映照出来的一样。最后一抹阳光即将消失在其紫色的边缘之下，那一刻，它在平静如镜的空气中投出一个无比巨大的十字，仿佛十字军战士的剑悬在远处无边无际的黑色裂缝上闪闪发光。到了马来亚，他也对当地刀剑的形状颇感诧异，不弯不直，虽然也是尖尖的，有双刃，却像是一条火舌。它的本地名字叫"克里斯"，意为"波形刀"，发音听起来像是马来亚铁匠炉膛中火苗的"嘶嘶"声。类似的例子还可以列举很多，多年来他对此一直很留意，它们也总能激起他的无限遐想。回到刀剑的话题上，无论人们的灵感来自太阳、月亮还是世间火焰，其中最重要的共同元素就是与光的内在联系。言下之意，刀剑就是最早的可以映射心灵之光的形象之一，生来便是人类征服内在无知和外部黑暗的武器。这也是天使骑着火光宝剑守护在伊甸园入口半空的意义所在，人类在那里度过快乐的童年，现在再也回不去了。关于刀剑的形象究竟意味着什么，他觉得自己已经说得够多了，关于布偶则不然。布偶需要一个女人而非男人来为其言说。倒不是说剑的形象在他心目中高于布偶，而是因为他相信，布偶和人类一样古老，早已和人类的生命融为一体，但它完全由女性掌管，只允许她们的特别关照，不幸的是女性和男性的意识之间总存在着巨大的鸿沟。迄今为止，女性对于其自身独特价值的认知并不被鼓励和提倡，现实生活中的对错好坏仍以男性的价值判断为基准。他心中的基本形象曾被刀剑的认知所支配，布偶则不得不屈服于盲目的本能和直觉来寻求庇护。幸好，情况正在改变，女性的价值判断正摆脱古老的阴影逐步显现出来，男性也开始承认，他们需要能意识到自己独特价值的女性。然而危险仍然在于男性把刀剑看得过分重要，为此不惜牺牲性命。稍微回顾一下欧洲历史，不难发现人们有多容易因某种思想而自相残杀，人心是如此傲慢、自大、狂妄。女性的危险，则在于会牺牲自己的独特意识来换取其对于男性和刀剑的需要。为此，她会倾向于借由男人和孩子来过她自己的生活，把他们绑缚在她自己那模糊而不完整的思想上，阻止他们过一种完整的个性化的生活，正如她阻止自己一样。这两种主张从未达成平衡，只要女性还只是男性某种特殊需求的附属品就不可能实现。然而现在他感到，男性用血肉之躯铸就的精神需求和女性由刀光剑影指引的生活需求，就快要结合起来了。当然，在这样一个风雨交加的圣诞之夜，他的原意并非要长篇大论，他希望自己已经说得够多，能让我们了解战争爆发时他的想法。现在是时候展开讲讲，那普遍事物的具体表现了。

他停顿了好一会儿。我知道故事开讲之前需要做些铺垫，但他一口气说了这么多，必定还有其他目的，比如推迟那终将被讲述的时刻。后来我与妻子重新聊起这件事时，她也表示有同感。

故事要从一九四二年二月的最后一天说起，地点在印苏林达岛的腹地。他不知道我们当中是否还有人能清晰地回忆起那场战争中属于我们自己的瞬间，他也必须以极大的意志力唤醒记忆中的黑暗时刻，这与他接下来要讲述的独特经历直接相关，所以，如果他的话语勾起了我们的痛苦回忆，希望我们能原谅。

在欧洲、北非、马来亚和太平洋地区，那场战争对我们和我们的朋友来说是一场旷日持久的灾难。珍珠港事件、"威尔士亲王号"和"反击号"接连沉没，马来亚和菲律宾渐次沦陷，日本人势不可挡，我们到了一个异常残酷、生死攸关的时刻。劳伦斯和我一样，突然从利比亚前线被抽调出来。他会说日语，也曾在该地区驻扎过，于是奉命向东南亚司令部报告。该司令部归韦维尔[①]领导，为应对日本人的猛攻而设立。战事吃紧，资源匮乏，条件艰苦，他找不到可以搭乘的飞机，不得已登上一艘货船，跟随混杂、缓慢的船队走水路。这导致他在新加坡沦陷后的晚上才到达韦维尔的总部。他直接从前线过来，刚刚取得了第一场胜利，把隆美尔赶回了阿格海拉，一到此地，低落的士气立刻令他心生异样。这并不是因为将士们失去了信心，怀疑我们终将赢得最后的胜利，也不是他们没有勇气坚守阵地，只是所有人都清楚，印苏林达岛不可能抵挡得住日本人的攻势，甚至无法组织防御为其他地方尽可能多争取一些时间。

当然，这种困境不能让普通士兵和平民百姓知道，参谋长们对此皆守口如瓶。联合军事总部坐落在一座火山的斜坡上，劳伦斯说，仿佛冥冥之中有某种天意，那座火山当地人称"唐库布汉普拉乌"，意思是"船翻了"。对于即将迎来战争风暴肆虐的东方社群来说，还有什么能比此更生动形象地勾勒出他们

---

① 英国陆军元帅，1943-1947年任印度总督。

的命运呢？劳伦斯刚从艰苦卓绝的利比亚沙漠前线来到此地，总部周围及其内部的日子如此轻松自在，甚至放纵到令人憎恶。饭店、舞厅和夜总会里总挤满了欢笑、吵闹、大腹便便的人。他从没见过哪个地方能像这座岛一样，容纳这么多肥硕的欧洲人，相比之下，他们身边不计其数的当地人身材和五官一样小，说话温声细语，总是一副清心寡欲的样子，更显得他们的外貌突出，几乎到了一种滑稽的地步。

那里应有尽有。抵达后的第二天一早，劳伦斯先向总司令报到。总司令实话实说，心情沉重地向劳伦斯交了底。回到入住的饭店之后，劳伦斯惊讶地发现，许多穿制服的人以一杯烈性的波尔斯开启一天的生活，接着是冰镇啤酒。他亲眼看见他们吃下由熏肉、鸡蛋、各式奶酪、面包和一整壶咖啡搭配成的早餐，以为夜幕降临之前他们不大可能再吃东西，但到了上午十一点，他们会再次出现，反复抹去脸上的汗水，吃下满满一大盘搭配豆类的浓汁猪肉，饮下更多冰镇啤酒。到了大约下午两点，他们在一大杯波尔斯之前吃一顿正餐，按照和平时期欧洲的标准也是一顿盛宴。日落时分，他们豪饮波尔斯，就着酥脆的虾片和其他油炸品，再来上一顿大餐，消瘦、温顺、面色灰暗的爪哇侍者在身旁忙碌着。热带气候下，过量的饮食严重拖垮了他们的身体，一个个肚子凸起，面对简朴清苦、身手敏捷的日本敌人时，真搞不懂他们要如何对抗。

困惑不解之后，他又因这种变态吃喝背后的含义越发沮丧。

他们都在害怕，怕得厉害。他正置身于一个惶惶不可终日的群体之中，他们都已经被恐惧感淹没，甚至意识不到恐惧的存在。臃肿肥硕的男人和身形高大的女人试图用饕餮之欲消除恐惧，那种吃相仿佛未成年的孩子害怕黑暗中某种无形无状的东西，一次又一次转向母亲的乳房，尽管早已吃饱。军事指挥机构摆出善战的姿态，发布乐观的官方公报，鼓励积极备战防御，试图让人们安心，但都没有用。一场血雨腥风即将实实在在现身于眼前，如同一切沉默都不能掩盖南极夜色中冰雪的低语。内心深处他们都已经明了真相，又通过神经迅速传播：一场大报应即将来临，殖民时代和帝国统治行将灭亡。大吃大喝时，他们一遍又一遍地高唱当时最流行的一支小调"我们不怕"。他们嚷嚷得太多，就像他们吃得太多、喝得太多一样，结果在不知不觉中比以前更害怕了。所有这些只不过是他们内在灵魂的表象伪装，为了掩饰长期流放域外的过度放纵。在这样的关键时刻，劳伦斯不禁叹息，也没有任何谴责或评判的欲望了。

有一次，劳伦斯正走在大街上，空袭警报突然响了。一辆大车忽然贴着他停下。司机是一位块头挺大的平民，车上还坐着四个鲜亮饱满的年轻女人，笑声很大，格外灿烂。

"快上来，跟我们一起去看轰炸，从那边的山上可以看得很清楚！"

司机的语气既咋咋呼呼又略带傲慢，当地富裕的欧洲人大多都用这种口气跟外国人说话。那副架势，就好像在某部新剧首演的晚上让劳伦斯坐在正厅最前排，是对他的格外开恩。对待空袭他们竟抱着如此戏谑的态度，劳伦斯多少有点受不了，于是婉言谢绝。

当他继续往前走时，一个女孩在他身后大声嚷嚷："啊哈，就让这个受了惊吓的可怜的英国佬自己待着吧！刚从新加坡飞过来，可能还没缓过神来呢，他肯定更愿意找个安全的小避难所待着。"

说完她立即接着开唱，还是那几句副歌："但是，我们不怕。"其他人也一同齐声高唱，然后一溜烟不见了。

劳伦斯向我们保证，尽管她的话明显带有一定的侮辱性，但他丝毫没有因此而气恼，他已经确信那女孩在"迁怒"，以一种典型的、自己浑然不知的方式，把她无法面对的恐惧归到他身上。劳伦斯本人并未完全意识到这种恐惧的广大、深刻和现实，直到韦维尔和整个指挥部在夜深人静之时隐秘、迅速、彻底地完成撤离。

撤退的前一晚，总司令派人叫他过去。他被告知，该岛毫无疑问即将落入日本人手中。荷兰及其盟国的军舰、飞机曾英勇作战，但在强大得多的敌军面前均损失惨重，已经溃不成军、无力反击。他也希望能向劳伦斯保证地面上的战况能好转，但战力有限，敌军很容易破阵。*最重要的是，抵抗应尽可能长期地持续下去。*能拖住日本人的每一天都很宝贵，即使无法进行有组织的抵抗，他也希望能展开长期的游击战。这就是劳伦斯在印苏林达战场的切入点。他不给劳伦斯下达命令，只是如实告诉他这些情况，希望他自己来做决定——因为劳伦斯很快将看到这项任务的艰巨。作为总司令，他现在需要一名军官来指挥岛上所有这些来自不同单位、不同国度的志愿游击者。一旦守军和日本侵略者正面开战（仍然还有这种可能），这支特别的队伍能绕过敌人侧翼进入茂密的丛林，沿道路两侧骚扰敌人的交通线。如果没有大规模正面交锋，只是一些象征性的零星战斗——最后很有可能只是这样——那么，保有这样特殊的军事力量，继续在丛林隐秘地带开展抵抗运动，将比以往任何时候更为重要。总司令回到印度后将尽最大努力，通过飞机和潜艇为游击队运送补给。不过他也坦言，未来很长一段时间还存在很多变数，这支武装力量将不得不依靠民间资源过活，依靠应变能力和指挥官的智慧来求得生存。面对如此无情的敌人，不可一味悲观，但更不可盲目乐观。在这样一个遍布丛林的地区，生存的可能性确实存在。唯一可以肯定的是，如果能成功诱使日本人相信丛林深处仍有相当数量的军队在坚守，从而拖住他们并阻止其转移军事力量到其他地方，那将为盟军的行动计划做出巨大贡献。整个谈话中总司令对劳伦斯推心置腹，生动而全面地使劳伦斯确信，正如他自己也同样确信的那样，此事属当务之急，他的爱将理当义不容辞。

尽管如此，劳伦斯回答说一定尽心然后回到指挥部旁的饭店后，还是忍不住觉得自己已经走到了尽头。酒店里依然宾朋满座，一派歌舞升平、其乐融融的景象。进到房间，身后的房门刚"啪"的一声关上，他就感觉自己像是掉进了一个致命陷阱。那天晚上的大部分时间他躺在床上，怎么也睡不着，一直听着外面轰隆隆的声响。车队正在经过，从他所在的饭店附近沿山路疾驰而下，载着撤离的总部工作人员和他们堆积如山的行李前往南部海岸的一个港口，船只和水上飞机正在那里等候，还没有被敌人的海军封锁。仓皇撤离的响动远去了，复仇心重的历史就像一个巨人，握着刀、光着脚、正不动声色地游荡过来取代他们原来的位置。当最后一辆卡车也沿着山路销声匿迹之后，另一种声音开始浮现。那是守夜人用竹梆敲击出的报警信号，用于村寨之间的紧急联络。那些村寨由木制棚屋组成，与电灯通明的欧洲城市相比仿佛另一个世界。棚屋都踩在高跷上，下面就是水稻田，水面上洒满了星光，远远望去就像一只只苍鹭在炭笔画倒影中沉睡。竹梆急促的"嗒嗒"声中也包含着恐惧，并非过度紧张的幻觉。第二天早饭时，他的忧虑得到了证实。笑容和不屑从那些平日总在豪饮杜松子酒和啤酒、总是满脸通红的人们脸上消失了，就像为了给下一节课腾出地方，前一天还留在教室黑板上的板书一夜间被管理员干净彻底地抹去。现在映入他眼帘的只是一张张苦脸，写满了前文所述的恐惧，还多出了一些意义重大的东西。饭店里的爪哇仆人、街面上的巽他人商贩、马都拉人清洁工和拾荒者、苏门答腊的文员和知识分子，不约而同地放弃了已经佩戴几个世纪的那种光鲜亮丽的蓝色、金色和棕色的蜡染穆斯林头巾，取而代之的是岛上新兴的民族主义者那种呆板、僵硬、毫不妥协的黑色帽子。

糟糕的事情还有，劳伦斯不得不去空荡荡的总部收拾仅有的几件私人物品。就在前一天，总部还像一个嗡嗡作响的蜂箱一样拥挤而忙碌，现在除了他和几个清洁工之外已不见任何身影。周围的一切都在向他强调，他们撤离得多么仓促。地板上到处散落着丢弃的物品，每个房间都是一幅被摈弃者和在劫难逃者的静物画。八成新的制服和只弄脏了一点儿的厚长大衣软塌塌地挂在桌椅上，袜子、领带、衬衫、穿过的鞋子和靴子散落了一地，半开着的抽屉里堆放着胡乱撕扯了两把的文件和空瘪的公文信封。里面还有几本被随手丢弃的简·奥斯丁和安东尼·特罗洛普的书，平日里是英国参谋专家的最爱，尽管身处战争的残酷现实之中，他们总能从中找到对优雅、精致生活的向往。美国海军的办公室地上躺着两本书：《永远的琥珀》（这个标题带有讽刺意味，因为前面所有的灯早已变成了红色）和一本厚厚的《飘》。最后在英国职员的房间，还散落有几本《名人录》和《德布雷特英国贵族年鉴》。在劳伦斯眼里，这两类书都不怎么样，其中提及的一些家族已经叛变成东方的敌人，令他觉得碍眼。

劳伦斯以前也经历过撤退，见识过各种混乱，所以面对眼前这些仿佛在提醒他到底有多孤独的遗留物品，他也并不是做不到心平气和。岛上那些沉默寡言的小个子男人从一个房间走到另一个房间，细心收集对他们有用的东西，所有人头上都戴着那种又硬又黑的帽子：要忍受这样的场景却不那么容易。在劳伦斯看来，单调乏味的三个半世纪中一直沉睡着的某种意义突然不可否认、不可描述地显现出来，新的帽子象征着新的理念。印苏林达诸岛原本像一条美丽可爱的镶满珠宝的长项链，岛上总是熙熙攘攘，现在一夜之间，数百万岛民在黑暗和恐惧中摇身一变，像审判谋杀案的法官一样戴上了黑色的帽子，随时准备对原有的文化以及长久以来将外来文化强加在他们身上的那些男人和女人宣判死刑。到了今天，劳伦斯面向我们说，人们可以通过这些岛屿上后来所发生的诸多事情来准确定义那种恐惧。每当人们将战后历史的走向归罪于日本人、英国人、美国人或共产主义者时，他只要回忆起"船翻了"那座火山的山坡上，那些被遗弃的大房子里清洁工卑微的黑帽子，就能认识到这样的指责何其错误。他在记忆中再次清晰地看到清扫者灵巧地挥舞着刷子，像挥动着历史的新扫帚，把几个世纪以来的垃圾从未来之门前清扫干净。未来就在那一天诞生，不因侵略者的说服，而是出自民族的本质和纹理，无论是好是坏，我们的一切过往都已开始转折。现在之所以强调这些，劳伦斯说，是因为过去这些东西对他接下来要讲述的故事内容至关重要。他个人生死未卜的意识日渐强烈，在接下来的战斗中控制内心绝非易事。因此可以想象，当意识到时代开始"生死未卜"，当建构伟大帝国的长期信念开始摇摇欲坠，一个人要保持足够的定力是难上加难。他，劳伦斯，在战争中第一次身临险境，看不出自己所做的事情有任何意义，他的故事这才真正开始……

　　他不愿再多逗留，尽快离开了那个被遗弃的司令部，并着手聚拢人马。快到中午，他带着这支注定多灾多难的小部队的一个先遣小队出发，目标是抢占高地边缘的先头阵地，一处令人生畏的天然堡垒，原先的主人们曾傲慢表示会"战斗到流尽最后一滴血"。出城的路上，他经过岛上最时髦的一家酒店，阔大的阳台上挤满了荷兰参谋和他们的女眷。正午的一顿杜松子酒显然让他们振作了起来，一看到劳伦斯的卡车从身边驶过，其中一些人又开始齐声高唱"我们不怕"。只是，劳伦斯听过更高亢嘹亮的演唱，他还注意到女人已不再愿意加入，不知怎的，这在他本已沉郁的心上又蒙上一层阴影。

　　通往"入侵区"的道路曲折蜿蜒，盘桓在陡峭的森林覆盖的山丘之间，穿过炙热的阳光下沉睡着的巨大火山的金色山谷。火山并不沉寂，如果走近一些，你会听到炉火正发出鼾声。天空仿佛完美无瑕的母贝，美丽的白昼在这富饶而慷慨的岛屿大地上闪烁，每两年会赏赐给辛勤耕种的人们五次丰收。劳伦斯说，周遭的一切似乎都在嘲笑他内心的黑暗，有时他仿佛置身梦中，一场战争的噩梦，身陷绝境后才能重生。下午时分，在金光闪闪的稻田之上，巨大的雷雨云正在形成，把它们火山吐焰似的长发盘起又解开，像诸神注视着倒影在亮银色的水中快速流淌。他所经过的这片土地上没有风（也没有季节），只有炽热的火山活动无限往复于宁静、富饶、珍珠母般的时刻。唯一的动静是空气中热烘烘的颤动，仿佛透明的白杨树叶在夏日微风中瑟瑟轻颤，大地深处火山的心脏急促搏动，在劳伦斯耳畔敲出寂静的伴奏。每一片稻田，都因热而颤动，因光而耀动，因地而悸动，都因成群的蓝色和银色蜻蜓在燃烧着的水面上扇动透明翅膀而鼓动。水稻田上，身形瘦小的妇女光着上身，脸在黄草帽的帽檐下显出一种紫色，她们富有节奏地、一左一右地移动着，千百年来都是如此在老稻茬旁边插上新稻秧。在她们身后某处总能见到一头硕大的水牛，它步履迟缓，仿佛古老传说中的野兽雕像再度复活。宽阔的水牛背上总会盘腿坐着一个光着屁股、皮肤油亮的小男孩，就像一尊小小的佛陀坐像。有了这样一位亲密无间的小主人，水牛一身的蛮力似乎就找到了意义。劳伦斯说，他越看却越觉得美景与自己此行的目的毫不相干，直到那时他才意识到，一个人在遭遇困境时是多么依赖故土，多么渴望再见到那些熟悉的景象，再听到那些亲切的声音。他渴望奇迹能让他再看上一眼英格兰老家最平凡的场景：水草地之间的小径，正在长满毛茛属植物的草地上反刍的花斑奶牛，苍白的太阳从它们的脊背上拉扯起一道道光环；身后，一间板条和灰泥砌成的农舍里冒出蓝色炊烟，像在红烟囱里插上一株植物。真能回去就心满意足了，就能重新回归自我，彻底摆脱那种深深刺入他内心的、自毁式的无处可归。但周遭的一切如此直白，对他和他的使命漠不关心。田野里劳作的人们即使只是远远地打个招呼都会让他好受些，他们不可能听不到卡车匆匆驶过，却并未停下手头的工作，从宽帽檐下瞟他一眼。在离劳伦斯驶过河的桥的不远处，一个小男孩正在溪水中刷洗他的水牛，牛闭着眼躺在水中，一副心醉神迷的模样。经过时劳伦斯冲小男孩挥挥手，用马来语高声跟他打了个招呼，但男孩没有任何回应，继续用他那双敏捷的棕色小手往水牛身上泼水，根本没听见似的。男孩，女人，寂静沉睡的群山，光亮的大地，雾气昭昭的丛林还有林边高耸挺拔的棕榈树，阔大的棕榈叶，全都不动声色，像在故意把头扭向一边，对他和他的使命视而不见。光天化日之下的一切原本都坦坦荡荡，这种故意把头扭向一边的厌恶感却让它们显得神秘而具有某种颠覆性。劳伦斯说，没有一种黑暗能比太阳底下的黑暗更大。再次途经一些村庄时，无须再看到职员或街上的摊贩头顶的黑帽子，他就能清楚辨识出那不仅是因变化而生的冷漠。他们就这样一直行驶到傍晚，最后来到高地边缘的一个村庄，他计划在那里等待日本人来犯：只有到了那里，他才能判断该如何把那一小股武装力量的作用发挥到极致。

村庄建在一座巨大的双头火山一侧，可以同时把守两个方向的道路：一条通往他现在所在的紫色高地，也就是他来时的路；另一条通向海边。他抵达的时候夕阳西下，在喀拉喀托火山和巽他海峡的爪哇海岬之间，落日鲜红的余晖点燃了一个又一个巨大的云峰，与之形成鲜明对照的是其下的大地，一片漆黑，仿佛已经被抛进沉沉的暗夜。村子下面、火山和大海之间的平原和沼泽已化于无形，但通过包围小岛的海洋对北部天空的影响他仍能判断出它们的位置，那里，落日的余烬仿佛突然熄灭，空气充盈着水汽迅速上升，就像厚实的淡紫色窗帘垂挂在白昼和黑夜之间。这个村庄的地势高于疟疾肆虐的平原，且临近大海，正是这种得天独厚的优势使它成为一处集疗养与休闲于一体的度假胜地，深受那些在珊瑚海岸各大港口工作的特权阶层人士喜爱。村子里有几家大型豪华酒店，还有许多属于富商和高级官员们的阔大敞亮的度假屋和周末别墅。但这个傍晚，西边天空中的火焰和黑暗笼罩着的大地却没显露出度假的气氛。就在劳伦斯到达之前，空袭警报拉响了，迎接他的只有迅速变暗的暮色，所有的街道都寂静而空旷，没有一盏灯亮着。在通往村庄广场的入口处，警察吆喝着拦住了车队，嗓门大得出奇，还好很快就弄明白了来由，赶紧一路护送劳伦斯他们到安排好的临时营地。

警察解释说，找个像样的民居充作临时营房并不容易。旅馆和民宅挤满了从外岛蜂拥而至、躲避战火的人，大多数是妇女、儿童和老人。为了躲避日本人，他们一接到通知就仓皇出逃，几乎个个妻离子散。日本人有一种不可思议的本领（说这话时他带着一丝酸楚），总比几小时前才发布的官方最新公报所指明的位置近上一百多英里。逃难的人们像牲口一样被推挤进火车，除了随身衣物几乎什么都没带，也不知道那些被抛在身后还没能挤上火车的父亲、儿子或是丈夫的下落。那警察一直礼貌、周到，尽力关照劳伦斯和其手下人的需求，但描述这一切时还是掩饰不住潜在的责备，好像他也在怪罪英国人对马来亚当下局势失败的把控。当劳伦斯的全部人马都安顿、掩蔽好后，一切就绪，警察陪劳伦斯去了村里最现代化的一家酒店。劳伦斯当然更愿意跟自己人待在一起，但他别无选择，因为他需要一部线路稳定的电话待命，直到与敌人的战斗真正打响。警察说，这家酒店正因此被选中。

天几乎已经完全黑了，只有闪电偶尔掠过黄色的云，让漆黑的夜晚充满了一种意味深长的不安；远方时不时会传来一阵雷鸣，让暗夜的沉寂变得断断续续。从雾气缭绕的树篱中，一群一群的萤火虫飞出，起舞，像一位巨人铁匠在锻造时迸出的火花，那座高耸的火山就是他的炉子，火山的紫与其身后不时被闪电点亮的云片交相辉映。每次从闪电造成的暂时性失明中恢复过来时，劳伦斯都会惊讶地发现，即使是在这样一个早已成形的定居点，丛林竟也如此之密，匍匐得离人们的住所如此之近。一出宏大的剧目即将进入高潮，这让他高度敏感，在这种心态下，丛林在他的眼里就像一只暗夜中耐心、警觉却又十分放松地蹲守着的老虎，一旦人们转过身来，它就会纵身一跃扑向村庄。就像从田野、溪流和稻田里一样，丛林里也升起蟋蟋阵阵热情高涨的鸣叫、蜥蜴歌唱般的振鸣以及牛蛙那震耳欲聋的鼓噪。听起来仿佛所有弱小、神秘的生灵都加入了它们的大合唱，感谢黑夜送走了白天总在它们周边四处游荡的天敌，感谢黑夜单独赠予它们成就自我、实现梦想的机会。劳伦斯头顶的正上方有一大片深邃、清朗的天空，电光一闪，它就像一片被珊瑚色云团环绕着的幽深潟湖，但在两者之间的黑暗处，也同样充满此刻正在他周围大地上震颤着的那种生灵万物的不安。银河也带着无穷无尽的深海磷光现身了，就好像光之母正在那些满是珊瑚的水域中产卵。

走到酒店附近，在原来那种光与声的急迫节奏以及行踪隐秘的生灵万物那惶恐不安的和鸣中，又加入一种新的声音。劳伦斯愣了一下，停下脚步，听出了一声微弱但拖得很长的呜咽。环顾四周，他勉强能辨认出一条廊檐长长的、暗淡的轮廓，那廊檐围绕着酒店客房 L 形的侧面，从酒店的主体建筑延伸出来，一直到酒店对着马路一侧的入口。呜咽声出自一扇拉着窗帘但仍露出些许微光的窗户，现在正是灯火管制时刻，这引得那警察喉咙里涌出一阵无言的抱怨。呜咽声突然停止了，接着像是一个新生儿在打喷嚏，然后又是一阵如释重负的呢喃，还有一阵压抑却满足、饱含深情的低语。显然，一位难民母亲刚诞下一个新生命。但劳伦斯觉得自己此刻的光景如此黯淡，被排除在了万物的创造过程之外，意识到这一点让他的心更加沉重，因为面对惨烈即将到来所引发的恐惧已经让他压力巨大。的确，当时他立在那里，本能地在心底重复着他最喜欢的一首圣歌的最后一句，在他接下来的日子里，那一句注定还要被重复多遍："耶和华是我的牧者。"但这并没有起到多大作用。他继续走向酒店主楼，走上台阶后他注意到，在那条长长的廊檐下，有几个怀抱着婴儿的印尼奶妈的身影，她们隐隐约约都在踱来踱去，想摇晃着哄怀里的孩子入睡，外面的空气新鲜，屋里黑灯瞎火的有点憋闷。夜空中，迅雷的搏动和闪电的翅膀正在拍打黑夜的边界，在从地面上升到光之母诞下点点繁星的天空的闪亮的光噪中，奶妈们拖着脚来回踱步的声音隐约可辨。

在酒店的接待大厅，借助烛光，劳伦斯发现酒店老板正无精打采地坐在他的办公桌前，心不在焉地忙活着什么。他显然神经过于紧张，一看见劳伦斯进来就蹭地起身，一脸惶恐。让劳伦斯意想不到的是，这家伙居然也一身肥膘，身上还散发着一股刺鼻的酒气。然而他并没醉。这是这座岛上的又一桩怪事之一。像酒店老板他们当地人爱喝的这种酒，英、美国军队中的大多数人都只能饮很少的量，尽管如此，自从登岛之后，劳伦斯还是从未见过岛上的哪一个欧洲人酩酊大醉。

看清劳伦斯身上的制服以及自己认识的那个警察之后，酒店老板一下子心安了，忙不迭地过来迎接。一阵热情周到但仍不失小心翼翼的寒暄过后，他为酒店里的黑灯瞎火道歉，说一旦空袭警报解除，他会立即推闸开灯。他解释说，在这种闷热的晚上，他和客人们都宁愿少开灯多开窗，不愿违反灯火管制令，房灯大开却门窗紧闭。鉴于空袭警报持续的时间从来都不很长，他想请劳伦斯先到酒店的休闲区小坐，为他送上一杯饮品，让他在那儿舒舒服服地休息会儿，直到灯火管制结束，这样劳伦斯才不至于要摸黑，可以很方便地住进自己的卧房。那房间条件不算很好，酒店老板又补充道，因为上帝知道，酒店里已经人满为患，到处都是心烦意乱的妇女、年老体衰的老人和过度疲乏的孩子，不过，那房间至少还有一部电话和……

那话还没说完他就突然停住了，紧接着又开始发问："听说美国海军在巴厘岛附近摧毁了日本入侵的舰队，有十五个师的海军陆战队正在苏腊巴亚登陆来帮助我们，这都是真的吗？"恐惧的阴影笼罩在岛民的心头，他们已经难以忍受，太渴望听到一点儿好消息了，所以那酒店老板才会如此唐突发问。

劳伦斯很清楚自己在做什么，他本可以直接否认那些谣传，可他不忍心这么做，只是回答说他没听说，那么重大的一场海战胜利、那么大规模的一次登陆行动，他都没听说过。于是那双本已充血的眼睛在烛光的映照下显得越发凄惨，酒店老板深深地悲叹了一声，呼喊道："啊，老天！即使消息不完全准确，总归也八九不离十吧。无风不起浪啊，对不对？无论如何，我相信很快会有好消息。不能再这样下去了，总是坏消息，然后更坏，再然后，比更坏还坏。我相信，美国人不会见死不救，他们不会像……"

劳伦斯相信，他的后半句原本是"像英国人那样"，但他突然停了下来，在关键处的一个高音上及时打住了话头，转而用那种本质上善良且思维简单的人常有的口气，急切而又毫无技巧地问："他们说朱莉安娜公主昨晚生下一个儿子，你知道这事吗？是真的吗？"

　　劳伦斯再次回答，很抱歉他没听说，也不知道此事的真假。正说着，他们进了一间宽阔、昏暗、带大阳台的房间，随后劳伦斯又被引领到一张不大的空桌子旁的一把椅子上。那应该是这里最后一个空位。房间里挤满了人，烛光因屋里有人抽烟而更显暗淡，人影一片模糊。从他所能看到的以及所能听到的周围涌动着的故意压低的声音判断，房间里大多是女人。似乎没有人注意到他的到来，他静静地坐了半个小时，没人打扰，有一句没一句地听着他们交谈，时不时看一眼那道无人关注的闪电，就像一位大天使的使者落在了敞开着窗户的窗台上。

　　从听到的只言片语判断，大家都在谈论眼前的这场战争，时不时还会对英国人的所作所为报以激烈的言辞。劳伦斯感觉自己像是个偷听者，很不自在。然而，更让他觉得震惊且值得注意的，一是那种恐惧的暗流，岛上这些人一直在不明就里地被其牵着鼻子走；再就是笼罩在所有人心头的紧张气氛，他们固执地相信眼前的一切不过是一段短暂的插曲，他们生活中的一切并没有发生真正的、永久性的改变，过不了多久还会一切照旧。在各种意想不到的时刻，这种恐惧的暗流会突然冲垮他们在神志清醒时有意构筑出的各类精神堤坝。他们不时会聊及各自最近经历的一些琐事，明显别无深意，但无足轻重的表象之下却浸染上生活前景日渐式微且吉凶难料的微妙毒素，就像打鱼人拖到岸边的渔网里的那些小甲壳类动物，让人难以下咽。他听到近旁的一位女士突然终止了正聊得热络的荷兰王室的话题，转而说道："你知道我们离开巨港郊外的住处的那天早晨，出了一件怪事。就在总督官邸传信让所有儿童、妇女和老人紧急前往疏散中心之前，我们家年纪最大的那个马来领班来到庄园管理处要求见我丈夫。他和我们一起有三十年了，是庄园所有苦力的头儿。他平常非常善良、体面、有礼貌，要多好有多好。但那天他突然出现在庄园管理处门口，问可不可以给他三打炼乳！"

"女士，怎么会有这种事？"附近暗处的一个老头叫喊道，他听起来很愤怒，似乎那个苦力头子所提的要求简直十恶不赦，"您说什么？一个马来领班竟敢提出如此无礼的请求？"

"没错，他就是这么干的。"那位女士斩钉截铁地回答。听到有人和她一样觉得这事闹心，她明显放心多了，于是也就更加言之凿凿，越说越来劲。"还有呢，我丈夫问他为什么要这么多牛奶，这么多年以来，我们给他的口粮多得惊人，难道他还不满足吗？但那人根本没拿正眼看我丈夫，说他没有什么特别理由，就是想要三打、三十六罐炼乳！"

"我希望你丈夫能告诉他，哪儿凉快哪儿待着去，真是厚颜无耻。"刚才那个老头或是另外一个人突然插话。

"哪能啊,"那女士回答,因为激动嗓门越提越高,"这正是这事最奇怪的地方!要搁一个星期之前,我丈夫对那个马来领班绝不会手软,我们一直对他都太好了,这样的要求简直是在胡闹。但那天我丈夫整个人像是给吓了一跳,只是愣愣地盯着那家伙看了一阵子,然后拿出身上的钥匙,打开储藏室的门,很没骨气地把牛奶给了他!"

"大错特错,简直离谱,"那个疲惫、苍老的声音又插话道,且毫不避讳地继续说,"那些牛奶只不过是一个引子,目的是想趁乱挣脱您丈夫的管控。我敢打赌,那家伙一小时之内还会回来,会要更多的东西!这帮家伙,你敢给一个奶头,他们就会把整头牛牵走!哼,他们就那德行!"

他为自己所讲的笑话乐不可支,咯咯咯地笑了起来。但这次没人附和。

"我搞不清他是不是又回来过,"那女人又接着说,"因为几乎紧接着警报就响了。不到一个小时,我就带着孩子们先走了。不过从那以后,我一直无法忘记这件事。我觉得那意味着什么,但我自己又说不清。"

她不再作声,但她刚才的话语却像只蝙蝠一样还在这个昏暗的房间里飞来荡去,四下传递着黑夜将至的讯息。劳伦斯说,那个房间突然鸦雀无声,只能听到死寂在吱吱尖叫。他想到这就是一场哑剧,其要诉说的是:这些土著人这么多年以来一直在渴望着的是人类仁慈的乳汁。这时，另一个女人的声音插了进来："我也有一件事搞不懂：这家酒店的老板任由这些侍者头戴一顶怪瘆人的黑帽子游来荡去，却什么也不做，这到底是怎么回事……"

"嘘！嘘！小声点。"看到一个侍者灵巧轻盈地走进屋子，另一个女人赶紧叫道。那侍者光着一双干净的小脚，走路没有一点儿声响。他一言不发，轻快地在桌子之间穿行，给劳伦斯附近的几个人端来了饮料。冰块倒进玻璃杯里的声音此时显得那么突兀、精确、冷静，完全没有人情味。然后侍者一声不响地离去，但在他消失在敞开着的门口之前，劳伦斯借着屋里的烛光清楚地看见了他头上那顶黑帽子的轮廓。接着，又是刚才发出提醒的那个声音："嘘！亲爱的，你真得当心了，一定要多加小心才是！我知道我们从来不跟这些人说荷兰语，但他们现在一定也学会了一两句，很容易听懂你在说什么……"

"他能听懂又怎么样？我巴不得全世界都能听到！"挑起这个话题的女人尖声回答，多少有些歇斯底里，"如果那个酒店老板还算是个人，就绝不应该允许这种傲慢无礼的行为，更别说容忍这么久。啊！亲爱的上帝！如果只留下这么个人来保护我们，那我们会变成什么样啊？"

她开始不管不顾地放声大哭，弄得整个房间都沉浸在无比悲凉的气氛之中。劳伦斯担心众人会受到感染而失去自控力，都开始痛哭，但就在那一刻，附近一家糖厂的汽笛声响起，宣告了空袭警报的解除。一瞬间，所有灯都亮了，刺眼的灯光仿佛一记大耳光抽在了所有人的脸上，打掉了这种歇斯底里症继续扩散的危险。女人们纷纷收腹挺胸，坐得更直了些，或是不由自主地开始轻拍并抚平她们的衣裳。

　　劳伦斯这才看清，除了一个老头，房间里坐满了各个年龄段的女人。那老头缩头缩脑地对着一杯饮料坐着，红肿的眼睛因灯光的刺激不停地眨着。劳伦斯对面的一张桌子旁边，一位中年妇女正搂着一位年轻女子试图安慰她。劳伦斯眼看着那年轻女子渐渐平息抽泣，不一会儿，就在那位中年妇女的搀扶下慢慢起身出了房间。

　　她俩走后，劳伦斯身后有人嘀咕了一句什么，他没听清。说话的人嗓门压得很低，语调、音质却很特别，劳伦斯不禁转头看了一眼。这时他听到另一个女人大声斥责刚才嘀咕那人："亲爱的，看不惯别人不难。但如果你也像她那样有三个小孩子需要牵挂的话，你就能理解她为什么放声大哭了。相信我，你非常、非常幸运，没有结婚，没有丈夫，也没有孩子在这种糟糕的时候需要牵挂，说实话，你的确非常、非常幸运了！"

　　这一次，劳伦斯听清了刚才嘀咕那人的回答："我没有看不惯。也正是因为替屋里的孩子们着想，这样的歇斯底里才更让我受不了。"那个声音停顿了一下，似乎在犹豫要不要继续说下去，然后又接着开口道："至于说运气，亲爱的，你那样的想法真是奇怪。"她说这话时语气相当平静，没有抱怨也没有责怪，有的只是一种类似乡愁的淡淡情绪。

女人们对彼此的事情总是很感兴趣，她们自顾自地聊着，没人理会劳伦斯，以至于有一段时间他可以自由自在地静心观察，而她们却全然不知。训人的那个女人的长相他没什么特别的印象，只记得她是一位身材魁梧、胸脯饱满的主妇，和在场的其他女人差不多。无疑，她应该是来自外岛某个经营有方的种植园主家里的贤妻良母，原本日子过得不错，身上自带的那种气定神闲即使在眼下也无法被完全掩盖。至于挨训的那位，也就是刚才嘀咕的那人，其相貌的所有细节，劳伦斯至今仍是记忆犹新。

她很年轻，也许只有二十二三岁。以女性来说个子很高。即使她还在一张桌子旁坐着，劳伦斯也能看得出来这一点。裙摆下，她的小腿光滑、圆润而格外修长，一条腿搭在另一条上。她双手交叉，掌宽，指长，优雅地轻放在膝盖上。脚蹬一双皮凉鞋，下身穿一件当地土布裁制而成的宽松长裙，深厚浓郁的棕褐色蜡染布上印有蓝黄两色的蝴蝶和花卉，那装扮与房间里的其他女人完全不同。上身是一件男孩常穿的简单朴素的白色开领衬衫，她把下摆像穿宽松的女装上衣那样塞进了裙子。一块红色的丝质手帕漫不经心地插在胸前的口袋里，两只衣袖整整齐齐地卷到自己胳膊肘上方。左手腕上戴着一个烧制的乔卡银手镯，脖子上戴着一条精致的环形金链，配有一个盒式小吊坠，里面的东西看起来像是一小块纯天然的巽他金块，有小鸽子蛋那么大。她双肩平滑，脖颈细长，透着一种天鹅般的优雅；面部端正，头形美观、大方。对于一位女性来说，她的前额显得略高且宽，脸稍长，接近于椭圆形。她不瘦，但也绝说不上胖。一副像是蒙古人的高颧骨下面，双颊向内微微弯曲。她的手腕和脚踝都很纤细，皮肤下面的骨骼给他留下了很好的印象，仿佛她站在这群人当中就像一个颇有教养的猎人，而其他人则都是围场里圈着的干粗活重活的高头大马。她双唇丰满，两眼分得略开，一双蓝色的大眼睛眼角微吊，蓝得那么强烈，近乎紫色。一头秀发异常柔美，又浓又密，从中间的分缝处直直地垂到她平滑的肩膀上，流光一样闪闪发亮。她没有化妆，光滑的欧洲皮肤尚未像在场的其他女人那样被当地的气候熏染成浅咖色。事实上，她的肤色是那么白皙，白得如此鲜亮，如此耀眼，他甚至觉得用灿烂、辉煌这一类的字眼也不算过分。劳伦斯现在告诉我们，女画家玛丽·罗兰珊有那么一幅早期画作，那女人要是生在那年月说不定真能做那幅画的模特。虽然他对罗兰珊谈不上喜欢和欣赏，但她的确是唯一能把这位年轻女人留给他的印象传递出来几分的画者。不管人们会有什么样的反对意见，罗兰珊画笔下的女性反映了一个拥有年轻、清新的眼光的女性如何看待其他女性。她画过一个年轻的法国女孩，那神韵在劳伦斯看来就酷似眼前这位逃难的女子，她现在就坐在印苏林达岛一家酒店的休闲厅，修长的手指交叉着叠放在膝盖上，脸似雕刻的一般，但那雕饰的背后满是活力与向往，满是希冀梦想成真的灵动；事实上他更想说的是，这就是那个尚未经历过男人的她自己。没错，这就是当时她出现在他眼前时的样子。在灯光霎时一亮、人眼由黑转花又由花转明的过程中出现在他面前的一个女孩，一个女人，且不仅是一个女人，而是所有女人中的女人。在那之前，一种灾难即将来临的感觉让他压力巨大，心神疲惫，满脑子都是些胡思乱想，直到眼前突然一亮，对这样一种视觉冲击以及由此所引发的异样情绪他完全没有任何思想准备。

　　这所有一切其实都发生在短短的一瞬间，那女人很快也注意到了他，并抬头直视着他的眼睛。劳伦斯霎时觉得仿佛被蜇了一下，不得不赶紧调转目光，但在此之前他已经明白，对于一个穿着陌生制服的陌生人如此密切地注视着她，她倒是饶有兴趣，那兴趣就漂浮在她清澈的眼神里，那眼神原本似晴朗日子里的一池春水，现在被风的小猫爪给挠了下。他真希望能再看她一眼，但就在这时，酒店老板来了，要领他去自己的房间。劳伦斯走出那地方的时候，其他女人这才第一次看清了他。她们立刻都闭上了嘴巴，一脸惊奇地打量着他。就连那个原本一直缩头缩脑的老头也动了动，坐直了身子。劳伦斯还没出门，就听到身后议论纷纷，人们开始对这个人和他来此的目的提出各种猜测，就像一窝蜜蜂在黎明时分又开始一天的劳动一样。

　　这一晚注定会动荡不安。午夜之前，他守着的那部电话响了两次，都在他迷迷糊糊快要睡着的时候把他吵醒。还在名叫

"船翻了"那座沉睡的火山的山坡上的时候,劳伦斯曾为自己安排了一名联络官,这两次电话都是他打来通报最新进展的。所有消息表明,环绕该岛的包围圈已经形成,且正在迅速收紧,似铁桶一般。在当天最后一抹晚霞中,由战舰和运输船组成的两支庞大的日本舰队已经开始向该岛进发:一支正对着该岛北面长长的海岸线中段急速驶来,另一支从西面扑向巽他海峡的港口和铁路枢纽,那里离劳伦斯所在的位置不远。没有任何消息显示该岛可能获得支援,哪怕是希望渺茫的暗示也没有。事实上,当劳伦斯问及总部的感受时,电话那头的联络官犹豫半天才憋不住似的脱口而出:"这样说吧先生,如果您真想知道我的看法,我看他们已经受够了,我也明白了,如果不能在丛林深处找到一个还能将就的藏身之所,我们很快就会全部完蛋。"

更让劳伦斯感到尴尬的还有他俩之间的信息交流方式。此前他俩已经商定,鉴于没有时间和人手来编码和解码,所以交谈时彼此都要穿插进一些学童们的胡言乱语,指望用这种办法让任何一个打算偷听的外国人迷惑。所以他不得不强装出一副笑脸,听着电话里面传出来的桑德赫斯特式的酷酷的语音,把诸如"我们很快就会全部完蛋"这样一句话故意硬生生给说成"我们——啊呢——很快——胡也的——就会——拉乌——全部——滴滴溜——完蛋——哈拉"。

这个村庄的守更人和丛林附近的几个自然村落一样,大竹梆在两次电话的长间隔里一直"嗵嗵嗵"响个不停,仿佛丧钟,充满了不祥之兆，听得人心里直发毛。有一阵，他正烦乱地在房间里踱来踱去，走到窗户近前时，突然听到远处传来一阵急促、混乱的动静，随后又被一种深沉的、持续不断的震动所压垮，像远方一条大河的洪涛正源源不断地滚入地球上某个难以想象的巨大鸿沟。他用指尖碰了碰窗户玻璃，感受到了它的震颤，就像一个人被冻得瑟瑟发抖一样。接下来的一个多小时，夜色被这种深不可测、极度烦忧的恐惧感完全覆盖；然后，它又戛然而止，和开始时一样突然。从过去的经验看，他断定那骚乱来自遥远的西部，是炮火的声音，这也直接表明，属于他的那个时刻，不管将意味着什么，已经临近。想到这里，那个女子的形象忽然跃至他的眼前，栩栩如生。那是她第一次注意到他时的模样，还显露着惊讶和一丝慌乱，他仿佛又听到那个特别的声音在说："至于说运气，亲爱的，你那样的想法真是奇怪。"

他起得很早，急急忙忙下楼吃早饭，以便能尽早赶去和自己的部下会合。他原以为自己会是第一个到餐室的，但她，却已经先他而到了。她独自坐在一张餐桌旁，等着上菜。一双手还像上次见到时一样，合拢、交叠着放在她的膝盖上。她临窗而坐，正深深地呼吸新鲜的空气，晨光从她的秀发间蜿蜒穿过。他隔着几张桌子坐下，也是临窗，但面对着她。一个侍者，头上不可避免地顶着黑帽子，默默出现在桌边。他点了早餐，吩咐侍者尽快端来，然后抬头，发现那姑娘正目不转睛地盯着他。

她没有任何要回避他目光的意思，他发现自己不由自主地起身、立正，就像岛上的那些男人那样，轻鞠一躬。慢慢地，她举起左手，男孩子气地在她平滑的肩膀上短暂地轻握了一下，回以问候。

恰在此时，酒店老板拖着肥胖的身躯，一路碎步着急忙慌地闯进来，大声喊道："劳伦斯上校，劳伦斯上校，快！快！总部有电话找你。他们说事情非常紧急。"

"该死！"劳伦斯小声咒骂了一句，把餐巾扔在桌上，急转过身立即跟上往回跑的酒店老板："你就不能光说有电话找我，别提总部总部的行不行？"

然而，还没等他把刚才那句话说出口，睡眼惺忪的酒店老板就一把抓住他的胳膊，二话不说把他硬推向大厅里的一个公共电话亭。那家伙还带着一身杜松子酒和啤酒的气味。

"我把您的电话接到这儿来了，"他上气不接下气地粗声解释道，"你一个人在里面打吧，省得跑上楼到房间里接。"

他边说边打开电话亭的玻璃门，把劳伦斯推了进去，再把那门从劳伦斯的身后关上，然后，向后退几步，双臂交叉环抱，两脚分开，站在约四码开外的地方。现在，他的眼睛就可以盯着眼前这位男主角不放了。几乎同时，他手下的那些侍者们也都围拢来，立在他身后，头上都顶着那种黑帽子。劳伦斯身体往后靠在电话亭的一面玻璃墙上，电话听筒紧贴着一只耳朵，再用一根手指捂住另外一个耳孔以隔绝所有的外部声音。这时他抬眼注意到，亭外正对着他站立的这个奇怪的小群体相互紧靠在一起，仿佛都已经预感到大祸将至，都开始变得神情恍惚，他们以往可从不这样。

"喂，我是劳伦斯！"他开始对着话筒说话，语气故作轻松，就好像对方打电话过来只不过是想邀请他共进一顿晚餐。

"是您吗，先生？"尽管长途电话线路里噼啪声不断，他还是一下子听出来那位联络官的声音，绝不会有错。现在，对方也开始装出一副漫不经心的腔调。"我想情况是这样的，先生。'小鬼子'现在正在三宝垄港和泗水港之间的北海岸大规模登陆。我方舰队的最后一点儿力量，三艘残破的战舰，昨晚在巽他海峡一带遭遇了入侵西面的'小鬼子'的主力，严重受损，最后都沉没了。'小鬼子'已经夺取了孔雀港的铁路站点，正在周边数英里的海滩上大举登陆。到目前为止，还没接到任何陆地上的小规模交火或其他冲突行动的报告……"电话里的声音犹豫了一下，然后又接着说，"是这样的先生，我想我最好还是实话实说……虽然不敢肯定，但我相信这些家伙无意在滩头阵地上跟'小鬼子'硬拼。我估计他们会尽快把所有部队回撤到这片高原。即使真打也是在山上打，或是沿着山路的各个关口布阵。我想你还是赶紧做好准备，因为'小鬼子'很快就会扑向你那边了。"

"好的！好的！干得不错！就是那样！显然没错！"劳伦斯对着电话不停作答，语气夸张，话语却相当平实、简练。他故意这样，为了安抚那些正透过电话亭的玻璃往里窥视的面孔，他们现在就像那些爱耍阴谋的家伙在窥探占卜师的水晶球；同时，劳伦斯也是为了对付另外的一些耳朵，毫无疑问，整个长途电话线路沿线所有的交换机上都有接线员有意或无意地在监听。"说下去。接着说。说啥都行。就是别挂掉，让电话占着线。我得理理，理出个头绪。把你告诉我的东西弄明白、想清楚。"

接着，他在电话亭里继续待了至少整整一分钟。电话听筒依旧紧贴着耳朵，他假装还在听，听得专心致志，实际上，对方说了什么他一句也没听进去，反正也都是些胡言乱语，只是为了故意拖延一会儿而已。他自己并不需要这一分钟。一切都正如他所料，尽管内心深处一直不希望这样的局面真的出现。他非常清楚出了电话亭自己该怎么说，但他想给人一种漫不经心、从容不迫的印象，以抵消酒店老板冒冒失失、着急忙慌的举动所引发的人心惶惶。理清这些之后，他格外从容、审慎地对电话另一端的联络官说："你最好马上就把联络任务移交给荷兰军队跟你同级别的军官，告诉他和我保持联络，及时通报情况。然后你去把剩下的人集合起来，尽快赶到我这里来。还有什么问题吗？"

"没有了，先生，没有了。遵命！我立即照办。真高兴能回到你身边。"现在，什么也掩饰不了联络官声音里那种如释重负的感觉了。

劳伦斯挂断电话后又在亭子里继续站了会儿，他打量着酒店老板和其身后的那些员工，就像一个正在舞台的一侧观摩演出的演员。就在此时，他注意到身旁一侧的玻璃上有一个模糊的身影在晃动。环顾四周，他看到了那姑娘的脸。她独自站在亭外，面庞几乎贴上了玻璃，一双蓝眼睛睁得大大的，仿佛正在说话，且直言不讳，但它们所有的表达都浓缩成一个带有某种压倒性的问题。那目光深深打动了他，因为它与酒店老板和其员工的眼神完全不可相提并论。不过现在，如果他继续在亭子里待下去，就会抵消他刚打算要刻意为他们制造出来的那种印象。于是他慢慢打开门，走出了电话亭。酒店老板立刻迎了上来，当然是想打听消息。他很清楚自己没有权利打探任何军事机密，但仍然请求劳伦斯多少透露一点儿，只说说那消息是好是坏也可以。

劳伦斯一脸平静地告诉他，此次通话只是涉及他所承担的军事任务的相关情况。刚才的电话就跟昨晚的来电一样，都是例行公事，是他的上级打来的，而且这样的电话还会一个接一个。他还说，正如酒店老板所知，他是个英国军官，此地他又是初来乍到，还两眼一抹黑。所以，一知半解的情况下更不能随便乱说，说了也容易以偏概全。他又说，只有荷兰当局的官方消息才是真实的、完整的、可靠的，并且他确信，真要是有重要的消息，官方一定会尽早通过无线广播正式宣布。接着，他又客客气气地请酒店老板原谅，说他的早餐已经端上来了，他要赶紧吃完，因为还有一大堆工作在等着他。

听完劳伦斯的一席话，酒店老板将两只肥胖的大手朝他面前一摊，以一种夸张的姿态表示服从，但心里想必很是不满，估计会觉得劳伦斯未免太过谨慎，完全没必要。他嘟囔了两句，意思是如果电话里是好消息，劳伦斯早就说出来了。嘟囔完，他使劲拍了拍自己红扑扑的胖手，喝令侍者们各就各位，重新站回桌子旁，似乎这一通吃喝能排遣他心中的失望和不快。他的手下一个个赶紧抽身往回走，小跑到餐室，动作轻快得像一群女孩子，然后一动不动地站在那里，脑子里还在回放刚才发生的一幕。如果不是因为各自头上的黑帽子，他们可能更像是出自巴厘岛世袭雕刻家之手、用他们本地的贾蒂树雕刻而成的一组雕塑。

现在，只剩下劳伦斯和那个女人还站在那里。她还在盯着他，眼神仍然带着恳求。她先开的口，语调和劳伦斯第一次听到她说话时一样，只是比那次音量更小、更轻柔些。她伸出手，好像在强求施舍，问道："请告诉我，您在电话里都听到了什么？"

"我刚才已经对酒店老板说了，你也听到了。恐怕……"他有些机械地回答。

"哦，请不要对我说这种话！"她直接打断了他，大眼睛里第一次流露出一种自己失败了的阴影，"你不要对我说'不'。"说完她顿了一下，仿佛她刚出口的那两句激昂的话语蕴含着一种不言而喻、不证自明的道理。她直视着他的眼睛，甚至有点挑衅的意味。与此同时，她又用左手捂住了自己的心口，似乎准备在它承受不住时托住它。

"为什么不可以？"劳伦斯也不明白自己怎么会突然这样问她。

劳伦斯过往所经历的一切，让他习惯对一切自然情感保有质疑，为此他一直担心，在处理自己或他人情感方面的问题时，他总是缺乏高超的"技巧"。然而现在，对眼前这个女人，他却生出一种异乎寻常的情感，觉得自己和她有某种特殊的联系，从而要为她担负起一种特殊的责任，那种感觉强大得简直令人生畏。这是那次邂逅最令人困惑不解的地方。因为在那个时候，没有什么比这样的情愫更荒谬、更不合理的了。然而，回头再看，当意识到那种感觉是多么准确、精妙时，他又唏嘘不已。他发现她身上具备一种独特的气质，从昨晚无意中听到的那位平日显然优越惯了的太太训斥她的那些话语来看，这种气质她周围的人既不知晓，也不具备，纵使有，也肯定无人能及。这个发现把一份特殊的责任感压到了他的肩上，因为我们每个人，最终还不都是不由自主地按照我们自己对他人品质的某种特定认可来生活，而并非按照所谓的普遍标准来行事的吗？然而，能不能有勇气直面自己的发现和认定又是另外一回事，那还需要一个过程，有时还会极其缓慢、格外痛苦。就在那个清晨，在酒店大厅，他也只是刚刚意识到，在他过去的教养、一种建立已久的责任感和对那女人产生的陌生而奇异的感觉之间存在冲突。正是觉察到了冲突，才让他的问话显得唐突无礼，甚至可以说是粗鲁，而实际上，他只是在对另一个自己举止粗暴而已。

令他意想不到的是，她似乎一眼就看穿了他那唐突无礼背后的内核及矛盾心理，甚至因此受到了鼓舞。

"为什么不可以？"重复了一遍他刚才的突兀提问，她马上又接着开始自问自答，"因为我必须要知道。我不能再靠各种谣传继续撑下去。如果还不能从某个地方找到真相——我当然说的不是全部，我说的只是部分，部分但完全真实——将其作为支点重建信心，我就会彻底迷失。你不知道过去几个月我们是如何被谎言所愚弄的……他们说这是为了我们好，就好像我们还是些需要动听的睡前故事哄着才能入睡的孩子……那办法对于像酒店老板那样的男人，还有这些可怜的、不幸的女人以及她们疲惫不堪的孩子可能适用，但对我，不行。我一生只害怕一样东西，那就是隐而不宣的黑暗。周围其他人可能不得不靠幻想撑着，可能需要谎言来引领他们走到最关键的那一刻。如果得知我相信你肯定已经知道的那些消息，他们可能会惶恐不安、惊慌失措。我不会。只有一件事会让我真的恐慌——什么都不知道。"

她一口气说完这些，一点儿没有支吾，但在恳请劳伦斯告诉她真相以帮助她变得更有力量时，她的嗓音却更加深沉、更加有力，澎湃的激情几乎模糊了她言语的清晰度。她着重指出，他是唯一能帮她的人，既然如此，那他就必须伸手相帮。她认定他是一个很有荣誉感的人，她正是因为这一点才冲他直面而来。接着她又言之凿凿地补充道："再说，你不能告诉我在某种意义上我已经知道的事情。你只可以给那恐怖一个名字、一个时间，还有一个地点。不管你觉得你掌握的消息有多可怕，那也比不上我过去几个月内心感受到的那种无名恐惧。哦！我倒巴不得你能明白，我感到灾难一直步步逼近的日子已经有多长了。近几个星期以来，我甚至能闻到空气中开始弥漫死亡的气息，而今天，我知道它已经近得不能再近了。但我向你保证，我不会向其他人吐露半分。不管情况有多糟，我自己都能扛得住。"话到这里，她做了一个仿佛很有说服力的手势，就像一个陶工在做示范，以证明其拥有足够的黑陶土来塑造一个容器，可以放心地储藏生命所选择注入的一切。

此外，劳伦斯说，她的一席话语，不仅充满着一种昂扬的确信，还带着一种发自肺腑、出自本能的诗意。这种诗意放在酒店客堂里很不协调，而且对她来说无疑也相当陌生。然而，在义愤填膺的命运开始复仇、一切都在瞬息万变的那个至暗时刻，在那个远东版本的复仇三女神欧墨尼得斯的世界，当命运把他们两个都征召到了古老的合唱队中来的时候，与之相比，没有其他任何言语能更为恰当、适宜。而且，劳伦斯以一种近乎在恳求我们理解的语气补充道，他完全被她说服了。他突然相信，在他一生所做的所有决定当中，这一次，说还是不说，一个仿佛最无足轻重的选择，此刻却成为至关重要的一大抉择。他没有犹豫。甚至觉得也根本没有必要让她再次发誓保守秘密。他告诉她了。置所有的规则于不顾，无视他所接受过的一切训练和教养。他直视着她的眼睛，轻声说："他们登陆了。"

"我猜到是这样，"她回答，表情没有任何变化，"何时？何地？离这儿很近？"

接着，劳伦斯一口气把自己知道的一切和盘托出。他惊讶地发现，他们俩之间的交流竟在一段时间之内不带任何情绪，谈话的内容平淡直白，完全是在就事论事。

最后她问："荷兰军队就任由他们登陆，不反击、不抵抗吗？"

"恐怕是的。"他回答。

"登陆的日本人有没有可能被消灭或是重新被赶回大海？"

"我不这么认为。"

"能从外部得到救援的可能性有多大？"

"恐怕没有。"

"如果我们能找个什么地方先挺着，等着救援到来，也一点儿希望没有吗？"

"恐怕不会有。"

"我明白了。"她不再说话。然后抬起眼睛，越过劳伦斯，凝望着户外。白昼正在那忧郁的、晨雾缭绕的、仿佛摇摇欲坠的大地上慢慢展开。又过了一会儿，她用一种前所未有的极低的嗓音问道:"你说过,有一个登陆地点离这儿很近,叫孔雀港。他们到这儿要多久?"

"不好说。那要看我方的军队怎么打。"

"你听起来好像不太自信,是不是你在怀疑我们的士兵不会全力投入战斗。是这样吗?"

"在海边他们不打……在这里,也许。"

"只是也许?"

"是的。只是也许。我还不能确定。从目前的迹象看,情况并不乐观。但战斗也许会沿着你们内陆高原的广大边缘展开,那都是迎敌的好地方。也许这就是你们的军队指挥官一直在等待的事情。如果一切顺利的话,这个村庄很快就会成为开战的前线。"

"如果一切顺利?"她尖声重复着他刚才的话,仿佛不相信自己的耳朵。

"请原谅!"劳伦斯的脸上第一次开始有了笑容,他赶忙解释道,"我刚才的说法纯粹特指一种军事意义。从军事上讲,让敌人为这个岛而战,把他们拖在此地,意义重大。敌人在这里打得越艰难、时间越长,我们就能赢得越多的时间从外围组织起一场更大的战役,那将使我们夺得最终的胜利。"

"你的意思是说,我们在这里会输,但在其他地方会赢?"

"不管这里是输是赢,我们都将赢得最后的胜利。"

"你真的相信你说的?"

劳伦斯说，她之所以会这么问，既不是真有什么怀疑，也不是需要得到一个肯定的答复，而是因为长久以来她一直被骗，已经给骗怕了。所以现在听到任何一种新的说法，她都要不由自主地在自己的脑子里反问一下、琢磨一下，就像一个人以前总是收到假币，现在到手的每一张新钱在最后收下之前她都会反复观看、摸弄一番。他说，她的这种毅然决然里面确实包含有一种最高尚的东西，就是决不让真相的任何一个细节逃过她的火眼金睛。与如此崇高的一种精神相比，劳伦斯怀疑自己的回答一定有许多地方显得不够充分，也缺乏想象力。但有一件事他觉得还挺欣慰。他抵挡住了所有诱惑，没有给她投下任何虚假的希望。当他再次望向那张可爱的、年轻烂漫却又格外令人心酸的面孔时，一种从未有过的感动霎时间油然而生。

他回答得很真诚，尽管那种腔调变得连他自己都快要难以分辨："是的，我相信。而且还不仅仅只是相信。我是清清楚楚地知道，就像你几个月前就知道我们现在所面临的恐怖终将到来一样。"

现在该轮到她自己说服自己了。她的脸上已经没有了那种质疑的傲慢；她的精神虽然历经磨难，遭遇种种幻灭，但她的谦卑心还在，还可以谦逊地被说服。渐渐地，她脸上的冰霜开始消融。

她的十指在颤抖，颤抖着伸过来握住劳伦斯的一双手，这让他错愕不已。她用一种只有气息但却近乎无声的口吻对他说：

"谢谢你所做的一切。"然后又举起他的手,贴在自己的脸颊上停留片刻,放下,迅速转身,像是要朝大厅另一边的楼梯走去。

她做这一切的动作那么连贯、迅捷,劳伦斯担心她会被刚才所听到的给压垮。他本能地抓住她的胳膊,一把又她拉了回来。"我吓着你了。"

她转过身又面对着他。他以为他担心的没错,因为她眼里果然含着晶莹的泪花。

但她却回答:"恰恰相反,你帮了我大忙。"

"那为什么还要哭? "他问。

"你不知道吗?眼泪有各种各样的,"她答道,并试图微笑,"现在流的就是一种奇怪的、不太舒服但却近乎解脱的眼泪。"

"可酒店老板和看到我们谈话的那些侍者不会这么认为。"

"我的上帝! "她轻呼道,仿佛受了惊恐,"你竟然这么信任我,那可就太糟了。"

劳伦斯接着说:"我想不如这样吧,我们现在一起过去,把我们的早餐吃完,就像什么事都没发生一样。"

一想到他说的那种情形她忍不住做了个鬼脸,这让他一下子乐了,说:"我知道你的感受。每次投入战斗之前,我总免不了会想,这一仗打完,我可能就再也没有下一顿了。不过想归想,该吃吃,我总是强迫自己去吃,结果,效果奇佳,很有帮助。试一试吧。"

"嗯,我保证。不过,我突然想再去洗个澡,"她回答,"然后再换一身衣裳。要不了多长时间。那时候，你就能看到我大吃一顿，吃下几天来最丰盛的一顿早餐！"

说完，她转身上楼。劳伦斯希望自己没有看错，也不是想象，但她的脚步的确更轻盈了，甚至还像是在跳跃似的。

但不管她都干了些啥，反正花了不少时间。劳伦斯等不及了，只得悻悻地离开酒店，匆匆赶往那个临时兵营去和他的一干人众碰面。尽管她还没有露面，但劳伦斯却不得不离开。他把全体人员召集到一起，向他们通报了他所知道的一切。长期以来，指挥小股独立部队的经验早就教会了他要尽可能多和自己的下属分享情报和行动计划，而不要去管他们的军阶如何。他告诉他们，同属一个部队的其他成员将会在天黑前加入。他要求他们仔细检查、检修一遍所有的车辆，清点所有的补给，除了一个负责值守的小组，其他人都要到村庄外那座在太阳底下呼呼酣睡的大火山跑上跑下一次。从即日起，所有人每天在完成各自手头的例行工作之后，都要去火山那儿跑个来回，因为很快，他们还能不能活着，在很大程度上就要依赖他们各自的体力和耐力。大家各自忙活的时候，他自己会带上另外一个人朝敌人预计来犯的方向走上一趟，仔细勘察地形地势，尽可能掌握更多的第一手资料。他确信，从今往后，电话里一定会充斥各种稀奇古怪的谣言，而前沿实地侦察将是他们获取准确信息的唯一途径。尽管如此，他还是派了一名军官在他入住的那家酒店负责值守那里的电话。只要有可能，他就会设法和他联系，但如果一两天之内没有他的任何消息，大家也不必觉得奇怪和慌张。

劳伦斯解释说，絮絮叨叨说这一堆，并不是在故意炫耀他那一段军事冒险故事，他绝无此意；之所以要告诉我和妻子这些，只是为了让我们能明白接下来为什么，既然他都已在内心和想象当中承认对那女人负有某种责任，不管承认方式有多混乱和不可思议，却不能为她再多做一些事情呢？不过，离开酒店之前，尽管时间紧迫，又即将赴汤蹈火，他还真提笔给酒店老板写了一封短信，恳请他与荷兰当局取得联系，乞求他们立即将妇女和儿童疏散到高原中心的主要城镇。他确信，能让他们安全一些的办法唯有达到两点，一要人数众多，二要离战场足够远；只有如此，等到真遭遇日本人的时候，那些士兵狂热的战斗激情才可能已经开始减退。他也知道，如果他给酒店老板的信真成了现实，那他也许就再也见不到那位年轻女子了，而且一想到这一点他的确开始痛苦。几个小时以前他才第一次见到她，所以他那痛苦说出来真是既荒唐又不合情理。然而他也不得不承认，如果不是因为她，他也许不会给酒店老板写那封信，因为信上所说的事情与他的军事任务毫不相干。最后，在确保他的全部人马已经做好一切准备、随时待命出征之后，他出发了，沿着大路向巽他海峡的孔雀港走去，那里，就是敌人昨晚登陆的地方。

他日夜兼程，一走就是好几天。其间的诸多细节，这里倒无须赘述。但有一点还是有必要提及，因为它跟接下来所发生的重大一幕可谓息息相关。那就是，自从他登上那座岛以来，那种一直在威胁着他的毁灭性的感觉，显著加深了。它让人觉得自己无所归属，所做的一切也毫无意义。就在那几个昼夜，阳光下，是广袤无边的珍珠母贝般的冷漠；夜幕下，生灵万物的不安频频闪现，战战兢兢的守更人报警的竹梆声此起彼伏。而且那种感觉的加深也并未随着装备精良、补给充足的荷兰海岸警备师的撤退而减弱，他一度曾与之多有纠缠。最担心的一种局面还是出现了，因为这个师在没有向敌人开一枪的情况下，正以最快的速度向他身后的那片蓝紫色的高地回撤。然而，在回程的路上，他又振作起来了，因为他在一个不完整旅的战地指挥部待了一个小时，那个旅和他同属一个大部队。夕阳西下，万物的身影被越拉越长；风起云涌，天空变得越来越庄严肃穆；放眼望去，丛林一直延伸，最后消失在地平线上的雨烟中；在这样的背景下，他注视着那一小群澳大利亚战士，他们正在挖战壕，准备迎敌。这些人身上都见不到赘肉，而且个头都异乎寻常地高。他们是一支非常年轻也相当漂亮的队伍。士兵们光着膀子在构筑防御工事，异国的骄阳在两年的战争期间把他们的肩膀晒得黝黑。他们似乎都很沉着冷静、无惧无畏，尽管他们也和劳伦斯一样刚登岛不久，但他们的一切行动都显得那么从容不迫、目标明确，正如他想象中的斯巴达人在塞莫皮莱隘口所做的那样。

劳伦斯把他在旅途中的所见所闻告诉了他们的指挥官，一位久经沙场、曾在一战时做过一支远征军副指挥官的老将。那位准将笑了笑，那笑里满是一种早已认命、随遇而安的恬淡，说这些情况他都知道。他和他的人马在此的任务就是扼守这条要道，防止其落入日本人的手中，直到荷兰军队完全回撤到他们的内层防御圈为止。这项任务完成后，当然如果能完成的话，他也要下达停止战斗的命令，并照着荷兰军队的样子也往内地回撤。说到"当然如果能完成的话"这句时，他带着澳大利亚人常有的那种鼻音，脸上还露出了一丝苦笑似的揶揄。

劳伦斯问，敌人什么时候会开始向这里进犯？那指挥官回答，照他们现在这种快速逼近的态势，他认为第二天拂晓以后战斗就有可能打响。他还提到，对劳伦斯来说，最好的办法就是原地不动。一旦他的澳大利亚部队与日本人接上了火，他会立即与劳伦斯联系，并视情给出一个方位建议，一旦他们停火，该位置应该能为劳伦斯提供一个绕到敌人背后的最佳机会。

日落之前，劳伦斯回到了他们的临时营地。他打开地图，发现澳大利亚部队的阵地离他们所在的村子并不远，如果开车，要不了二十分钟就能赶到。这让他吃了一惊，当即决定安排一名骑行通讯员到澳大利亚部队的总部值守，以防敌人的先头部队夜间潜入，切断他们两地之间的电话线。在通往村子的各主要路口他增派了岗哨，并派遣一名通信兵准尉去接管那家酒店里的电话交换机。他还下达命令，整个部队天一见亮就吃早饭，然后整装待命，随时准备出发。为了让全体官兵能更明白无误地理解他的命令，他又以一种尽量不消极的方式把前线侦察中的所见所闻一五一十告诉了大家。他还费了不少口舌相当详细地描述了他在那一小队澳大利亚战士构筑工事工作现场的见闻，并着重强调了他们那种令他印象颇为深刻的精神、气度和举止。最后他总结说，如果运气不错、应对得当，在接下来的四十八小时里，他们就可以摆脱与回撤部队的纠缠，安全地进入属于他们自己的那个在当地开展丛林游击战的环境。交代、布置完一切，他把他的副手叫到一边，说他打算回到酒店，争取好好睡上一大觉，此前一连几天他都没踏实地睡过一回。临了他又特别叮嘱，除非万不得已，否则别打扰他。

回酒店的路上，太阳已经彻底没入地平线，但整个西部天空最后的晚霞还依然五彩缤纷。有一团雷雨云特别耀眼，从底部到顶端都在发出石榴红的璀璨光芒。沿着沟渠和树篱，萤火虫成群结队地一路汇集，准备去参加它们夜的嘉年华。蝙蝠和飞狐数量多得惊人，在他周围上下翻飞，扑打着褐色的空气，发出它们特有的那种丝绸质感的吱吱声。跟他刚到的那个晚上不同，眼前的酒店上上下下里里外外不见一点儿灯光。

劳伦斯心想："看来酒店老板已经照我说的做了，他们已经将妇女和儿童全都疏散了。"他的这一结论很快就会得到那位代他在酒店值守电话的部下的证实，那人正在酒店大门口，出来透气。两人相见，劳伦斯听完他的报告，在准许他离开之前问道：

"为什么今晚这里这么安静？"

"啊，长官，你不知道吗？这两天他们一直在疏散妇女和儿童。"他的部下回答，"我想最后一批应该是在日落前离开的。酒店里几乎已经空了。如果老板的话可信，大多数本地员工也应该都逃了。"

劳伦斯没再吭声，独自缓缓迈上门口的石阶，往那个玻璃电话亭所在的大厅走去。"看来就是这样了。他们都走了。走光了，兴许连老鼠也一只不剩！"他忽然好生奇怪，怎么会这么失落，甚至是痛苦呢？然后他明白了个中含义。他只是在用"他们"一词告诉自己，"她"已经走了。虽然他尽了最大努力设法让那姑娘在他完成侦察归来时能够转移到安全的地方去，可是他心里一定暗暗怀有一种前后矛盾、异想天开的期待：她能够留下来。

"都走更好，"他想这样告诉自己，"我需要集中全部精力来完成接下来的任务。"但对这样的说辞，他自己好像一点儿也不为之所动。

从大厅远处一侧一间办公室的入口方向，他第一次发现这幢建筑里还有一缕亮光。走过去，酒店老板正坐在办公桌前，头侧着枕在自己的胳膊上，呼呼大睡，鼾声如雷。劳伦斯先叫了他一声，见没动静，便绕桌子走过去摇了他两下。他还是一身酒气，像是喝了不少杜松子酒。又过了一会儿他才睁开眼睛，无力地朝劳伦斯笑了笑，嘴里咕哝了几句什么，劳伦斯也不明就里。然后他脸上的笑容突然僵住，接着开始消退，他明显醉了，但透过意识上的一道裂缝，他把自己内心正在迅速涌起的恐惧浪潮全都显现在了那张半僵的脸上。他的表情是如此惊恐，劳伦斯认为酒店老板可能已经受到了某种神秘的暗示。那暗示如果真的存在，应该是关于他的末日的。三十六小时后，以其向日本军官鞠躬的深度不足为由，他在自家酒店门口的台阶上被刺刀捅死。尸体被东西撑住架在村里的广场上，摆了好几天。但那种惊恐万状之相又很快消隐，满是血丝的一双眼睛重新闭上，脑袋一垂，落到自己仍还伏在桌面的手臂上。他又睡着了。

"可怜的家伙，真是可怜！"劳伦斯想，不打算再唤醒他，"趁一切还好，能睡睡去吧。"

他转身又往回走，来到带阳台的餐室，想看看还能不能找到一个侍者点餐。餐室的一排窗玻璃上，最后的晚霞还在燃烧。屋里黑洞洞的，乍一看像是一处已经废弃的场所，空无一人。不一会儿，远处的阴影中现出一个很老的侍者，琥珀色的脸颊，皱皱巴巴的脸皮，像个熟透了的百香果，却头戴一顶崭新的黑帽子，看上去极不协调。他走到劳伦斯跟前，和岛上所有的当地居民一样，淡然而优雅地鞠上一躬，声音不高不低地说："晚上好，老爷。晚上好，大人。"

"半小时后你能给我弄点晚饭来吗？"劳伦斯问。

"好的，老爷。老爷想要些什么？"

劳伦斯点了一份便餐，随后又问："其他服务员呢？怎么就你一个当班？"

"男孩子们啊，"老人说，荷兰人用"男孩"来称呼他们在本地的仆人，"男孩子们都回家去了。只有店主老爷、电话老爷，就是接线员，还有老阿卜杜勒和他的妻子在厨房。老爷，我得告辞了。"

"那你们几个为什么还不回家？"劳伦斯忍不住接着问。

"我们都太老了，老爷，"他回答道，"这里就是我们的家啊。"停顿了一下，一想到再这样跟一位大人扯他那些微不足道的私事，那就太不合规矩、太有违当地的公序良俗了，于是他赶忙补充一句好结束这场对话："老爷还想要些什么吗？"

"你能给我拿点喝的来吗？"劳伦斯回答。他突然意识到自己好累，觉得在吃饭、洗澡前喝点东西对他有好处。

坐在一扇打开着的窗子旁边，他静心潜听外面夜幕开始铺天盖地撒向那片沃土的急促声响。天生怕黑的长臂猿匆匆爬到酒店后面丛林里最高的树上，即使是身处最高处它们肯定也睡不安生，他听见它们的长啸渐渐变成一串串短促的呜咽。猿猴的声音跟人类非常像，仿佛直接发自创世之初的第一个人，那是他在发现自己被强大的敌人包围时所发出的痛苦呐喊。劳伦斯想，他现在身陷困境的这种方式是多么古老，又多么不光彩啊。然而，生灵万物要等到何时、还要怎样才能彻底摆脱这样的困境呢？

就在这时，他听到有人朝他走来。他以为是那个老侍者端饮料来了，所以就头也没回，仍旧一动不动。他宁愿继续直面那势不可挡的夜色，继续盯着西边地平线上那一抹似火的残霞。

接着，他听到身后的一声"晚上好！"。立刻，他认出了那声音。

他怎么也想不到她会出现。在他看来，这一直就是个明证，证明他已经多么认真地接受了他再也见不到她的这个事实。

他几乎可以说被惊得一跃而起，然后脱口而出："你怎么还待在这儿？我还以为你们都已经走了。"

"我没走，"她平静地回答，一点儿也没有因为他态度粗暴而生气，"还有几个年轻点的也没走掉。下午转运的车都挤满了，没我们几个的位置。他们安排我们明天一早出发，如果还不是太晚的话。"她停住话语，试图在昏暗的光线下分辨出他脸上的表情，但做不到，然后她又用她第一次向他提出请求时的那种语气问道："是不是已经太晚了？"

他拉过一把椅子，让她坐到他旁边，然后告诉她，的确已经很晚了，而且非常危险，但也许还不算太晚。不过，这话的前提是她必须确保第二天一定走掉，不再耽搁。他恳求她，如果明天没有汽车、卡车或火车可以搭乘，就是光腿走也要赶紧走上大路，往内陆方向去。这条路上很快就会挤满友军的车辆，他们不会拒绝捎带她一程。岛上各地的地面部队都在往内陆回撤，无论其他地方发生什么，这条主干道在一段时间之内都不会有问题，因为他知道有人在拼力保护它，会为它而战。他不知道日本人针对这些保护者的军力部署会有多强大，不过，根据敌人过往的作战形态，他推测，在第一次交火后，即使用不了两天，至少也需要二十四小时，敌人才能聚集足够的力量冲破保卫这条主干道的防线。

他如此确信他们会投身战斗的那些士兵都是些什么人？在他俩上一次的对话中，他不是对来犯的日本人是否会遇到抵抗一点儿信心也没有吗？问这两个问题时，她的声音比以前更轻快了。

他试图仔细端详她脸上的表情，但他看不清，周遭的暗意正越聚越浓。他只捕捉到了一点儿，那张面庞现在就像一朵只在黑暗中绽放的奇葩，那姣好亮丽的白皙曾经一度如此黯淡无光。她时不时会举起手拨弄一下颈上的项链，于是，在她那雪莲一般白净的脸庞下面，吊坠的金光微闪，手镯的银光偶现。

他跟她说了那些澳大利亚战士的情况，说开车不到二十分钟就能见到。他还向她描述了在看到战士们挥汗如雨构筑工事、身后的影子越来越长时，他们那种镇定自若给他留下的印象有多么深刻。

"多好啊——可再想想又多么可怕。"她轻声叫道。说着，她好像开始紧紧抓住座椅粗糙的扶手，劳伦斯与其说是看到，还不如说是感觉到她在椅子上一下子僵住了。"一想到即将发生的事情，我简直难以忍受。他们怎么会这么勇敢啊！"说完她停顿了一下。天已经完全黑下来了，闪电开始让窗户变得忽明忽暗。夜幕下，生命创造的狂热一浪高过一浪，在黑暗的庙宇中仿佛要顶天立地；那创造的声响也越升越高，仿佛要响彻云霄，直达灿烂辉煌。她问："预计什么时候他们会跟敌人相遇？"

劳伦斯努力故作轻松地回答："我知道你愿做最坏的打算，但我现在也必须承认，战斗说不定已经打响。但对此我又表示怀疑。因为真要那样，在这么短的距离内，我们应该能听到枪响，只要交火的时间够长、火力够密集。那些澳大利亚人自己也相信，战斗将在明天早晨、最晚明天傍晚打响。"

她对这个消息的反应并不那么直截了当。她告诉劳伦斯，自打从苏门答腊岛仓促撤离就一直和她在一起的那些女人现在成天都在伤心难过，有的还终日以泪洗面。她们都在哀叹自己的儿子和丈夫没能和她一起逃离，至今仍杳无音信，尤其是她们的孩子，可能不得不在日本人的占领之下勉强度日。她只能如实地对她们坦言，说她羡慕她们，认为她们其实很幸运，因为她们都已经如此圆满，足够成熟，有能力应对即将到来的灾难。她真希望自己也能有孩子、有丈夫，而且丈夫能像劳伦斯刚才告诉她的那些身材高大的澳大利亚人一样投身战斗。即使她的丈夫有可能战死，即使她和她的孩子有可能遭受地狱般的不幸，那也给了她面对所有扑面而来、如狼似虎的险恶环境时支撑下去的一个理由。她向劳伦斯吐露，还小的时候她就对一件事深信不疑，那就是无论自己命运如何，活下去都是值得的。即使是在纳粹占领荷兰之后，一年前她刚从那里逃出来，在那些日渐绝望和崩溃的日子，她也从来没有怀疑过，对于那些有幸能够挺过去、熬过来的人来说，一切最终都是值得的。劳伦斯向我们强调，她对于生命自创世以来至远超任何理性和灵感边界的那种永远相续和源源不断的信念如此坚定，如此不可动摇，与其说是一种信念，不如说是一种无可辩驳的知识，已经根植在那个女子的心中。据此，她鄙视那些因为世道艰辛、可怕、悲惨而宣称不再生育子女以免其遭受像她们正在遭受的那些痛苦的女性。她说，活着并且努力好好地活着就是一个女人对生活这个敌人最响亮的回答。像那些英勇的澳大利亚战士，他们可能会战死疆场，不得不以死来与死敌抗争，正如他们在澳大利亚故乡不得不以火来与林火抗争一样。这是一个男人对死亡的回答，她理解，也尊重这样的回答。但一个女人呢？她只能用孕育出更多的生命来回答死亡。然而，男人能尊重女人这样的回答吗？能不考虑这个回答究竟是以什么样的形式给出的吗？能像女人尊重并接受男人以死抗死、以火抗火那种残酷的回答一样做到一视同仁吗？说这一席话的时候她激情澎湃，带着一种压抑已久如今突然迸发的高傲。但是她没有等他给出回答，而是直截了当向其又发出另外一问："你呢？当这条路上的战斗开始打响，你打算怎么办？"

"加入他们，"他答，"我在这里守电话就是在等他们的消息，一旦战斗开始打响，他们会给我指示一个方位，好让我的队伍能最有效地穿插进去，和那些澳大利亚战士一同抗敌。恐怕对我的召唤随时会到。"

"一想到你即将出征，也可能要战死，我真受不了。"她痛苦地叫喊。劳伦斯有点犯蒙，觉得她这话似乎前后矛盾，因为刚刚她还在慷慨陈词，说如果自己有男人，定会企盼他投身即将到来的战斗。"我就是难以忍受！"

她举起双手捧住自己的脸，好像要哭出来。片刻，又猛地放下，突然站起身。"来吧，"她边说边拉起劳伦斯的手，轻轻往自己怀里扯了扯，"来吧，请跟我来！"

她的手在颤抖，抖得很厉害，就像一个人在发高烧、打摆子似的。她为他的命运如此担忧，这让他震撼不已。他也一言未发，随着拉他的手蹭地起身，和她一起走出了餐厅，一直紧握着她的左手没放。穿过酒店大厅，经过酒店老板的办公室，劳伦斯瞥见他那张涨红的大脸仍侧压在自己的胳膊上，他还在伏案呼呼大睡。登上楼梯，再经过一段长廊，就该到了。这段路当然不会有多长，但劳伦斯却仿佛觉得马不停蹄且满满当当地赶了有一个小时，因为他眼前的一切突然变得如此缤纷多彩，他对一切的感觉突然变得如此细致入微。他的整个身体似乎被放大了，时间、空间，周围环境中最微不足道的诸多细节，那些平日几乎引不起他什么感知的东西，现在在他的感官屏幕上都变得与真人一样大小，甚至比真人还大。他俩的脚步踏在空荡荡的楼梯上，穿行在夜灯照着的长廊里，发出了擂鼓一样的挑战声；外面世界那夜的鼓噪敲击着他的耳膜，就像昆虫合唱那持续喧嚣的渐强音。当她推开那扇所有房间都装有的晶格构造的摇摆门，在室内走廊的灯光下，她的眼睛显得又黑又亮，生动得让人心动。但她的房间里面，夜色比以往任何时候都更显深沉。借助敞开着的窗户透入的微光，他依稀能辨认出床上悬挂着一顶淡奶油色的蚊帐。然后一道闪电飞了进来，这时他看见一个小手提箱孤零零地躺在靠墙的行李架上，那大概就是她的全部家当，还有一件睡衣，搭在一把椅子上。闪电一闪而过，之后房间显得比以前更黑了，黑得像是一座伸手不见五指的巨大宫殿，只要一抬腿就会迷路。他转过身来，这一转，差一点与她撞怀。

"我受不了了。"她又说了一遍。双臂搂住了他，头靠在他的胸口上，用她那柔和到只剩气息的嗓音恳求他抱紧她。

他立即伸出双臂一把箍住了她。他正要张嘴说些什么，她就像是已经知道他会这么做，还没等他开口就柔声恳求道："请别说话。什么话都不用说。就这样抱着我。那比你我所能找到的任何话语都要好。"

她说这话的时候，紧随刚才迎接他俩进入房间的那道闪电，遥远的隆隆雷声如期而至，开始在他俩的头顶上轰鸣，仿佛海浪找到了属于它的海岸。劳伦斯说，他从未听到过如此威严而又神圣的鸣响，仿佛那是生命本身最真实可信的声音，正在规劝他们两个顺从、臣服。更奇妙的是，当他站在那里紧拥着这个陌生女子时，他感觉她已不再是一个陌生人，也不再与他两相分离。

他正沉浸其中，突然，一个细如游丝的声音响起，这让他大吃一惊。是她，打破了自己刚刚定下的规矩，说："我想你会因此而瞧不起我的。"

感谢上天，他没有吃惊得太久。他很快就心领神会，把她刚才的那句话理解为她消除自己最后恐惧的一种方式，从而使他们两个之间的合二为一感变得更加完整、圆满。到那一刻为止，他还没有时间去细想眼前正在发生的事情，而且最终，他对她刚才的那句话心怀感激，因为那为他自己正在骚动、混乱的感情布洒下了光明。它还使他认识到，从一开始她就给他留下了这样的印象：一个真实得不能再真实的人。她只对他说了三言两语，却已足以显示出她本质上的那种女性的敏感和聪慧。她还勇气可嘉，是那种只有女性才可能具有的勇气，而现在，一种对于生命的深切关怀正在使她转向他、贴近他、求助于他，她没有逃避挑战，一种对于她性别的特殊完整性而言最异端的挑战。不知怎的，他居然会理所当然地认为，当下他内心正在如火山迸发的情感，在他们两个之间就是常识，彼此通透，本就无须多言，而这也是他刚才突然大吃一惊的唯一原因。

她在乎她自己的荣誉，这让他深感触动。在他那时的想象中，他好想告诉她，他可以在她面前跪下，以示对她的尊敬，并请求她原谅，因为在过去的上千年里，男人们轻率盲目、随心所欲地从女人们那里夺走了多少宝贵的东西，而对于这些东西他们一转身又可以忘得一干二净。但他当时忙不迭说出口的只是："我必须是一个诗人，而不是一个士兵，才能告诉你我对你的所有想法和感受……我只能说，你就是我想象中好女人的样子……你让我觉得自惭形秽……我明白，你转向我、贴近我不是为了你自己，也不是为了我，而是在以生命的名义成就生命。当这个世界和一切理性都如我们所见到的那样宣告生命的终结时，我懂得，你是在请求我和你一起，以我们唯一可能的方式，重塑我们对于生命、对于生活的信念。"

劳伦斯几乎是在逐字逐句地告诉我们，这就是他当时对她所说的那些话，而且现在大家不难看出，这些话有多么蹩脚，多不恰当。但这就是他当时所能做到的极致。而且最糟糕的是，他明明很想简单明了地表达对于她的诸多复杂情感，但结果他所能做的似乎只是想到哪儿说到哪儿，直白、肤浅，还措辞不当。

然后，他注意到他的话还没说完她就已经开始哭了，他怀疑是自己言语不当，一下子不知所措。他把手放到她的脸上，感觉到了那脸颊上的泪水。

"原谅我伤害了你，"他轻声唤道，"但如果你能看到我的内心，你，你就会明白我对你的所有向往有多么令人眼花缭乱。"

"我以前告诉过你，眼泪有各种各样的，"她的声音里充满了一种新的柔情，"你没有伤着我。我哭只是因为我被我的好运弄得不知所措。它先让我在这里碰上了你，然后又在你身上找到了如此通透的一种理解。"

她踮起脚，双臂搂紧了他，开始吻他，吻得那么一往情深。

劳伦斯说，生命对于这些场合当中作为开场白的那些人造传统习俗可以有一时的尊重。但从本质上来说，生命自身又相当传统。当其他外在的东西都一一退场，生命自身关乎心灵和思想庆典的内在模式就会接替，从而完成生命创造所应当经历的坚信礼、结合礼、祝圣以及献身，并使他们两个之间所发生的一切构成一个圆满、完整的整体。从那一刻起，那个夜晚就成为他们两个所独有、所特有的一方小天地。关于那座岛的自然风貌他已经说得够多的了，他希望已经充分展示其多姿多彩、变化多端的特质。在物质世界层面，他以前还从未体验过像那座岛一样一刻也不消停的自然风貌。火灾和地震的频发，植物的丰茂，火山的喷涌，天空中总是或电闪雷鸣、或云卷云舒、或风雨交加，弱小的生灵用刮刮腿毛、振振翅膀来庆祝它们生命中最司空见惯、最不起眼但又是最基本、最不可或缺的那些事情，那是一种永无休止的生命律动的交响，由各色精彩、美妙的小音符汇聚而成，其中满含着托付给它们的各种各样的生命创造的冲动。然而那一晚，他所经历的比以往任何时刻都要更加重大、丰满，更加缤纷多彩，那夜幕下的每一件事似乎都在为他俩献上祝福，让他们两个彼此的怀抱更具意义。有几次，当他俩都在为彼此之间的亲密无间、水乳交融而激动不已时，为所有其他活着的、歌唱的、闪烁的、发光的生灵万物之间的相亲相爱而心潮起伏时，他们几乎是哭着在做，一直做到泪如泉涌。最后，他们终于下定决心，相约一同入梦，就仿佛他们已经创造完所有的生命。

劳伦斯刚要迷糊过去，女孩突然轻声问道："你叫什么名字？我知道你姓劳伦斯，可名字呢？你的教名是什么？"

"约翰，"他用手指轻抚着她的脸颊回答，"约翰。"

她也已经迷糊了，所有的反应都像是半醉半醒。过了一会儿，她又开始轻声细语、含糊不清地说话，劳伦斯几乎无法听清。"约翰①，我最钟爱的一位门徒……十字架上的约翰和启示录上的约翰是多么奇特啊。"叹了口气，她又开始说，说的不是晚安，而是"*给上帝*②——给上帝，给约翰"。

她说这话并不像我们现在道晚安那样只是随口说出一个告别词，而是说了两句，所以，这样的表达似乎又恢复了它原本的意思，但最后那句几乎无法听见，随她直接进了梦乡。

直到此时劳伦斯才清楚地意识到她一定是累坏了，累瘫了，而且最近她的睡眠时间怕是比他还要少。的确，她睡得太快、太熟了，以至于他没有机会问及她的姓名，而且在那之前，他也从没想过要问这个。就好像他一直以为自己早就知道她姓甚名谁，早就知晓她对他的感觉是那么独特，早就明白他们之间的亲密关系那么长久且如此通透。的确，他觉得自己好像在出

---

① 这里另指使徒约翰，耶稣的十二使徒之一。
② 此处原文为法语。

生前就已经认识她，而且在死后还可以继续通晓她的一切。他想着"以后我再问她……"然后把她搂得更紧，自己也不知不觉地睡着了。

他睡得又深、又沉、又长，几个小时以后才突然醒来。他的第一反应是一种强烈的不安。没错！隔壁他的房间里，电话正在振铃，声音很大很长，成串地、不间断地急响。她正睡得又甜又香。他小心翼翼、蹑手蹑脚地离开了房间，没有吵醒她。

那位澳大利亚准将的副官正在电话里等他。"是你吗劳伦斯上校？那就好。"他说话时带着一种很蹊跷的冷漠，劳伦斯他们那些同僚都清楚，这种腔调只有在极度危急的时候才会出现，"通报一下。我们的夜间巡逻队刚到。日本鬼子正在逼近，战线拉得很开。到处都是那帮小混蛋，成千上万，有步行的、骑自行车的，还有的坐着卡车。我们现在随时都有可能和他们干上。准将要我告诉你，他希望在半小时内把你昨天要的方位告诉你。"

劳伦斯向他道了谢，并告诉他，只要准将愿意，他和他的人马随时准备行动。然后，他告诉自己的那个接线员，把电话线路接驳到他的房间后就别再管了，马上归队，通知他的副手，把车拐到酒店来接他。做完这一切，他急忙回到她的房间。谢天谢地，她还在熟睡……

他快速卷起自己的东西，回到自己的房间，穿好衣服，取出发稿簿准备给她写信。书写用的是一种特制的擦不掉笔迹的铅笔。他刚开始写,就听到远处传来枪响,声音不大但很清晰。一开始还断断续续,但很快就越来越连续,越来越密集,直至成片地席卷而来。以下是他当时写下的,至今,他依然记得清清楚楚。

"亲爱的,我挚爱的生命之子:战斗打响了,我得走了。下面是我母亲在英国的地址。如果战争结束,而在此之前我们又一直见不到面的话,请到那里和我联系。万一你弄丢了这封信,请你安顿下来之后尽快写信给我,寄往伦敦白厅陆军部。如果我不在了,请到家里去看望我妈妈。我唯一遗憾的就是没有时间来告诉你我对你的所有感觉和全部思念,以及我对彼此生命归属的那种感觉有多深。对你的思念包裹着我,就像寒冬之夜卷裹着我的一张温暖的毯子。请你今天务必必赶紧离开此地——走之前,我也会再看看还能做些什么。在生命的某个层面、某个维度,我们将再次相聚。在那之前,就像你昨晚说的那样,*给上帝,我亲爱的*——约翰留笔。"

这封信只有寥寥数语,但在那种情境之下它还是显得太长,最后一句还没写完电话又响了,劳伦斯只能草草收笔,然后急忙抓起听筒。

这回是那位准将亲自打来的,他说:"是你吗劳伦斯?好的。请记下这个地图点位号。我派一名军官在那儿等你。他会向你传达命令。立即出发,尽快赶到那里。"

劳伦斯放下听筒。远处的交火声现在更密集、更持久了。

他又回到她的房间。她还在沉睡。他小心翼翼地把那封短信放在她那只破旧的小手提箱上面，用她的一只凉鞋压上以防风把信吹走。该不该叫醒她呢？不。他的本能明确地阻止他。她很快就会醒来。那些如此难以捉摸的"合作伙伴"，那些机遇和环境，它们曾把他俩如此神秘而准确地结合到一起，现在也还是让它们不受干扰地将他俩分开吧。这样的分离会比他自己当面所做的告别更仁慈，此处无声胜有声啊。但这并不容易。事实上，那大概是他所做过的所有不得不做的事情当中最难的一件。他最后看了她一眼，她依然还在甜睡，黎明的曙光映照着她面颊上泛起的红晕，新启的一天那晶莹剔透的晨光泼洒在她的一头秀发上。他以前从未见过这样的表情，如此愉悦、满足和有成就感，而且在见到我们的女儿之前，他也没能再看到过。女儿在楼上睡觉，双胞胎兄妹俩的小床并排，她的布娃娃就躺在她的被窝里。

下了楼，劳伦斯发现酒店老板正如热锅上的蚂蚁在团团乱转。"喂，听我说，"劳伦斯叫过那人，他的酒劲还没下去，不祥的预感让他比以前更慌乱了，"放下你手里的所有事情，先去给你们的当局打电话。说什么、怎么做我不管，但你必须马上把最后一个女人弄走。如果你愿意，就告诉他们这是澳大利亚将军直接下达的命令。万一他们不听你的，赶紧让店里所有的女人尽快上大路沿着主干道往内地走。天黑之前她们能搭上便车。但你得赶她们走。先去打那个电话，打完就去叫女士们赶紧起来吃早餐。日本人正在沿路发起进攻，我告诉你，如果天黑之前他们还没打到这里，你就已经算是很幸运的了。"

劳伦斯正看着酒店老板慌里慌张地照他的命令行事，接他的车到了。他最后又看了那个面红耳赤的胖男人一眼，看到他正在对着电话态度坚定地交涉着，心里就踏实了。跨上车，他离开了。在酒店大门口，他回望了一眼她房间的窗户。窗户玻璃上，他看到的只有燃烧的日出。

后来再发生在他身上的事，除了一件，其他对他和他的故事来说都无关紧要。他的车没开出多远，事实上，还没能与他的队伍会合，他就意识到，尽管与那个女子的分离很痛苦，甚至是绝望，但这次分离蕴藏着更深的意义，旨在让他能意识到一种更大的归属感。他身上原本那种一切都毫无意义、一切都令人绝望的可怕感觉消失了。他已经不再觉得自己身陷困境，动弹不得。大地像一颗圆形的深海宝石，在白天大张着的壳下闪闪发亮，不再显得冷若冰霜。到了那个晚上，他已经重获新生，成了当地的一分子，成为一个实实在在的本地人。他又找到了家的感觉，重新焕发出了生机。接下来的日子尽管艰辛残酷，他这种回家的感觉和情感却与日俱增。只要一想到那个女子，一忆起他们那次短暂的邂逅，他就会发现，最痛苦的境遇都伴着一种甜蜜的升华得到了缓解，那种升华既鲜活，又辛酸。是的，即使是在他被单独监禁在日本人牢房里的那几个月，在受尽折磨之后又被判死刑的日子里，记忆里的那份甜蜜也如此浓烈，总能战胜精神与肉体上的剧烈痛苦和不幸。由此衍生出的那种一体性、一致性的感觉也彻底扭转了当时在他看来已是不可避免的结局。没有那个女子给他的出自她自己对生活的一种先知性直觉中的东西，他不可能一路走到今天，也不可能在这个圣诞之夜坐在炉边，如此直率、坦荡地跟我们侃侃而谈。他感觉于她而言，他们两个的这次邂逅也是一种疗伤、一次康复，不过他衷心希望那可千万不要仅仅只是他的一种感觉而已。

劳伦斯就此打住了。与其说他已经说完，还不如说他不知道要如何继续。

我们静静地等了一会儿，希望他能接着说下去。我妻子以为他不愿再开口或许是因为缺少鼓励，于是主动抛出了一个问题。我的思绪已随劳伦斯回到了印苏林达，以至于现在外面的暴风雨已经达到了它的顶峰，我却对那声音依然无动于衷。但妻子一开口说话，风暴的呼啸又开始在我耳边回荡，于是我俯身向前，以确保不会错过她说的话。

"这是不是意味着你再也没有见到过她？"她问。

"自那以后我就再也没见到过。"他答。

妻子沉默了一会儿，然后又悠悠地说："那么，她可能有了你的孩子？"

"是的。当然。"劳伦斯直视着炉火回答，过了好长一段时间，他才又接着说，"不过我恐怕她没有。"

"为什么这么说？"我妻子急急地问，"你有她的消息了？"

"没有，我一直没有她的消息，"他答，"但我确信，如果她生了孩子，我就会再见到她，或者，会再听到她的消息。"

"请别误会，我不想这么残忍，"我妻子温和地说，"但在她能告诉你之前，她也许已经有了孩子，之后，她又死于日本人的残暴统治。毕竟，成千上万的妇女和儿童都死在了那些岛屿上的战俘营。"

"我认为她没有死。"劳伦斯自信地回答。

"那你认为她是怎么一回事？"我妻子还在坚持，"你找她了吗？都怎么找的？我不相信战争结束之后你没去寻找。"

劳伦斯先回答了问题的最后一部分。是的，他曾试图寻找她，但他所有的努力都没能成功。我们不能忘记，他甚至连她的姓名都不知道，而且那个清晨他把她留在了酒店继续睡觉，之后都发生了些什么他全然不知。他从日本人的监狱里出来已经是将近三年半之后。他径直回到那家酒店，得知酒店老板已经被日本人用刺刀给捅死了，那个欧亚混血的接线员也消失了，那些有可能记得他们两个的老仆人不是死了就是走了。尽管如此，他还是走遍了所有可能的女子集中营，但其中的许多都已经走空了一半，因为一九四四年日本投降后，尽管情况仍很危险，许多妇女还是没能熬到官方许可或援助就离开了难民营。他太了解她了，毫不怀疑她那种敢作敢当的劲头会让她成为第一个离开的人。他审问了一个又一个瘦弱、憔悴的难民营女营长，她们倒都急切地想帮忙，但没她的姓名，没有照片，甚至连一张快照也没有，再怎么描述在她们听来，她跟其他人好像也没什么两样。他唯一的希望就是她也许会给他写信，并已经就此请他的家人和陆军部帮忙留意。但几个月过去了，一切仍犹如石沉大海，他得不到任何消息，于是开始感到绝望。很长一段时间里，他认为唯一的解释就是她真的已经离世，但渐渐地，他开始相信并且确信，她还活着，而且就像他自己一样，任凭千辛万苦，也一路走到了今天。

"可如果真是这样，"我妻子忍不住叫道，"那她为什么会一直不吭声呢？"

劳伦斯告诉她，那就要到这位年轻女子怎么看待她所谓的"幸运"中去寻找答案了。回首和她在一起的那一点点时光，反复回味彼此说过的那么几句话，他便不得不对她是多么喜欢提及"幸运"一词感到讶异。综上所述，在他看来有一点很清楚，那就是关于幸运的本质她曾经虔诚而深刻地思考过。所以他据此相当肯定地认为，关于他俩能否重逢这个问题，她会在很大程度上留给她的"幸运"去做决定。比如他相信，如果她有了他俩的孩子，她就会认为那是生命发出的信号，表明她和劳伦斯的关系注定应当继续下去；如果没有，那么他俩那次在时间和环境上都如此独特的邂逅和经历，其本身就是完整的、圆满的。仿佛她凭直觉就知道他现在有意要相信的东西，即通过放手，反而获得一种新的把握；通过不追求重逢，反而会让他们两个的关系变得更加牢固、更富意义。他问，我们读过曼利·霍普金斯的那首诗吗：

> ……当那些我们已经自愿放手的东西，
>
> 又开始被多情地小心看管；
>
> 比那些我们本就留着的看管起来还要多情、还要小心；
>
> 太多情、太小心、太精细了，于是，
>
> 我们又本将失去……

他相信，一种对于机遇、命运以及人生巧合的深厚信念，不管我们怎么称呼这些不可思议、无法估量的上帝意志的表现，使她决意不再和他相见。男人有一种可怕的倾向，总是希冀把生活制度化。他们对生活有一种恐惧，源自他们自己对现实生活的有意疏离，这就使得他们总想用壁垒高墙来把持并掌控他们从生活中选定的那些东西。如果他们能把自己托付出去，顺应大势，顺乎自然，从而不至于落入寡白，归于肤浅，如果他们能努力摈弃在理念传承的方式和方法上总想固化、总怕变化的思维和做法，那么他们将更具开创性和创造力。在许多事情上他都要感谢这位女子，其中之一便是她自那以后的沉默教会了他不要让生活屈从于他自身狭隘的意志。令人惊奇的是，一旦他开始相信自己已经理解她的沉默之后，在他的心目中，她又变得如当初那般充满活力，他们又彼此通透、相知相亲了。现在，他感觉自己和她已经近得无法再近了，简直就是如影相随。就在他刚才跟我们侃侃而谈的时候，她仿佛一直就站在他身边，低声呢喃着他即将说出口的话。每一天，他都在风中听到了她的话语；每一春，他都看到了她的笑靥；每一夏，他都看到了她洋溢在脸上的那种愉悦、满足和成就感。甚至关于她可能没有孩子这一想法，从某种意义上说也是不恰当、不充分的。回望他们相遇、相知、相爱的短暂时光，他最终意识到，从某种意义上说，他今天的样子，以及明天可能成为的样子，就是他们两个的孩子，就是他俩合二为一的产物。正是通过那段短暂却永远刻骨铭心的时光，他获得了重生，进入了一个永恒的生命维度。

这是他的结语，还不是我们的。他刚说完，我妻子就站起身，默默走到他身边，双手捧着他的头，轻柔地吻了下他的前额。那一刻我的喜悦难以言表。此前，关于她能否接受劳伦斯，我一直暗含焦虑，因为她才刚刚认识他，而因着我和劳伦斯的特殊关系她的那种初识又是如此真实而深刻。现在我知道了，在这方面，我再也无须担忧。印苏林达那位年轻女子的形象，她对机遇、环境的本质的洞察，也自然地融入了我们。甚至，屋外的暴风雨在室内的一片寂静中荡起的回响也似乎在证实这一点。本篇的开头我曾提及风暴中心那奇异的和谐，请允许我以它来结束我们的故事，因为就在那一刻，外部世界所有困惑、狂乱的音潮聚集到了一起，从不和谐迅速转向和谐，就仿佛一支规模极其宏大的管弦乐队把所有的音乐融汇到了一起，形成统一的主题，在风雨交加的夜空中开始高声奏起。

图书在版编目（CIP）数据

种子与播种人 / (南非) 劳伦斯·凡·德·普司特著；
一言译 . —— 北京：新星出版社，2024.5
ISBN 978-7-5133-5419-6

Ⅰ. ①种… Ⅱ. ①劳… ②一… Ⅲ. ①长篇小说－南
非共和国－现代 Ⅳ. ① I478.45

中国国家版本馆 CIP 数据核字 (2024) 第 029120 号

种子与播种人

[南非] 劳伦斯·凡·德·普司特 著；一言 译

责任编辑	汪 欣		**特约编辑**	尹子粤　王心谨
营销编辑	陈歆怡　杨美德　李琼琼		**装帧设计**	李照祥
内文制作	张 典		**责任印制**	李珊珊　史广宜

出 版 人 马汝军

出　　版 新星出版社

（北京市西城区车公庄大街丙 3 号楼 8001　100044）

发　　行 新经典发行有限公司

电话（010）68423599　邮箱 editor@readinglife.com

网　　址 www.newstarpress.com

法律顾问 北京市岳成律师事务所

印　　刷 河北鹏润印刷有限公司

开　　本 850mm×1168mm　1/32

印　　张 10

字　　数 190 千字

版　　次 2024 年 5 月第 1 版　　2024 年 5 月第 1 次印刷

书　　号 ISBN 978-7-5133-5419-6

定　　价 69.00 元

著作版权合同登记号：01-2023-4479